大地

[美] 赛珍珠 著
王晋华 译

民主与建设出版社
·北京·

©民主与建设出版社，2025

图书在版编目（CIP）数据

大地 /（美）赛珍珠著；王晋华译. -- 北京：民主与建设出版社，2024.1（2025.6重印）

ISBN 978-7-5139-4453-3

Ⅰ.①大… Ⅱ.①赛… ②王… Ⅲ.①长篇小说－美国－现代 Ⅳ.①I712.45

中国国家版本馆CIP数据核字（2024）第052922号

大地
DADI

著　　者	［美］赛珍珠
译　　者	王晋华
责任编辑	金　弦
特约策划	任程民
封面设计	海　凝
出版发行	民主与建设出版社有限责任公司
电　　话	（010）59417749　59419778
社　　址	北京市朝阳区宏泰东街远洋万和南区伍号公馆4层
邮　　编	100142
印　　刷	三河市同力彩印有限公司
版　　次	2024年1月第1版
印　　次	2025年6月第2次印刷
开　　本	880毫米×1230毫米　1/32
印　　张	10.75
字　　数	252千字
书　　号	ISBN 978-7-5139-4453-3
定　　价	49.80元

注：如有印、装质量问题，请与出版社联系。

译本序

赛珍珠（1892—1973），即珀尔·赛登斯特里克·布克，赛珍珠是她给自己起的中文名字。这位美国女作家出生于美国西弗吉尼亚州，出生几个月后便被身为传教士的双亲带到中国。她在江苏镇江度过了她的童年和青少年时代，18岁时回到美国弗吉尼亚州林奇堡市的一所女子学院读书。在那里学习4年后，也就是1914年，赛珍珠又返回中国来照顾患病的母亲。她前前后后在中国生活了近40年，为此，她把中文称为她的"第一语言"，把镇江称为她的"中国故乡"。就是在这期间，她写下了描写中国农民生活的长篇小说《大地》（该书出版于1931年）。因为创作出这部优秀作品，1932年她获得美国普利策小说奖。同年，《大地》的续篇《儿子们》出版，1935年《分家》出版，至此她完成了《大地》三部曲的创作。

1938年，她因此获得诺贝尔文学奖。

赛珍珠在中国一边教书，一边写作，至于为什么选择教书这个职业，她是这么说的，因为学生总能给她带来新的信息，让她对中国有更多的了解。生活在那个时代的赛珍珠对西方的社会、文化和中国的社会状况及文化习俗都有切身的体验和感受，她在观察中国社会和各阶层的状况时，具有两个视野、两种眼光。因此，同样是乡村题材，同样是对当时农村阶层及村民家庭复杂关系的描述，她对素材的筛选、表现的角度、人物的塑造和对人物的理解都有其独特之处。所以，我们不妨这么说，赛珍珠的《大地》三部曲可能会为国人了解那一时期的中国农民提供一个新的视角，是我们认识20世纪前半叶中国乡村生活的一部优秀作品。

赛珍珠熟悉西方和西方人，也熟悉中国和中国人，她所具有的这一中西方的比较观，使她在刻画人物形象时，更侧重于对人的本性的描写，对生儿育女、生老病死的描写，对乡村伦理习俗的描写。正因为如此，尽管时代已经发生了翻天覆地的变化，可她作品中的许多东西依然没有过时，时至今日依然闪烁着人性的光芒。在赛珍珠的笔下，农民的家庭生活，婚姻状况，父子、爷孙关系，妻妾、兄弟、叔嫂妯娌之间的矛盾和纷争，儿子在青春期的躁动和逆反心理，老爷、少爷与奴仆丫鬟之间的关系，男人的情欲和底层沦为娼妓女子的无奈以及村民间的关系，等等，都得到了生动的描述和深刻的剖析。这些方方面面的关系犬牙交错，构成了一幅中国20世纪早期乡村生活的丰富画卷。

赛珍珠善于运用对比的手法，这使她所描写的人物都显得有血有肉，活灵活现。比如说，阿兰的朴实坚韧和吃苦耐劳与荷花的卖弄风情、百无聊赖、好吃懒做，老秦的勤劳、憨厚和忠诚与王龙叔叔的狡诈和好逸恶劳，王龙大儿子的爱慕虚荣与二儿子的精明务实，还有三儿子的缄默、执拗，都形成了鲜明的对比，令人难忘。

另外，这部小说在语言风格和写作技巧上也很有特点。作品语言简明、通俗、古朴，大多是乡村生活中的常用语汇，含有浓郁的泥土气息，具有很强的代入感，令读者觉得仿佛是在跟人物一起经历着作品中的那些事件。从语言的使用上也可看出这是一部现实主义的而不是自然主义的小说，现实主义作品中的主人公们往往最终都

3

能战胜他们所处的逆境，获得成功。因此，这部小说虽然写了不少农民的悲苦，却并不带有悲观主义的色彩。

1938年获得诺贝尔文学奖时，赛珍珠在颁奖典礼上做了题为"中国小说"的演讲。在这篇演讲词中，她用不小的篇幅阐述了中国小说叙事的特点（作为作家，她深受这一传统的影响），她说中国人最喜欢的小说是"用他们每天都在使用的明晰、简朴的语言，将故事娓娓道来，除了偶尔对一个地点或是人物做少许生动的描述外（这一描述刚刚好，而不至于影响到情节的进展），再不用别的什么技巧去延搁故事的发展"。其实，赛珍珠在这里所讲的，正是她《大地》三部曲中所采用的叙事方法和写作风格。

王晋华
中北大学人文社会科学学院
2023年9月24日

目录

第一章　　001

第二章　　023

第三章　　030

第四章　　037

第五章　　043

第六章　　051

第七章　　055

第八章　　062

第九章　　071

第十章　　084

第十一章　　088

第十二章　　100

第十三章　　107

第十四章　　114

第十五章　　131

第十六章　　137

第十七章　　149

第十八章	157			
第十九章	168			
第二十章	178			
第二十一章	190	第二十七章	255
第二十二章	201	第二十八章	265
第二十三章	209	第二十九章	277
第二十四章	223	第三十章	288
第二十五章	232	第三十一章	300
第二十六章	240	第三十二章	310
		第三十三章	318
		第三十四章	327

第一章

Chapter 1

这天是王龙结婚的日子。乍一醒来,他在床上黑乎乎的帐子里睁开眼睛,想不出为什么这一天的黎明会与往日的有所不同。除了他年迈父亲轻微的咳嗽声,屋子里一片寂静。他和他父亲的房间之间隔着堂屋,每天早晨,王龙最先听到的便是老人的咳嗽声。平时他会躺在床上静静地听,直到听见父亲的屋门嘎吱一声打开,咳嗽声渐渐地近了,他才起床。

不过,今天早晨王龙没有这么等着。他一骨碌翻身起来,把床帐推到一旁。朦胧的天边已透出微红,风吹动着窗户上一块撕破了的窗纸,透过小小的方孔,可以瞥见一片微亮的紫铜色天空。他来到窗孔前,撕下了那片窗纸。

"春天来了,我不需要这纸了。"他小声说。

他不好意思大声说他是想让屋子今天显得整洁点儿。那四方的小窗格刚好能放得进他的手,他把手从窗孔里伸出去,感觉着外面的空气。一股柔和湿润的风从东面徐徐吹来。这是个好兆头。地里的麦子抽穗正需要雨水。今天不会有雨,可只要这风继续吹下去,几天内准会下雨。这是好事。昨天他还跟父亲说,如果这耀眼的阳光一直这么明晃晃地照着,小麦就灌不了浆了。现在,苍天好像单单挑出这一天想为他带来好运。大地就要结出果实了。

他匆匆到了堂屋,边走边提上他蓝色的外裤,系好蓝色的布腰带。他光着上身,烧着自己洗澡要用的水。他走进一间倚着主屋扩建起来用作厨房的耳房,一头牛在黑黢黢的里面靠近门的拐角处,摇晃着脑袋,冲他发出低沉的哞哞声。厨房和主屋一样也是用土坯盖的,这些呈方形的比砖块大出许多的土坯,都是取自他们自己地里的泥土,屋顶上苫着的也是他们自己田里的麦秸。由于常年做饭被熏烤得黑乎乎的灶台,也是王龙的爷爷在年轻时挖回自己田里的泥土砌成的。这土灶的炉膛上方置着一口大铁锅。

王龙用瓢从旁边的瓦罐里给锅里添了半锅水。他舀水时非常小心,因为在他们那里水是珍贵的。接着,在稍微犹豫了一下后,他突然拿起瓦罐,把水都倒进了锅里。这一天他要把全身都洗一洗。自从离开母亲的怀抱,还没有人见到过他的身体。今天有个人要见着它了,他要把它洗得干干净净的。

他绕到灶台后面,从墙角拣了一把干草和立在那里的秸秆,把它们塞进灶膛,灶台外面几乎没有掉下一片草叶。随后,他用一个旧火镰打着火种,点着炉膛里的干草,很快便蹿起了火苗。

这是王龙最后一次早晨起来烧火了。自从六年前母亲去世后,他每天早晨都得烧火，把水煮开，倒上一碗开水，将它端进父亲的房间。他父亲一边咳嗽着，一边坐在床边摸索着穿鞋。六年了，这位老人每天早晨都等着他的儿子端进来开水，好舒缓一下他的晨咳。现在好了，父亲和儿子都可以摆脱这家务了。因为有个女人要来到这个家中了。无论是冬天还是夏天，王龙再也不用黎明时就起来烧火了。他可以躺在床上等着，等着有一碗开水给他端进来。如果年成不错的话，开水里还会放上茶叶呢。在以往的年份里，这样的好事不是没有过。

如果这个女人干累了，会有她的孩子们替她烧火，她会给王龙生下一大堆孩子。想到他们的三间屋子里，会有许多孩子跑进跑出，王龙不由得停下了手中的活儿。自从他母亲去世后，三间屋子对他们爷俩来说总是显得太大了点儿，房子有一半是空着的。他们不得不总是防着那些家中人口众多的亲戚——譬如他的叔叔家，总有孩子不断地生出来。

他的叔叔常常上门来说："两个光棍男人，怎么用得着这么多的屋子呢？难道父子不能睡在一起？年轻人身上的热量，能减轻老人的咳嗽。"

对此，王龙的父亲总是回答说："我的床给我的孙子空着呢。他会暖和我这把老骨头的。"

现在就要有孙子了，而且，还会有重孙！他们要沿着墙根都摆上床，在堂屋也会放上床。整个房子里都将摆满床。在王龙想着这空荡荡的房子里都摆上床的情景时，炉膛里的火熄灭了，锅里的水开始变凉。老人瘦弱的身躯出现在门口，用手扶住披在身上的衣服，他喘吁吁地咳嗽着，吐着痰。

"这让我暖肺的水,怎么还没有烧开?"

王龙怔了一下,回过神来,觉得有些不好意思。

"柴火有点湿。"他在灶台后面咕哝道,"这湿润的风——"

老人一声接一声地咳嗽,只有喝上些开水后他才能止住咳。王龙舀了些开水倒进一个碗里,迟疑片刻后,他打开立在灶台边上一个发亮的小罐子,从里面抓出十几片卷了的干叶子,把它们撒在盛着开水的碗里。老人的眼睛顿时睁大了,他开始心疼地抱怨:"为啥要这么浪费?喝茶,好比是吃银子呀。"

"今天是我娶亲的日子。"王龙笑了一声回答道,"喝吧,喝了会好些的。"

老人把碗捧在干瘪多节的手中,嘴里仍在不满地念念叨叨。他望着卷曲的茶叶在水面慢慢展开,舍不得喝下这宝贵的东西。

"喝吧,不然要凉了。"王龙说。

"是——是——"老人像是突然清醒过来似的说道,他开始大口大口地喝起这热茶。像小孩子得到了自己想要吃的东西一样,他有了一种动物般的满足感。不过,他并没有把什么都忘了,当他看见王龙毫不顾惜地把水舀到一个很大的木盆里时,抬起了头,瞪着儿子。

"你这洗澡水,足够给几棵小麦灌浆用了。"老人突然说。

王龙继续往木盆里舀着水,舀到锅底了也没有作声。

"喂,说你呢!"他父亲大声地吼了起来。

"打过了年,我还没有洗过一次身子。"王龙声音低低地答道。他羞于跟父亲说,他想让一个女人看到他的身体是干干净净的。他端着木盆匆匆地出来,回到自己的屋子。他的房门变了形,关不严实。老人跟着到了堂屋,嘴冲着门缝喊着:"如果家里有了女人,就这样子折腾——大早晨就喝茶,这样洗澡——这可不是好事!"

"就这么一天。"王龙喊道,接着,他又补充了一句,"洗完了我就把水浇进地里,不会浪费掉的。"

听到这话,老人没有吱声了。王龙解下腰带,脱掉衣服,借着从那个窗孔透进来的亮光,把泡在热水里的一块小毛巾拧干,使劲地擦洗起他修长的褐色身体。尽管他刚才觉得空气中含着暖意,可当身体沾上水时还是感到有些凉,他不时地把毛巾浸到水里再拿出来擦着身子,直到全身都腾起一团热气。临了,他去到原先放他母亲东西的箱子那儿,从里面拿出一套新的蓝布衣服。这天气不穿冬衣,兴许会有些冷,可他突然觉得不能再让那棉衣贴在他干净的身体上了。棉衣已经又脏又破,又黑又潮的棉絮从破洞里露了出来。他不想第一次见面就叫这个女人看见他衣服上露出的棉絮。日后,她会拆洗和缝补这件棉袄,但不是今天。他在这新蓝布上衣和裤子上又罩上一件同样布料做的长衫,这件长衫他只是过节时才拿出来穿一下,总共加起来一年顶多也就穿个十来次。随后,他很快地将置在身后的长辫子解开,从小破桌的抽屉里取出一把木梳,开始梳理他的头发。

他的父亲再次来到房门前,用嘴对着门缝埋怨道:"今天我是吃不上东西了?到了我这把年纪,身子骨在早上都是虚的,非得吃上点儿才行。"

"我这就去做。"王龙利落地编好辫子,还把一条带穗的黑丝绳穿在了发辫里。

而后,他脱掉长衫,将辫子盘在头顶,端着木盆,走了出来。他全然忘记了早饭的事,平常都是拌点玉米粥,给父亲送过去。而他自己是吃不上玉米粥的。他摇摇晃晃地端着木盆到了门口,把水倒在了靠近屋子的地里。此时,他记起他洗澡已用完锅里的水,他得重新再生火。想到这,他不由得对父亲生出一股怨气。

"这老头子就知道吃饭喝水。"他对着炉口咕哝道,可他并没有大声回嘴。这是他最后一个早晨给老人准备饭了。他从门外的井里提回一桶水,舀一点儿到铁锅里,水很快就开了,他在里面拌了玉米面,然后给父亲端了过去。

"今晚我们吃大米饭,爹。"他说,"这会儿喝了这粥吧。"

"筐里只剩一点米了。"老人说着坐到了堂屋的桌前,用筷子搅动着那黄黄的稠糊的玉米粥。

"那过清明时,我们就少吃点儿。"王龙说。王龙的话老人并没有听见,他已呼噜呼噜地喝起碗里的粥来。

随后,王龙回到自己的房间,再次穿上那件蓝布长衫,放下盘在头上的辫子。他用手摸了摸前几天剃过的额头和脸颊。或许,他该再剃上一次头?现在太阳还没有升起。他可以先去剃头匠们所在的那条街剃了头,再到那家去接他要娶的那个女人。只要钱还够,他就这么做。

他从腰带上取下一个油腻的小灰布袋子,数了数里面的钱。一共有六个银圆和两把铜钱。他还没告诉父亲他请了一些朋友来家里吃晚饭。他请了他的堂弟,也就是他叔叔的儿子,顾及父亲的面子也请了他叔叔,还有住在离他家不远的三个村民。他盘算着在他这天上午从城里回来的时候,就顺便买回些猪肉、一条塘鱼和一把果仁。他甚至还想买些南方产的竹笋和牛肉，跟他自家菜园里种的卷心菜一起炖着吃。但这只能在买了豆油和酱之后还有剩余的钱才行。如果他剃了头，也许就没钱买牛肉了。噢，他宁愿先去理发，他突然决定。

他没再跟老人说话，一大早就出了家门。尽管天还是暗红色的，太阳刚爬上地平线那边的云顶，将熠熠的光洒在麦叶的露珠上。此时，王龙的心思暂且转到了农事上，他弯腰查看起刚抽出的麦穗。穗上的颗粒还是瘪的，等着雨水给它们灌浆。他嗅嗅空气，焦急地望向天空。雨就藏在那边的阴云里，它们厚厚地压在风的上面。他会买上几炷香，烧给小庙里的土地爷。在这样的天气，他会这么做的。

他沿着田间的小道蜿蜒而行。很快，灰色的城墙便映入他的眼帘。在他将要经过的这个城门里面，矗立着黄家的宅院，他要娶的这个女人自小就是这黄家大院里的一个丫鬟。有人说："就是打光棍，也比找个大院里的丫鬟强。"当王龙跟他的父亲说："我是不是这辈子都不会有个女人了？"他父亲回答："在如今这倒霉的年月，婚娶的花费太高，个个女人在未过门前就想要金银首饰、丝绸衣裳，穷人只能讨富家的丫鬟做老婆。"

于是，他的父亲去到黄家大院，问询人家有没有要替换下来的丫鬟。

"丫头，不必年轻，更不必好看。"他父亲说。

王龙因为她准不会好看，心里觉得很不痛快。能娶个人人称道的漂亮妻子，是件令人羡慕的事。他父亲看到他那副恼恨的样子，冲着他喊道：

"要漂亮女人有什么用？我们得找一个能做家务，能在地里干活，又能多多生子的女人，一个漂亮女人哪里愿意做这些事？她会总想着穿什么衣服来配她好看的脸蛋！不，我们家里不能娶这种女人。我们是种地的。再说，有谁听说过富人家的漂亮丫鬟还会是黄花大姑娘的？那些少爷早把她玩够了。宁要一个还是处女的丑女人，也不要别人玩腻了的靓女。你以为，漂亮女人会觉得你干农活的手跟阔少爷软绵绵的手摸着一样舒服，会觉得你晒黑的脸跟那些把她当作玩物的男人的金黄色皮肤一样好看？"

王龙知道他父亲说的都对。可在答应之前，他还是得力争一下。于是，他情绪激动地说道："不管怎么说，我不会要一个麻子脸或是豁嘴唇的女人。"

"我们得去看看，才知道。"他的父亲回答。

很快得到了证实，那个女人不是麻子脸，也不是豁嘴唇。王龙知道的只有这些。他和父亲买了两个镀金的银戒指和银耳环，他父亲把这些东西拿给了那个女人的主人，作为订婚的信物。除了这些，他对这个要嫁给他的女人可谓是一无所知，只晓得这一天他能去把她接回来。

王龙走进昏暗、阴冷的城门。附近的人们用上面载着大桶的手推车，一车车地整日往城里送水，水不断地泼溅到石头路面上。因此，在这用砖和土坯砌成的厚厚的城门洞里，总是潮湿和凉爽的；即便在夏天，也是如此。小商贩们常常把瓜果摆在石头上，让切开的瓜果吸收着石头地上的湿润清凉之气。因为时节尚早，还没有卖瓜的，不过，一些里面装着又小又硬的青桃的筐子已经贴着墙根，摆在门洞的两边，小贩们叫卖着："春天刚结出的桃——最新鲜的桃子！买点儿尝尝，清肠胃，清一冬天身体里积下的毒素！"

王龙对自己说："如果她爱吃，等回来时我就给她买点儿。"他还无法想象在他回来经过这里时，会有个女人跟在他的后面。

他进了城后往右边走，不一会儿便来到"剃头街"。时间尚早，街面上还没有什么人，只有一些昨晚挑了蔬菜进城的农民，他们想在集市上早早把菜卖掉，好尽快赶回去干地里的活。他们蹲伏在菜筐子旁边，哆哆嗦嗦地就这么露天睡了一宿，现在他们脚边的菜筐已经空了。王龙避着他们，免得被他们中的哪一个认出来，因为他不想叫任何人在今天开他的玩笑。整整一条街上，一长串剃头匠站在各自的剃头挑子后面，王龙走到最远端的那一家，随即坐在了板凳上，喊着正在跟邻近的同行站着聊天的剃头匠。那师傅马上走了过来，很快拿起坐在木炭盆上的壶，往铜盆里倒上了热水。

"是全剃？"他用行家的口吻问。

"剃头和刮脸。"王龙回答。

"耳朵和鼻孔刮吗？"剃头匠问。

"这要再加多少钱？"王龙小心地问。

"加四个铜钱。"剃头匠说着把一块黑布手巾浸在热水里。

"我给你加两个铜钱。"王龙说。

"那我给你刮一个耳朵和一个鼻孔。"剃头匠立刻回嘴道，"你是想刮哪半边脸呢？"他说话时冲着旁边的剃头匠做了个鬼脸，后者发出一阵笑声。王龙知道自己被人家嘲弄了，心里生出一种说不出的滋味，觉得自己不如这些城里人——他平时总是这么认为的——哪怕是城里的剃头匠，哪怕是城里最下等的人。

"随你——随你——"王龙赶忙说道。

之后,他便任由人家给他打肥皂,揉搓,剃刮,其实,这个剃头师傅并不小气,非但没有额外加钱,还给他捶了肩膀,捶了背,帮他松了筋骨。在剃到前额时,剃头师傅还风趣地对王龙说:

"要是全剃光了,这还是个不难看的庄稼汉呢。现在时兴的是剪掉辫子。"

他的剃刀紧贴着王龙头顶上的发圈来回地剃刮,令王龙不由得喊了起来:"不经我父亲的同意,我不能剪掉辫子。"

听到这话,剃头匠哈哈地笑了起来,随即剃齐了他头顶的发边。

在剃完了头把钱交到对方皱巴巴湿漉漉的手中时,王龙惊了一跳。花了这么多钱啊!不过,当再次走到街上,清风吹拂着他刮过的脸颊时,他又变得释然了,他对自己说:"就这么一次,下不为例。"

接着,他去到市场,买了两斤猪肉,看着屠夫用干荷叶把肉包好,临了,在犹豫了片刻后,又买了六两牛肉,甚至还买了几块像肉冻一样搁在架子上的新鲜豆腐。之后,他又到一家蜡烛店,买了两束香,这才折回来,带着些羞怯往黄家大院走去。

刚到黄家门口,他就变得惶恐起来。他怎么能独自一个人来呢?他该叫他的父亲,他的叔叔,甚至是跟他关系最近的邻居老秦,或是其他任何一个人和他一起来的。他以前从未到过富人家里。他怎么能够就这么提着办喜宴的东西走进去,对人家说:"我是来接一个女人的!"

他在门口看着大门站了许久。那两扇漆成黑色的大木门紧紧地关着,门边上包着铁皮,门上铆着铁钉。门两侧各蹲卧着一头石狮。附近没有一个人。他转身离开了。他没有勇气就这么进去。

他突然觉得有些发晕。他先要去买点儿吃的。他早上还什么都没有吃——他全然忘记了给自己肚子里装进去点食物。他进到一家开在街面上的小饭馆，掏出两个铜钱放在桌子上，坐了下来。一个脏兮兮的穿着油腻发亮的黑色围裙的堂倌走上前来，王龙对着他叫道："来两碗面条！"面端了上来，王龙开始狼吞虎咽。那个跑堂的男孩站在不远的地方，用他黑乎乎的大拇指和食指转动着铜钱。

"还要吗？"那个男孩满不在乎地问。

王龙摇了摇头。他坐直身子，打量着四周。这是间昏暗的小屋，里面摆满了桌子，并没有他认识的人。只有几个男人坐着吃饭、喝茶。来这儿的都是穷人，就他看上去颇为整洁，几乎算是个体面人了，因此一个乞丐在走过他身边时，向他乞求道："行行好，先生，给我点儿钱吧——我饿啊！"

在这之前，从来没有乞丐跟王龙乞讨过，也从来没有人喊过他"先生"。一时高兴，他朝乞丐的碗中扔进去两张小钱，面值大约是一个铜板的五分之一。乞丐迅速收回他的脏手，抓起碗中的钱，摸索着放进他褴褛的衣衫里。

王龙仍坐在那儿，太阳渐渐地升高了。那个小堂倌不耐烦地在他附近走来走去。"如果你不再要什么了，"他终于很是无礼地说道，"你得付坐在这个凳子上的钱。"

听到这话，王龙火了，他本打算站起来走人的，可一想到自己得走进黄家大院，在那里跟人家张口要一个女人，浑身便冒出汗来，仿佛正在地里干活似的。

"给我来杯茶吧。"他跟那个男孩说，口气软了下来。还没待他转身，茶便端了上来，只听小男孩厉声索要道："铜钱呢？"

王龙吃了一惊①，可此时的他除了再从腰带里取出一个铜板，还能怎么办呢？

"这简直是在抢钱。"他嘀咕着，心里极不情愿。这时，他恰好看到有个他邀了喝喜酒的邻居走进来，于是，他急忙把铜钱放在桌子上，一口气喝完了茶水，赶忙从边门出来到了街上。

"这件事一定得做。"他一边绝望地跟自己说，一边缓缓地朝着黄家走去。

因为此时已经过了正午，黄家的大门打开了，刚吃过饭的看门人懒洋洋地坐在门槛上，用一根竹签剔着牙。看门人是个高个子，左脸上有个大黑痣，黑痣上面长着三根长长的黑毛，从来没有剪过。看到王龙朝着这边过来，手里提着篮子，以为他是个小贩，于是便大声喊道："喂，来干什么的？"

努了半天的劲儿，王龙才答道："我是那个叫王龙的农民。"

"噢，叫王龙的农民，你有什么事？"看门人又问，除了他主人和女主人有钱的朋友，他对谁都不客气。

"我来是——我来是——"王龙结结巴巴地说。

"我看出来了，你是有事而来。"看门人摆出一副要细加盘问的样子，用手指捻着他黑痣上的长毛。

"接一个女人。"王龙说，声音低得像是自言自语。在阳光下，他的脸上渗出了汗珠。

看门人大声地笑了起来。

"噢，那个人就是你啊！"他喊道，"主人叫我今天等新郎。你胳

---

① 应该是王龙对这茶水的价格感到意外。

膊上挎着篮子,我都没能认出你来。"

"我买了点肉。"王龙抱歉地说,等着看门人领他进去。可看门人却一动也没动。临了,王龙耐不住问:"是我自己进去吗?"

看门人装出一副大吃一惊的样子:"老爷会要了你的命的!"

看到王龙过于天真,他于是说道:"一点儿银子就是一把开锁的钥匙。"

王龙终于明白这个人是想跟他要钱。

"我是个穷人。"他带着恳求的语调说。

"我看看你的腰带里有什么。"看门人说。

见王龙果真顺从地把篮子放在石头地上,撩起长衫从腰间掏出一个小袋子,将袋子里买东西还剩的钱都抖落到他的左手中,看门人咧着嘴笑了。一共有一块银圆和十四个铜板。

"我就要这块银圆吧。"他满不在乎地说,王龙还没来得及反对,他已将银圆塞进袖筒,大步跨进了门里,大声喊着:"新郎来了,新郎来了!"

此时的王龙一方面对刚发生的事感到恼火,另一方面又被这一宣布他到来的高喊声惊得不轻,不过,除了硬着头皮跟在后面,他也别无他法,他也正是这么做了。他拿起地上的篮子跟在后面,不敢左顾右盼。

这是王龙第一次进黄家大院,可事后他却什么都记不起来了。他的脸在发烫,他低着脑袋走过一个又一个院落,耳朵里只听见前面看门人的吆喝声,听见两旁发出的嘻嘻的笑声。就在他觉得仿佛已经过了上百个院子时,看门人突然不喊了,将他推进了一间不大的过厅里。看门人留下王龙一个人,进了里面的屋子,不一会儿他出来说："老夫人叫你去见她。"

王龙正要往里面走，看门人又拦住了他，不无厌恶地喊道："你不能挎着个装着猪肉和豆腐的篮子去见尊贵的夫人！那样的话，你还怎么行礼？"

"对！对！"王龙慌忙答道。可他又不敢把篮子就这么随便放下，因为他怕会有人偷篮子里的东西。他不会想到世界上并不是人人都想要这些东西——二斤猪肉、六两牛肉和一条不大的塘鱼。看门人看出了他的担心，颇为鄙夷地叫道："在这样的人家，我们用这些肉喂狗！"说着他抓过篮子放在了门后面，把王龙推到了他的前头。

他们穿过一条狭长的、支撑廊顶的柱子都雕刻得十分精致的走廊，进到一个王龙从未见识过的豪华大厅。大厅又宽又高，像他自己那样的房子放几十间进去都显不出来。他只顾不胜惊讶地望着头顶这些宏大的雕梁画栋，结果绊在了高高的门槛上，亏得看门人及时抓住他的胳膊，才没有摔倒。只听得看门人高声地嘲讽道："你这是要给老夫人行大礼、磕响头了吧？"

王龙羞愧难当，他定了定神，看向他的前面，只见屋子中央的一个高椅子上坐着一位年迈的妇人，小巧的身子穿着亮闪闪的珠灰色锦缎衣服。她身旁的矮凳上放着一杆烟枪，有油灯照着，还没有熄灭。她用一双犀利的黑色小眼睛盯着王龙。她瘦削的脸上满是皱纹，眼窝深陷，目光敏锐，酷似猴子的眼睛。她的一只手还拿着烟枪头，黄黄的，像佛像身上镀金的光滑皮肤裹着她纤细的手骨。王龙跪下，把头磕在铺着瓷砖的地板上。

"扶他起来。"老夫人庄重地说，"不必行这样的大礼。他是来领那个女人的?"

"是的,太夫人。"看门人回答。

"他怎么不自己回话?"老夫人问。

"因为他笨,太夫人。"看门人捻着他黑痣上的长毛说。

这话惹急了王龙,他愤愤地望着看门人。

"我只是个粗人罢了,尊贵的太夫人。"他说,"我不知道在这样的场合该说什么。"

这位老夫人煞是仔细和庄重地打量着他,临了,像是要跟他说什么,可她的手却突然又握住了身边丫鬟给她装好的烟枪,刹那间,她似乎便忘记了他。她俯下身,贪婪地吸了一会儿,刚才眼中的锐利离她而去,宛如有层忘却的薄雾蒙在了她的眼睛上。王龙一直站在她面前没有动,直到她的目光又落在他的身上。

"这个男人站在这儿干什么呢?"她突然恶狠狠地问。她似乎忘记了刚才发生的一切。看门人不动声色,一句话也没说。

"我在等着接那个女人,老夫人。"王龙很是吃惊地说。

"女人?什么女人?"老太太问。她身边的丫鬟弯下身去小声地提醒她后,老太太回过神来。"啊,是的,我忘记了——一桩小事——你是来领那个叫阿兰的丫鬟的。我记得我们答应过她,找个庄稼人把她嫁出去。你就是那个庄稼人?"

"是我。"王龙答道。

"快把阿兰叫来。"老夫人跟身边的丫鬟说。好像突然间她急不可待地要把这件事做完,好留下她一个人在这静静的大屋子里抽她的大烟。

那个丫鬟不一会儿就回来了,手里拉着一个穿着一身干净蓝布衣服、体格高大壮实的女人。王龙瞥了她一眼，马上移开了目光，他的心急跳了起来。这个就是他的女人。

"到这儿来，丫头。"老夫人漫不经心地说，"这个男人是来领你的。"

那女人走到老太太面前站定，低着头，两只手紧紧攥在一起。

"你准备好了？"老夫人问。

那女人缓缓地答道："好了。"话音听上去像是回声。

王龙第一次听到她的声音，由于她就站在他的前面，王龙这次看到了她的背影。她的声音听上去不错，声调不亢不娇，很平实，不像是那种坏脾气。她的头发梳得整齐、光滑，上衣很干净。有一刻，他失望地发现她的脚没有缠过。不过，他对此来不及细想，因为老夫人已在吩咐看门人："帮她把箱子搬出去，让他们走吧。"

随后，她叫王龙到她跟前，对他说："我说话时，你要站在她旁边。这个女人来到我们黄家时，还是个十岁的孩子，她在这儿一直生活到了现在，如今已经二十了。我是在闹饥荒那年买下她的，那时候她父母逃荒来到南方。他们的老家在山东北边，后来又回那儿去了，从此就再也没有听到过有关她父母的消息。你也看到了，她有个强壮的身体，宽宽的脸庞。她能为你在田里干活，能挑水，做你想要她做的其他各种活计。她不漂亮，而对此你也并不需要。只有生活悠闲的男人才需要漂亮女人来消遣。她也不聪明。可你告诉她要做的，她都能做得很好，她的性情也不错。就我所知，她还是个黄花闺女呢。即便她不在厨房里干活，她平常的长相也吸引不了我的儿子和孙子们。要是有什么风流事，那也是跟哪个男仆。不过，在我的这些院子里，有太多漂亮的丫鬟们进进出出、来来去去，我想不会有人看上她的。领她回去吧，好好待她。她是个好丫头,虽说动作有些迟缓,脑子有些慢。她厨房的营生做得不错,要不是我曾在庙里许愿晚年要积些功德,为世上多添些人丁,我会一直留着她用的。如果有人要她们而老爷少爷们又不喜欢的,这样的丫鬟,我是愿意帮着把她们嫁出去的。"

接着,她又跟那女人说道:"听他的话,给他生多多的儿子。把头生子带来,让我看看。"

"好的,太夫人。"那个女人顺从地说。

他们俩忐忑地站在那里,王龙感到窘极了,不知该不该搭话,也不知该说些什么。

"好了,你们走吧!"老夫人有些焦躁地说。王龙匆匆地鞠了一躬,转身走了出来,那个女人跟着他,她后面是看门人,肩上扛着她的箱子。看门人把箱子放在王龙返回来拿篮子的那个过厅里,再不愿意往前多扛一步,随后他啥话也没说人就不见了。

王龙此时朝着这个女人转过身来,第一次认认真真地看她。她长着一张忠厚的方脸膛,短而宽的鼻子上有两个很大的黑鼻孔,她的嘴也很大,像脸上一道宽宽的伤口。她的眼睛很小,眼神显得暗淡无光,含有一种难以说清的悲凉情绪。这是一张看上去常年都沉默寡言的面庞,仿佛就算它愿意也说不出什么话来。她静静地让王龙打量着自己,既不觉得尴尬,表情上也没有任何反应,只是在耐心地等着王龙把自己看个够。王龙发现老太太的话没错,她的脸上没有一丁点儿美的地方——一张普普通通、吃苦耐劳的棕褐色的脸。不过,她褐色的皮肤上并没有麻子,她也不是豁嘴唇。他看见她的耳朵上戴着他买来的镀金耳环,手指上戴着他送来的戒指。他转过身去,内心一阵激动。噢,他也有了自己的女人!

"我们要拿箱子,还有这个篮子。"他粗声粗气地说。

她没有吱声,俯身提起箱子的一头,把它放到自己的肩上,她使着劲,试图站起来。王龙看到这情景,突然说:"我来拿箱子吧。你提篮子。"

他把箱子置在自己的肩上,也顾不得他穿着的是他最好的长衫。她拎起地上的篮子,依然没有吭一声。想到还要经过他来时走过的那许多院子,想到他扛着箱子的狼狈相,他小声地问她:"有边门吗?"她想了一会儿后,点了点头,仿佛没有一下就听懂他的话似的。随后,她带着他穿过一个长满杂草、池子也干涸了的废弃小院,在院子尽头一棵弯曲的松树下,有一个老式的圆门,她上前拉开门闩,他们出了门,来到街上。

有一两次,王龙回过头去看了看她。她用她的一双大脚稳稳地跋涉着,好像她这辈子都是这么走过来的似的,她宽大的面庞上没有任何表情。在城门洞里,他有些犹豫地停下来,用一只手在腰带里摸索着剩下的铜钱,另一只手稳稳地扶着肩上的箱子。他掏出两个铜板,用它们买了六个小青桃。

"拿着这些桃子,你自己吃吧。"他粗声粗气地说。

她像个贪吃的孩子似的一把抓过这些桃子,默默地把它们攥在了手心里。他们走过麦地的田埂时他又去看她,见她在一点点地啃着一个小桃,可当她发现他在看着她时,她用手捂住了桃子,咀嚼着的嘴巴刹那间不动了。

他们就这样走着,直至到了立在村西地头的土地庙。这座土地庙很小,其高度差不多到一个人的肩膀那里,是用灰砖砌成的,顶上铺了瓦片。他的爷爷曾经就是在王龙现在也靠着为生的这片土地上耕种的,是他的爷爷修了这座土地庙,用手推车从城里推回了这些砖。土地庙的外墙抹了一层泥灰,在一个收成好的年头,还请村里的画匠在白灰泥墙上画了山丘和竹林。可经过这许多年雨水的冲刷,墙壁上的这幅山水画现在只剩下了模糊的像羽毛似的竹子,上面画的山峦几乎都看不见了。

在这座顶上盖着瓦片的小庙里,坐着两尊神态安详肃穆的小神像,它们就是用这地里的泥土做成的。这两尊神像是土地爷本人和土地婆。它们穿着用红纸和金纸剪成的长袍,土地爷的下巴上还垂着几根用真毛弄成的胡须。每年春节时,王龙的父亲就会买来几张红纸,为这两尊神像细心地剪贴新的衣袍。经过一年雨雪的浇淋和风吹日晒,每到年底时它们的衣服就破烂不堪了。

不过,在这个时节,它们身上的长袍看上去还是蛮新的,因为这一年才开始没几个月,王龙看到它们体面的外表很是自豪。他从那女人的手里接过篮子,在猪肉下面小心地翻找着他买的香。他担心香被折断了,那会是个不好的兆头,好在它们还是囫囵的。他把它们拿出来,并排插在神像前的香灰里,因为周围的邻居都供奉这两尊神像,香炉里的灰积得挺多的。之后,他掏出火镰,用一片干树叶做引火,燃起火来点着了香。

于是,这个男人和这个女人站在土地庙的神像前。那女人看着香头烧红后变成了香灰。当燃香上的灰烬越积越多时,她俯身用手指弹去了香头上的灰。随后,像是怕自己做错了似的,很快地看了王龙一眼,尽管仍是呆滞的眼神。其实,她的这一举动,表现出一种王龙所喜欢的东西:她仿佛觉得这香火是属于他们两个人的。在这一似乎成为他们两人结为连理的时刻,他俩肩并肩静静地站在那里，看着香渐渐地燃尽；而后，见太阳就要落下西天了，王龙扛起箱子，他们朝着家里走去。

王龙的父亲正站在家门口，让落日的最后一抹余晖洒在他的身上。在王龙和这个女人走上前来时，老人站着没动。他要是去注意她，那会失了他的身份。因此，他假装饶有兴致地望着天上的云朵，大声喊道："那片挂在新月左上角的云里有雨。明晚之前会下雨。"临了，他看见王龙从那女人手上接过篮子，又喊道："你花钱了？"

王龙把篮子放在桌上。"今晚邀了客人。"他简短地说，随后把箱子拎到他睡觉的屋里，放在了他自己衣箱的旁边。在他好奇地望着它的当儿，老人来到他的屋门前，又唠叨起来：

"这个家总是在没完没了地花钱！"

其实，他心里暗自高兴他的儿子请了人，只是他觉得在新来的儿媳面前唯有这样抱怨才合适，免得她从一开始就养成乱花钱的毛病。王龙没有吭声，他从他屋里出来，拿着篮子去了厨房，那个女人也跟着去了那儿。他把吃的东西一件一件地从篮子里掏出来，放在冰冷的锅台上，然后对她说：

"这是买来的猪肉、牛肉和鱼。吃饭的客人有七个。你能做得了这些肉和菜吗？"

说话的时候，他的眼睛并没有望着她。那么做是不合适的。那女人用她呆板的声音回答道："打我进了黄家，就一直做厨房的活计。黄家人顿顿饭都离不了肉。"

王龙点了点头，离开了她，直到客人们相继到来，他到厨房看饭菜准备得怎么样了时，才再一次见到她。来人中，他的叔叔是一副面有饥色、又高兴又有些不好意思的样子,他叔叔的儿子是一个十五岁的莽撞小子,来的村民则全是些老实巴交的农民,进来时都腼腆地笑着。其中的两人,王龙经常跟他们交换种子,到收获的季节时常相互帮忙,有一位是住在他隔壁的邻居,老秦,一个身材瘦小、性情沉静的人,平时很少说话,除非是迫不得已。出于礼貌,客人们为座次让来让去,待他们在堂屋里坐定之后,王龙去到厨房,叫那女人上菜。不料,她却对他说:"最好是我把碗给你,你把它们端到桌上去吧。我不想在男人们面前露脸。"

听了这话,王龙不免心头一喜,他顿时感到一阵骄傲,这个女人是他的,不害怕出现在他面前,可不愿意见别的男人。他在厨房门口从她手里接过碗盘,一边把它们摆到堂屋的桌上,一边大声招呼道:"吃吧,我的叔侄,我的兄弟们。"当他爱开玩笑的叔叔说"不让我们见见蛾眉新娘吗?"时,王龙坚决地回答:"我们还没有完婚,在这之前,别的男人看她不合适。"

他叫大家吃好,喝好,客人们便开始尽兴、尽情地吃起这些美味,有人称赞鱼和鱼上面浇的汁味道鲜美,有人称赞猪肉做得香,王龙只是一再地回答说:"东西不多,做得不好。"

然而,他心里却得意极了,因为这个女人就用他买的这点肉,配上手边有的一些调味品——食糖、醋、一点儿酒和酱油,便做出了色香味美的红烧肉,这样的菜肴王龙以前从未在他朋友家的酒席上尝到过。

那晚,客人们饭后喝着茶,说着笑话,坐了很久,这期间那女人便一直待在灶台后面。等王龙送走了最后一个客人来到厨房时,她蜷缩在老牛旁边的干草堆里已经睡着了。他叫醒她时,她的头上还沾着稻草,而在王龙喊醒她时,她还突然在睡梦中抬起胳膊,仿佛要挡住别人的击打似的。她最后终于睁开了眼睛,用一种奇怪、无言的目光望着他,让他觉得他好像面对的是个孩子似的。他拉着她的手,把她领进他早晨洗澡的那个房间,点着了桌上的一根红蜡烛。烛光下,当他一下子意识到自己是单独跟一个女人待着时,突然变得有点儿羞涩了,于是他不得不提醒自己:"这是我的女人。那种事是必须得做的。"

他开始硬着头皮脱下衣服,至于那女人,则偎在床帐的角上,开始一声不响地铺床。只听王龙粗声粗气地说:"你躺下前,先把蜡烛吹灭了。"

说完王龙便躺下了,把厚厚的被子往上拽了拽,盖住肩膀,假装要睡了。不过,他怎么可能睡得着呢?他躺在那里,身体簌簌地战栗着,身上的每根神经都在燃烧。过了好一阵子,屋子暗了下来,那女人悄悄地一点一点地爬到了他身边,一阵激奋感充溢在他的心间,他的身体几乎要爆裂了。黑暗中他发出一声沙哑的笑,将她搂进了怀里。

第二章

Chapter 2

王龙也有了享受生活的时刻。第二天早晨他躺在床上,望着这个现在已完全属于自己的女人。她起身穿上她宽大的衣服,系紧领口和腰部那儿,又慢慢地动了动扭了扭身子,让衣服束得更合身了。之后,把脚伸进她的布鞋里,用缀在鞋后帮上的鞋襻把鞋提上。从那个小窗孔里透进的光照在她的身上,他隐约瞥见了她的脸。她脸上的表情看上去一点变化也没有。这令王龙感到些许惊讶。他似乎觉得,这刚过去的一晚一定在某种程度上改变了他自己,而刚从他床上爬起来的这个女人,却好像她生活中的每一天都是这么开始的似的。从朦胧的曙色中传来老人不耐烦的咳嗽声,王龙对她说:"水一烧开,就给我父亲端过去一碗,让他润润肺。"

她用跟她昨天说话时一样的声音问:"开水里放茶叶吗?"

这个简单的问题难住了王龙。他本想说："当然一定要放茶叶了。你以为我们是叫花子吗？"他想让这女人认为茶叶在他们家根本算不上什么。自然，在黄家，每天喝的肯定是里面都泡了绿莹莹的茶叶的水，甚至连那里的丫鬟或许也不喝白开水。但是王龙知道，如果这女人头一天就给他父亲端去茶水而不是白开水，他父亲准会生气。更何况，他们家并不富裕。因此，他装作不在意地回答说："茶水？不——不——那会让他咳得更厉害的。"

就这样，王龙暖暖地心满意足地躺在被窝里，而那女人则在厨房生起火来，烧着开水。他本想再睡一会儿，既然现在他有这个条件了，可这么多年来苦命的他已经习惯了早起，就是有条件睡，也睡不着了。于是，他躺在床上，享受、品味着带给他身心的这一闲适。

想到他的这个女人，他心中仍不免有些羞涩。当然，他时而会想他的田地，想地里的麦子，想要是下了雨他的收成会怎么样，如果价钱谈得拢的话他还想着从他的邻居老秦那里买点儿白葱籽。不过，在他每天这些惯常的思绪中，现在夹杂进来了他对当下生活的新想法，回忆起昨夜的事，他突然很想知道她是不是喜欢他。这是刚涌进他脑海中的一个疑问。在这之前他只是问自己，他是否喜欢她，在他的床上，在他的家中，她是否满意。虽说她长相平平，手上的皮肤很粗糙，可她壮实的肉体却格外柔滑，没有被人触摸过，一想到这些他笑了起来——还是昨晚他冲着黑暗发出的那种短而粗犷的笑声。看来，那些黄家的少爷们只是看到了这个厨房丫头那张极普通的脸。她的身体还是挺美的，高个子，没有多余的脂肪，圆润，柔软。他突然希望她会喜欢他成为她的丈夫，想到这里他有些不好意思起来。

屋门打开了,她一声不响地走了进来,两手端着一碗热气腾腾的水。他坐起身子,接过碗。水面上漂着些茶叶。他抬起头迅速地望了她一眼。她立刻有些胆怯起来,赶忙说:"我照你的吩咐做了,没有给老人碗里放茶叶,可给你,我……"

王龙见她有些怕自己,顿时感到一阵得意,还没等她把话说完,就回答道:"我喜欢喝茶,我喜欢喝茶。"一边说着,一边吧嗒着嘴大口地把茶水喝了下去。

他的内心现在充满了一种新的喜悦:"我的这个女人挺喜欢我的!"对此,他甚至对自己都羞于承认。

在接下来的几个月里,他似乎什么都没有做,就顾着留意他的这个女人了。实际上,他还是像往常一样地干活。每天早晨他扛上锄头,到他的田里,耘出一行行庄稼,把牛套在犁上,耕村西种蒜和葱的土地。如今,这农活干得有滋有味了,因为晌午他一回到家,饭就已经为他准备好,桌子擦得干干净净的,碗筷已摆在了桌上。之前,尽管累,他一进门还得饿着肚子做饭,除非是老爷子饿急了,自己动手去拌点玉米粥,或是烙点儿死面饼卷上蒜苗吃。

现在,不管吃什么,都已经有人给他做好了,一回来他就可以马上坐在桌前的凳子上吃饭。屋子的地也扫过了,柴火又捡回来新的。在他上午出去干活的时候,这个女人便带上竹耙和绳子,到田野里去拾干草、树叶和树枝,到中午时就会背回足够做一天的饭的柴火。对此王龙当然高兴,因为这样他们就省下了买柴火的钱。

到了下午,她背着粪筐扛着铁锹,去到通往城里的大路上,在那条道上,载货的骡马驴车络绎不绝,她在那儿捡回它们的粪便,堆在门外，以供田里施肥时用。这些事她一声不吭地便做了，根本无须谁吩咐她。每日晚上，直到把厨房里的牛喂饱饮足以后，她才肯去休息。

她拿出这爷俩的破旧衣服，用她自己在竹锭上用棉花纺的线缝补好它们，她设法将他们棉衣上的破洞补好。她把他们的被褥放到门前的太阳底下去晒，拆下上面的被面洗干净，挂在竹竿上晾晒，把被褥里因为年长日久已变得又黑又硬的棉花重新絮过，杀死藏在被褥褶子里的虱子跳蚤，然后把它们放在太阳下面暴晒。日复一日，她做着这些事情，直到家里的三个房间都变得整洁，几乎有了生气。老人的咳嗽也渐渐好转，他常常靠着屋子的南墙，坐在那里暖暖地心满意足地一边晒太阳，一边打着瞌睡。

然而，除了生活中非说不可的话，这个女人不再开口。尽管王龙常常望着她的一双大脚在这几间屋子里不紧不慢地走进走出，时而还偷偷注视她那张呆板的方脸和像是担心着什么的眼神，可他对她还是无法理解。夜晚，他知道她有个坚实润滑的身体。但是，一到白天，她的衣服，她那朴素的蓝棉布上衣和裤子便把他所知道的一切都遮盖了起来，她就像是个忠实而又默默无言的女佣，一个只有用人身份的女人，仅此而已。要是他直接问她："你为什么不说话？"那是不合适的。她尽到了自己的本分和职责，这就足够了。

有时候，在地里干活的中间，他会去想有关她的事情。她这些年在那上百个院子里都看到过些什么？她在那里过着怎样的一种生活？一种他从不知晓、也无从想象的生活。临了，他又因为自己的好奇心和对她的兴趣，感到有些羞愧。毕竟，她只是个女人罢了。

对于一个曾做过大户人家的丫鬟，一个从黎明干活到深夜的女仆来说，收拾三间屋子和一天做两顿饭的家务，根本不够她忙的。这些天来王龙一直在地里没日没夜地干活，一天，当他锄地正锄得汗流浃背、腰酸背痛时，她的身影出现在他正躬身耕作的田垄上，她肩上扛着一把锄头来帮忙了。

"天黑以前家里没事做了。"她简短地说，随后，她去到他左边的麦垄，埋头锄起地来。

太阳热辣辣地照在他们身上，因为已是早夏时节，不一会儿她的脸上便淌下汗珠。王龙已脱掉上衣，光着脊背，她穿着一件遮住双肩的单衣干活，单衣很快就湿透，贴在了她的身体上。两人做活时的动作、步子几乎都和着同一个节拍，一个小时接着一个小时默默地锄地，有她在旁边，他甚至都不觉得累了。他没有了一切杂念，有的只是他们在做活中间的这一默契、在对着阳光一遍又一遍耕翻这片土地时的快乐，这片土地构成了他们的家，为他们提供食物，塑造了他们膜拜的神。黑油油的肥沃的泥土，在他们的锄头下松散开来。有的时候，他们会翻出一块砖头，或是一小块木片。这算不了什么。从前的某一个时期，曾有男人和女人生活在这里并埋葬在了这里，他们建起的房屋后来坍塌，也像他们一样重归于泥土。同样，他们的房子有一天也会重归于泥土，还有他们自己的躯体。在这片土地上，每个人都有轮到他自己的时候。他们俩干着活，一起顺着田垄锄着地，一起让这片土地结出果实，两人谁也不说话，可他们的动作却是那么协调。

太阳落下后，王龙缓缓地直起了背，望着他的女人。她的脸上满是汗和土。她褐色的皮肤宛如泥土自身的颜色。被汗水湿透了的黑衣服紧紧贴在她壮实的身体上。在慢慢地锄完最后一垄地后，她用跟往常一样的平直的声音说:"我怀上孩子了。"在这寂静的傍晚的空气中。她的声音更是显得平直和呆板。

王龙静静地站着。此刻的他,对这种事情能说什么呢?她俯身捡起一块砖,把它扔出了地里。听她的话音,就好像是她在说"我给你端来茶水了"或是"我们能吃饭了"一样。这件事在她看来似乎就是那样平常!可对他而言——他还无法说出这对他到底意味着什么。他的心好像一下子涌了上来,又仿佛突然遇到了什么阻隔停住了。噢,终于轮到他们在这片土地上传宗接代了!

他突然从她手中拿过锄头说——声音在他的嗓子里有些滞重——"好了,今天就干到这了。我们告诉老人去。"

于是,他们往家里走去,她跟在他的后面,离他有五六步远,因为作为女人就应该这样。老人站在门口,饿着肚子等着吃晚饭,因为现在既然家里有了女人,他当然再也不用给自己做饭了。一看见他们,他就焦急地喊:"我太老了,不能这么晚了还吃不上饭!"

可王龙没有接老人的话茬,他走过老人进到屋里说:"她怀上孩子了。"

王龙竭力想说得轻松,就像说"今天我在村西地里播下了种子"那样,可他做不到。尽管他是用很低的声音说出来的,但在他听来仍像是用很大的声音喊出来的。

有片刻的工夫,老人眨巴着眼睛,随后,他明白了过来,哈哈地大笑起来。

"哈哈哈!"他的儿媳妇走过来时,他冲着她大声说,"噢,看来就要有收获了!"

在暮色中他看不清楚她的脸,只是听见她平静地回答说:"我现在去做饭。"

"对——对——吃饭——"老人急切地说,像个孩子似的跟着她进了厨房。就像刚才想到孙子忘记了吃饭一样,现在,儿媳在他面前重提起饭,又让他忘记了孙子的事。

此时,王龙已摸黑坐到饭桌前的凳子上,把头伏在他交叉的双臂里。另一个生命,延续他血脉的孩子,将要诞生了。

第三章

Chapter 3

孩子出生的时刻临近时,王龙对他的女人说:"到时候,咱们得找个人——找个女人帮忙。"

可是她摇了摇头。她正收拾着吃晚饭时用过的碗筷。老人已经去睡了,夜晚的堂屋里只剩下他俩,一盏油灯发出的摇曳的光落在两人身上,灯是用一个小铁盒做的,盒里盛着豆油,油里浸着一根用棉线搓成的灯芯。

"不要人帮忙?"他颇为惊讶地问。现在,他已经习惯跟她这样子谈话了,她一般仅是做一个手势,或点头或摇头的动作,或者最多极不情愿地从大嘴里蹦出几个字。王龙甚至慢慢觉得这种谈话并不缺少什么。"可你生孩子时,家里只有两个大男人,会让人觉得奇怪的!"他继续道,"我妈当时是在本村找了个女人。这方面的事情我一点都不懂。不能从黄家找个跟你惯熟的，年纪大点的女仆来吗？"

这还是王龙第一次提到她以前做丫鬟的那个大户人家。她像是变了个人似的看着他，她的小眼睛瞪大了，她的脸上烧起闷闷的怒火。

"不要那家的人来！"她冲着他喊。

王龙正往烟袋锅里装烟丝，这时他不由得放下旱烟袋，怔怔地望着她。但她的脸突然又变得跟平常一样了，她拾掇着桌上的筷子，好像根本没有说过话似的。

"噢，这可就怪了！"他不胜惊讶地说。可她没有作声。于是，他继续争辩道："我们两个大男人，根本不懂得接生。说到我父亲，他进你的房间，不合适。至于我，我连母牛生犊都没见过。我这双手笨得很可能伤着孩子。喂，还是从黄家请个人吧，那儿的女仆常常生孩子……"

她把筷子收在一起，整齐地放到桌子上，盯着他看了一会儿，她说："等我再去黄家，我怀里会抱着我的儿子。我会给他穿上一件红袄，一条上面有红花的裤子，给他的头上戴上一顶前面缀着金色小菩萨的帽子，脚上穿上虎头鞋。到时我会穿上一双用黑棉布做的新鞋和一件新上衣。我要去我往日做活的厨房，去老夫人抽鸦片烟的大厅，我要让他们所有的人看看现在的我和我的儿子。"

在这之前，王龙还从未听她讲过这么多话。这些话尽管语速缓慢，可却是没有停顿地说出来的；他意识到这是她自己早已盘算好了的。当她在地里跟他一起干活时，她就已经在计划着这一切！她是多么令人惊讶啊！他一直以为她很少想到这个孩子，因为她每天总是在默默地做着活计。其实不然,她不仅在想着这个孩子,还看到他生了下来,看到他从头到脚穿戴起来的样子,而且,作为母亲的她自己也穿着一件新衣!这一次是他感到无言以对了。他不自觉地在大拇指和食指间揉搓着一些烟叶,直到把它揉成一个球,他拿起旱烟袋,装上了烟叶。

"我想,你需要些钱。"他最后说,语气显得有些生硬。

"要是你能给我三块银圆……"她胆怯地说,"这不是个小数目,可我仔细算过了,我不会浪费一个子儿的。我会让布店老板给我裁剪的布一寸也不少。"

王龙伸手到他的腰带里摸钱。一天前,他从村西的水塘里割了一大捆芦苇,到城里的集市上卖了,他腰里的钱比她想要的还多出一点儿。他拿出三块银圆放在桌子上。踌躇了一会儿后,他又添上了第四块银圆,这块银圆他装在身上已经有些天了,本想着哪天早上去茶馆里赌上一回。不过,又担心赌输了,他还从未赌过,顶多是围着赌桌转上几圈,看看人家在桌上掷出的骰子。因此,他最终都是在说书馆里度过他来城里的大部分时间,在那里可以听到许多古代的故事,要是有人过来收钱,丢给他一个铜板也就够了。

"你把这一块也拿上吧。"他说着点着了他的烟袋锅,随后很快吹灭了燃着的纸捻儿,"或许,你可以用一小块绸子给他做个小斗篷,毕竟这是我们的第一个孩子。"

她没有马上收起那些钱,只是站在桌前望着它们,她的脸上看不出任何表情。临了,她用耳语般的声音说:"这是我第一次手里有了银圆。"

她突然把钱拿起来,紧紧地攥在手里,匆匆地去了他们睡觉的房间。

王龙坐着抽烟,没有动。还在想着刚才放在桌上的银圆。这银圆来自土地,来自他常年劳作、耕翻的土地。他依靠这片土地为生,他用自己辛劳的汗水从土地中获得粮食,从粮食中得到银圆。在此之前,当他每一次把银圆给到别人手中时,都好像是割下自己身上的一块肉,随便送了人一样。而给出银圆没有让他感到痛,这还是第一次。因为这一次他看到他的银钱不是落到城里的哪个陌生商人的手中,而是看到它变成了甚至比它本身更有价值的东西——穿在他儿子身上的漂亮衣服。他的这个奇怪的女人,平时忙里忙外,不吭不哈,好像什么也不闻不问似的,可却是她最先看到了孩子这样穿戴起来的模样!

分娩的时刻到来时,她不让任何人在她的身边。那是一个傍晚,太阳还没有完全落下。她正跟他在田里一块儿干活。前些时候,收完了麦子,田里注了水,插上了秧苗,如今稻子也成熟了,由于今年夏天雨水充沛,早秋的阳光又和暖又充足,稻子都长得颗粒饱满。此时他俩一起收割着稻子,已弯着腰用短把镰刀干了一整天了。因为身子重,她的腰不太能弯得下去,因此,她割得比他慢,不久,便落在了他的后面。等过了晌午到了下午和傍晚时,她移动得更慢了。他扭过头来,有些不高兴地看着她。这时她停下手中的活儿,直起身子,把镰刀丢在了地上。她的脸上又渗出新的汗珠,由于腹部剧痛而渗出的汗珠。

"要生了,"她说,"我得回去了。在我叫你之前,不要进屋子里来。你只要找一根新苇子,把它劈成篾子带给我就行,我要用它剪断孩子的脐带。"

她穿过田野不紧不慢地往家里走去，仿佛什么事也不会发生似的。望着她走远了以后，他去到地那头的池塘边，挑了一根细长的绿苇子，细心地把芦苇秆上的叶子都剥掉后，用镰刀劈开了它。秋天的傍晚，夜色降临得很快，他背上镰刀，动身回家。

他到家时，发现晚饭已热腾腾地放在了桌上，老人正坐在桌前吃饭。她当时停下活儿回来，就是为了给他爷俩准备饭啊！他跟自己说，她真是一个难得的女人。他去到他俩睡觉的屋门前，对里面喊：

"给你苇篾！"

他等着屋里的回应，想着她会叫他把它送进去。可她没有这么做。她来到门前，从门缝中探出手。把苇篾接了过去。其间，她没有说一句话，他只听到她那如同动物般的喘息声，像是刚刚奔跑了很远的路似的。

老人此时从他的碗上抬起头来，对王龙说："先吃饭吧，不然饭就凉了。"接着，他又说道，"你不用着急，还得一阵子呢。我清楚地记得，咱家的第一个孩子出生时，一直折腾到天亮才生出来。唉，想想我和你妈生的那么多的孩子———一个接着一个，我想，有十来个吧，唯有你活了下来！从这儿，你就能明白为什么一个女人一定得生了又生。"说着他像是对这件事又有了一个新看法似的继续说道，"到明天这个时候，我兴许就是一个男孩的爷爷了！"他突然笑了起来，放下手中的碗筷，坐在昏暗的屋子里，哈哈哈地笑了好一阵子。

此时的王龙则站在门口，倾听着屋里沉重的如同动物般的喘气声。一股热血的味儿从门缝中流溢出来，这一令人作呕的味道吓了他一跳。屋中女人的喘息声变得越来越大,越来越急促,像是低低的喊声,可她却一直忍着,没有大声地叫。就在他再也忍不住,要冲进屋子里时,突然传出一阵又细又尖的哭声,这令他忘记了一切。

"是男孩吗?"他急切地问,全然忘记了这个女人。尖细的哭声再次响起,脆脆的,不依不饶的。"是男孩吗?"他又大声地问,"快告诉我,是不是男孩?"

屋里传出女人的应答,微弱得像回声:"是男孩!"

王龙这时坐回桌前。这一切都发生得多么快啊!桌上的饭早已凉了,老人在凳子上睡着了,可这一切都发生得多么快啊!他摇了摇老人的肩膀。

"是个男孩!"他骄傲地喊着,"你当爷爷,我当父亲了!"

老人突然间醒了,开始大笑起来,就像他在睡梦中也一直在笑来着。

"对——对——当然啦,"他笑着说,"当爷爷——当爷爷了——"他站起来,哈哈地笑着回他的屋子去睡觉了。

王龙端起放凉了的大米饭,开始吃起来。蓦然间他觉得自己特别饿,恨不得把饭一下子都倒进自己的肚子里。他能听到里屋的女人在拖着身子移动,听到孩子持续的尖尖的哭声。

"我想,从现在起,我们这个家再也不会冷清了。"他自豪地跟自己说。

在开心地吃过饭后,他又来到了门前,屋里的她喊他进来,他走了进去。那种破水的热乎乎的味道依然充溢在空气中,可除了木盆里再看不到有它的痕迹。就是这个木盆,她在里面也倒入了水,把它塞到了床底下,塞到人一眼看不见的地方。屋里点上了一支红蜡烛,她躺在床上,身上盖着被子,一切都显得很整洁。她旁边,躺着他的儿子,按照当地的习俗,孩子被裹在他的一条旧裤子里。

他走上前去,一时间竟说不出话来。他的心涌到了他的胸口,他俯身看着孩子。孩子的脸圆圆的,黑黑的,上面有许多褶皱,头顶上的毛发又长又湿又黑。他躺在那里,已停止了啼哭,两只眼睛紧紧地闭着。

他望向他的妻子,她也回望着他。由于刚才的剧痛,她的头发仍是湿漉漉的,一双小得像条缝似的眼睛深深地陷了下去。除了这些,再也看不出她跟平时有什么不同。可对他而言,躺在那儿的她还是令他受到了感动。他的心飞向了这母子二人,不知道此时该讲些什么的他,只是说道:"明天我就进城去,买上一斤红糖,冲红糖水给你喝。"

随后,他又再次看向孩子,突然说出下面这些好像是他刚刚想到的话:"我们得买一大篮子鸡蛋,并把它们染成红的,送给村民们。这样,村子里的人就都知道我有儿子了!"

第四章

Chapter 4

生下孩子的第二天，阿兰就像平常一样起来给他们爷俩做饭了，不过，她并没有跟王龙一块去地里，王龙一个人到田里收割，一直干到过了正午。之后，他换上他的蓝布长衫进了城，到市场上买了五十个鸡蛋，虽说不是新下的，可质量也不错，一文钱一个，他还买了红纸，要和鸡蛋在水里一起煮把鸡蛋染红。随后，他提着装着鸡蛋的篮子去了糖果店，买了一斤多红糖，看着店老板用棕色纸将它包好，并在系红糖的草绳下面放了一方红纸，店主边包边笑着说："你这是给刚生了孩子的母亲买的吧。"

"是的，头生就生了个儿子。"王龙骄傲地说。

"啊，好运气。"那人随意地应和了一句，他的目光已落在一个刚进来的衣着讲究的顾客身上。

这句话他跟别人已说过多次,甚至天天都会和顾客说,可在王龙听来,却好像是专门对他讲的,此人的恭维话令他很是开心,走出店时一再地给人家鞠躬。当他来到烈日下满是尘土的街道上时,他简直觉得世界上哪个人都比不上他的运气好。

在他正沾沾自喜地想着的当儿,却突然袭来一种恐惧感。在这一现世生活中,一个人的运气不能太好了。在天空和大地上,到处都有邪恶的精灵,他们是不能容忍凡人,尤其是像他这样的穷人,过得幸福的。于是,他急忙进到那家也卖香的蜡烛店,在那里买了四炷香(他家里的人一人一炷),带着这四炷香他去了小土地庙,把它们插在了他和妻子上次一块烧香时留下的香灰里。看着四炷香烧完后,他心满意足地往家里走。这两尊稳稳地坐在小屋顶下的保护神,他们的力量多么大啊!

之后,几乎出乎所有人的意料,这个女人没几天就又回到地里跟他一块儿干活了。庄稼已收割回来,他们在门前的场院里打谷脱粒。两人一起先用连枷打谷。再把打下的谷粒放在用竹子编的大簸箕里,迎着风高高地扬起,谷粒下来落在簸箕里,大团的秕糠则随风飘向了别处。接着,又在田里播下冬小麦,他扶着牛拉的犁走在前面,她跟在后面,用锄头把耕翻起来的土块敲碎。

现在,她已是一整天地在地里做活了,孩子就搁在一块铺在地上的破旧被褥上,在睡觉。他哭的时候,女人便停下活计,解开怀就地坐着给他喂奶。太阳暴晒着母子二人,在冬天的寒冷到来之前,这晚秋的阳光依然有着夏天的热度。女人和孩子都晒成了土壤那样的褐色,他们坐在那儿很像是两个泥塑的人。不管是女人的头发还是孩子柔软的黑发上,都沾着一层土。

雪白的乳汁从女人硕大的褐色乳房里流淌出来，当孩子吮吸着她的一个乳头时，另一个就像喷泉似的往外涌；她任凭它流淌。尽管这孩子挺贪吃，可还是远远吸不下这足够多个孩子吃的奶水，因此她让这充足的乳汁不停地淌下来。奶水往往越流越多。有时，她撩起衣服，捧着乳房，让奶水往地上滴，免得弄湿了衣服。乳汁渗入泥土中，形成一小块柔软、黑色的沃土。这孩子被喂得胖胖的，很少哭闹，他吃的是他母亲提供给他的永不枯竭的乳汁。

待冬天到来时，他们已做好过冬的一切准备。这一年的收成是以前从来没有过的，这座有三间屋的小房子到处堆满了粮食。从屋梁上吊下一串串干葱头和大蒜。在堂屋，还有老人的房间和他们的房间里，都放置了用苇席围成的大囤，里面盛满了麦子和稻谷。其中很大一部分都要卖掉，但精打细算的王龙跟许多村民不一样，他没有像他们那样随意地把钱花在美食上或是赌场，因此他不必像他们那样把刚打下的粮食就低价卖出去。相反，他把粮食储存起来，等到冬天下起大雪或是春节到来时才往外卖，那时城里人会不惜出高价购买粮食。

但王龙的叔叔甚至常常等不到自己的庄稼完全成熟，便将它们卖了出去。有的时候，为了弄点现钱花，又懒得去收割和打场，索性把还长在地里的庄稼就卖掉了。他的婶母是个蠢女人，又胖又懒，总是嚷着要吃这样或那样的美味，嚷着要从城里买鞋子。而王龙的女人却是给全家的人——他和他的父亲，还有她自己和孩子——都做鞋穿。如果她也闹着要买鞋，那王龙还真不知道该怎么办呢！

他叔叔那间破旧得快要倒塌的屋子的梁上，可没有挂过什么东西。可他自己家中，甚至还吊着一只从邻居老秦那里买来的猪腿。老秦发现他的猪像是生了病，便在它没掉膘前杀了它，因此那猪腿又肥又大的，阿兰用盐把它腌透了，挂起来让它风干。挂着风干的还有他们自己家里的两只鸡，是阿兰宰杀了它们，掏出内脏，在它们的肚子里撒了盐，鸡毛还在上面没有拔掉。

因此，当冬天凛冽、刺骨的风从东北面的沙漠刮来时，王龙一家能在屋子里坐拥这一派充裕。不久，孩子几乎就能一个人坐起来了。孩子满月那天，王龙家吃了长寿面，还请来了曾参加过他喜宴的村民，给了他们每人十个煮熟、染红的鸡蛋，对那些前来道贺的村民，也每人给了两个鸡蛋。大家都羡慕王龙得了这么一个长得又胖又大的儿子——一个长着月圆形的脸庞、高高的颧骨很像他母亲的孩子。现在冬天来了，他不再躺在田野里，而是坐在家中地上铺着的褥子上了，他们打开朝南的屋门，让阳光照进来，而寒冷的北风则被房子厚厚的土坯墙严严实实地挡在了外面。

门前的枣树，还有田野边上的柳树和桃树，很快都被吹落了叶子。唯有竹叶还依附在屋子东面稀稀落落的绿竹上，尽管劲风吹弯了竹子的腰，叶子仍顽强地攀附在枝条上。

刮着这样干燥的风，躺在地里的麦种不可能抽芽，王龙盼着雨水的到来。跟着，有一天，风突然停了，空气也显得静谧、温暖，从灰蒙蒙的天空里，降下如甘霖般的雨。坐在暖融融的家中，王龙他们望着这充沛的雨水直泻在场院周围的田地里，望着从门顶的屋檐上滴下的水珠。小孩子觉得很新奇，伸出小手去接住那正落下的银色雨丝，高兴得笑起来，大家也跟着他一起笑。坐在孩子旁边的老人不由得说："在这十里八乡，也找不出一个像我们家这样的孩子了。我弟弟家的那几个娃,学会走路以前什么都不懂。"

在这样的时候,村民们会相互间串门,因为每个农人都觉得,这一次是老天为他们做着地里的活儿,为他们浇灌着庄稼,无须他们再用扁担一趟趟挑水,直到累得腰也直不起来;一大早,村民们便打着油纸伞,赤着脚走过田间小道,去到这家或那家,喝着茶聊天。而勤俭的女人们待在家里纳鞋底,缝补衣服,想着为过新年准备吃用的东西。

可王龙和他的妻子却很少串门。村子里零零落落散布着的六七个小户人家里,没有一户像王龙家这么温馨和充裕的,王龙觉得如果他跟别人家走得太近,他们会跟他借钱。新年马上就要到了,谁家能有买新衣服和年货的钱呢?他待在屋里,当女人做着缝补的活儿时,他就检查着竹耙,绳子断了的地方,他就用自己地里种的麻织成的新线,把它们接好,有竹齿坏了,他就用一片新竹将它替换掉。

农具由王龙修理,而家里用的东西则是他的妻子阿兰来修补。若是坛子漏了,阿兰并不像别的女人那样直接扔了换个新的,而是用土和黏土和成泥,把缝隙粘起来,然后慢火烤干,就跟新的一样好用了。

就这样,他们坐在自己的家里干活,很高兴他们彼此间如此默契,尽管他俩之间很少说话,要说也是一些零零星星的话。"你留下种大南瓜的籽儿了?""我们把麦秸卖了吧,烧饭用豆子的茎秆就行。"或者,王龙偶尔会说:"你今天做的面条很好吃。"阿兰则把这归因于"今年地里打下的麦子好"。

这一年获得的好收成,让王龙得到了超出他家生活所需要的银圆，这些盈余的钱他不敢总带在身上，除了他的女人他也不敢告诉任何人。他俩合计着该把这些银圆存放在哪里，最终还是他女人想到一个法子，她在他们屋里床后面的内墙上挖了个洞，王龙把银圆置在这个墙洞里后，她又用一团泥巴糊住了洞口，表面上看不出任何被挖过的痕迹。这给予了王龙和阿兰一种藏有和储存有财富的幸福感。王龙意识到他已拥有了一些多余的钱，当他走在同伴们中间时，无论是对自己还是对他人，他都多了一份从容。

第五章

Chapter 5

新年临近了，村子里家家户户都在为过年做准备。王龙进城到蜡烛店买了红斗方，它们上面有的写着金色的"福"字，有的写着"财"字，他把这些红斗方贴在农具上，希望新的一年给他带来好运。他在耕犁、牛轭，还有挑水的桶和挑肥料的箩筐上，都贴上了红斗方。在屋门上，他贴了长条的红纸对联，上面多是写着一些求财求福的格言；在门道里，他挂上了用红纸剪成的各种精致的花卉图案。他还买了给土地神做衣服用的红纸，他的老父亲尽管手有些发抖了，可这给土地爷的新衣还是裁剪得有模有样。王龙拿着它们，到土地庙给两尊神像穿在了身上，临了，为迎新年还在神像前烧了一炷香。此外，他给家里买了两支红蜡烛，准备除夕点在神像（神像挂在堂屋的正面墙上）前的桌子上。

随后，王龙又进城一趟买了猪油和白糖，阿兰把猪油熬得又白又滑，然后她拿出些米粉——这是用他们自己种的米磨的，有需要时，他们就让牛来拉磨，磨上一些，跟熬好的猪油和白糖和在一起，便烧出了色香味美的年饼，也叫月饼，就像黄家人吃的那种。

当做好的月饼一排排摆在桌子上准备烤时，看着它们的王龙心里感到特别骄傲。村子里再没有一个女人能像他的女人这样，能做出只有富人家过节时才吃的饼。她在一些饼上撒了小红果和绿梅干，并用它们摆弄出花卉等图案。

"这些饼吃了怪可惜的。"王龙说。

王龙的父亲围着桌子不停地打转，就像孩子看到鲜亮的颜色那般高兴。他说："把你的叔叔跟他的孩子们叫来，叫他们看看！"

但富裕已让王龙变得小心起来。你不能把饿肚子的人叫来，而只是为了让他们看看这些月饼。

"在年前看到月饼，不吉利。"王龙赶紧说。此时，沾着满手面和猪油的阿兰，也附和着说："这些饼不是做给咱们吃的，除了一两个没做花的可以叫客人们尝尝。我们还没有富裕到能吃得起猪油和白糖。我这是给黄家的老夫人准备的。等到大年初二时，我要带着孩子和这些月饼去看她。"

于是，这些月饼比什么时候都显得更为重要了，王龙很高兴他的妻子要作为客人去那个他曾战战兢兢寒酸地站立过的大厅，而且，还是抱着他的身穿红衣服的儿子，拿着用最好的面、白糖和猪油做成的又好吃又好看的年饼。

与这一趟走访比较起来，新年里的其他活动都显得不那么重要了。当他穿上阿兰为他新做的黑棉布上衣时，他也只是跟自己说：

"等我送他们母子去黄家时,我要穿上它。"

为此,他甚至觉得大年初一都过得索然无味了,尽管这一天他叔叔和邻居们都来家里给他父亲和他拜年,大家在这儿热热闹闹地又吃又喝。在这之前,王龙已留意把那些色香味美的月饼放到篮子里收了起来。免得村民们看到了不得不让人家尝一尝,虽说当人们夸赞那无花的年饼好吃时,王龙几乎忍不住要喊出来:"你们还没见过那些上面带花的年饼哩!"

不过,他没有,因为他最大的心愿就是在走进这一大户人家时,能显得体面富足。

接着,到了大年初二——这是女人们串门、回娘家的一天,男人们前一天已经都吃好喝好了。这一天,王龙一家天刚亮就起来了,他女人给孩子穿上自己做的红衣服和虎头鞋,给孩子头上(除夕那天王龙自己给孩子剃了头)戴上前面绣着金色小菩萨的红帽子,之后,把他放在了床上。这当儿,王龙很快地穿着衣服,而他的妻子则把她又黑又长的头发重新梳了一下,用他给她买的镀银卡子绾成发髻,然后穿上了她的黑棉布新衣,她这件跟王龙的那件是同一块布料,他们两人一共用了二十四尺好布,照布店的规定,因为买得多,其中有两尺是送他们的。临了,他抱起孩子,她提上篮子,一起朝着田间的小道走去,因为现在是冬天,整个大地都是光秃秃的。

再度来到黄家的大门前时,王龙着实觉得自己洗掉了上次蒙受的羞辱,因为看门人在应声前来给他们开门时,为自己眼前看到的一切瞪大了眼睛,不由得捻着黑痣上的三根长毛,喊了起来:"啊,种田的老王,这一回是三个人,而不是你一个了!"看到三人都穿着新衣,怀里抱着的又是个男孩,他接着说,"你去年真是好运气啊,人们再不必祝你今年能有比去年更好的运气啦。"

好像与一个几乎不是跟自己对等的人说话一样,王龙不经意地答道:"是年成好——年成好——"他边说,边很是自信地走进了大门。

这一切都给看门人留下了深刻印象,他对王龙很客气地说:"我这就带你老婆和儿子去见老夫人,你到我的陋屋里坐坐吧。"

王龙站在那里,望着他们——他的妻子提着礼物,抱着儿子——穿过院子进去。这令他感到很荣幸,只是当他们的身影渐渐消失在看不到尽头的院子套着院子的深处时,他这才进了看门人的屋子。在那儿,好像理所当然一样,王龙坐到了看门人的麻子脸老婆给他让出的上座,即堂屋桌子左边的那张椅子上,当她给他端来一碗茶水时,他也只是稍稍点了点头,把茶水置在他面前,可并没有喝,仿佛这茶叶的质量对他来说太次了点儿似的。

似乎过了很长时间,看门人才把他的妻子和儿子带了回来。有那么片刻的工夫,王龙仔细注视着他女人的脸,想从这儿看出是不是一切顺利,因为他现在已经学会从她这张几乎毫无表情的方脸上,发现他最初察觉不到的细微变化。见她一脸满意的神情,王龙顿时迫不及待地想听她讲讲她去到那些女人居住的内院时的情形,既然那儿现在已没有他什么事,他就不好再进那些院子了。

王龙向看门人和他的麻脸老婆微微躬了躬身,接过阿兰怀里已睡着、身上的小红袄被揉得皱巴巴的儿子后,便催着阿兰快快上路。

"怎么样?"一出黄家,王龙便回过头来问跟在他后面的阿兰。

对她反应的迟缓,他这还是第一次显出不耐烦。她紧走几步凑到他跟前,小声地说:"要是让我讲的话,我想那家人今年手头有些紧了。"

她说话时是一种惊诧的口吻,好像一个人在谈论神仙也会挨饿一样。

"你究竟什么意思?"王龙催促着她加以解释。

但她并不着急。对她来说,讲话是件困难的事,她得一个字一个字地慢慢拼凑。

"老夫人今年还是穿着去年的衣裳。以前从来没有过这种情况。丫鬟们也都没有新衣服。"停顿了一下后,她接着说,"我没有看见一个丫鬟穿着我这样的新衣裳。"过了一会儿,她又继续说道,"在老主人所有的妻妾生的儿子中,不管在相貌还是穿戴上,没有一个能比得上咱们的儿子。"

她的脸上慢慢地泛起笑容,王龙大声地笑了起来,他将孩子更温情地搂在怀里。他干得多好——他干得多好啊!就在他这样喜不自胜的当儿,却有一种恐惧向他袭来。他正做着多么愚蠢的事情啊,就这么光天化日之下得意扬扬地走路,抱着这么漂亮的一个男孩,会让偶尔从空中经过的妖魔看到的!他赶忙解开外衣,将孩子的头贴在了胸口上,然后大声地说:"多倒霉啊,我们生了个没人想要的丫头,脸上又长满了小麻子!她还是死了的好。"

"对!对!"像是隐隐约约明白他们做得是有些过了,他的妻子也赶紧跟着说。

做了这些遮掩、防护后,他们觉得心里宽慰了一些。于是,王龙便再一次催问起他的妻子。

"你知道他们为啥变穷了吗?"

"我跟以前带我干活的厨子私下聊了一会儿。"他的妻子回答,"这个厨子说,'再富的人家也经不起家里的五个少爷在外面挥金如土,把他们在外地玩腻了的女人一个个都送回家中,家中老爷子每年都要添一两个小妾,老夫人每天抽大烟花的金子足够塞满一双鞋子'。"

"他们真是奢侈!"听得惊呆了的王龙咕哝道。

"他家的三小姐今年春天要出嫁,"阿兰接着说,"她的嫁妆是笔巨款,这钱足够在大城市里买个大官当当。她要的衣服全是苏杭两地花色最好的锦缎,而且,要请上海的裁缝带着下手来这边做,免得裁剪出的衣服跟外地女人的比起来不时尚。"

"花这么多的钱,她要嫁的人是谁呀?"王龙说。对这般挥霍钱财,他既羡慕又感到震惊。

"她要嫁的是上海一个大官的二公子。"阿兰说,停顿了好长时间后她又说:"他们的日子一定有些不太好过了,因为是老夫人自己跟我说他们想要卖地的——想卖掉她家南边紧贴着外城墙根的一些土地,他们每年在那里种水稻,是好地,容易得到护城河水的浇灌。"

"卖他们的地!"王龙重复道,这一次他信了,"看来,他们真的是败落了。土地是人的血肉啊。"

他沉思了一会儿,突然间,他的脑子里冒出一个想法,他得意地用手拍了拍他的脑壳。

"我刚才怎么没有想到呢?"他大声说着朝他的女人转过身来,"我们买下那块地!"

他们望着彼此，他充满了喜悦，她则是一脸茫然。

"可那块地——那块地——"她结结巴巴道。

"我要买下它！"他用一种王者似的声音喊，"我要从大财主黄家手中买下它！"

"它离咱家太远了。"她颇为惊愕地说，"我们得用半晌才能走到那儿。"

"我要买下它。"他执拗地说，就像跟母亲一再重复着一个被拒绝了的要求那样。

"买地是件好事情，"她平静地说，"远比把钱放在泥墙里好。可为什么不买你叔叔的地？他一直嚷着要卖掉他村西的那块长条地，正好离咱家的地不远。"

"我不要我叔叔的那块地。"王龙的声音大了起来，"那块地叫我叔叔给种苦了，这二十年来，他从未给地里施过肥，土壤变得跟石灰差不多了。不，我要买黄家的那块地。"

他说到"黄家"时那一随意的口气，就如同他提到"秦家的土地"一样——秦家就是他的那个种地的邻居。他现在觉得，他高于黄家那些愚蠢、纸醉金迷的人。他将带着他的银圆去到黄家，直截了当地跟他们说："我有钱。你们要卖的那块地是什么价？"他仿佛听到自己当着老财主和他管家的面说："我也是来买你的地的。公道价是多少？我手里有这钱。"

他的妻子，那一富贵人家中的一个帮厨丫头，就要成为这样一个男人的妻子了，他将拥有一块黄家的土地，正是这土地使得黄家人数代都成为人上人。像是感觉到他的这一想法似的，她突然不再反对，并且说道："我们买下它。那稻田毕竟是块好地，挨着护城河，每年都能浇上水。收成有保障。"

她的脸上再次慢慢地浮现出笑容，这笑容从未能使她无神的黑色小眼睛发出亮光，过了好大一阵子之后，她说："去年这个时候，我还是黄家的一个丫鬟呢。"

他们继续走着，不再吭声，内心都被这一想法溢满。

第六章

Chapter 6

　　王龙现在买下的这块地,可以说大大地改变了他的生活。起初,在把银圆从墙壁里取出来,拿到黄家,得到了与老财主平等对话的体面以后,他曾感到一种几近于懊悔的沮丧。当他想到以前藏着他的余钱的墙洞现在已经空了时,他真希望要回他的银圆。毕竟这块地需要他多付出几个钟头的劳累,正如阿兰说的,这块田离家有一英里多呢。再说,在买这块地时,他并未像他一开始所预想的那样,觉得这有多荣耀。那天,他去黄家去得很早,老财主仍在睡觉。尽管已是响午时分,可当他大声说"告诉老先生我有重要的事情——告诉他是关于钱的事"时,看门人却非常肯定地回答:"世界上再多的钱也不能诱使我去叫醒这只老老虎。他正跟他新纳的妾桃花睡着,这个桃花他刚娶回来三天。我可不敢贸然去打搅他。"

随后，揪着他黑痣上的三根长毛，又不怀好意地补充道："不要以为银圆能叫醒他——他从生下来，手边就有花不完的银圆。"

最终，王龙只得跟老财主的管家成交了这笔买卖，这管家是个油滑的无赖，嗜钱如命，杀价杀得特别狠。因此，有的时候，王龙似乎觉得还是银圆比土地更有价值。人可以看到银圆熠熠的闪光。

然而，那块地是他的了！在新年之后的第二个月，一个灰蒙蒙的天气里，他动身去看那块地。村子里还没人知道他买地的事，他一个人走着去看它。那是一长片油黑的富于黏性的土地，沿环绕着城墙的护城河延伸开去。他用步数仔细丈量了它，一共是三百步长，一百二十步宽。有四块界石立在它的四个角上，界石上刻着"黄家"两个大字。以后，他会将它们换掉。他会把这些界石刨出来，立上刻着他自己名字的石头——现在还不是时候，因为他还不愿意让人们知道他已经富到能从黄家购置土地，等他将来更加富裕的时候再告诉人们，到那时，他就是怎么做都无关紧要了。望着这块长方形的土地，他暗自思量道："在黄家人看来，这块巴掌大的田，它也许什么都不是，可对我来说，它却是天大的事！"

随后，他的思路一转，对自己刚才的想法又充满了鄙视：他怎么能把如此小的一块地看得那么重要呢。是啊，当他不无骄傲地在管家面前把那些银圆倒出来时，那人一边不在意地把钱搂到手里，一边说："不管怎样，这钱够老夫人抽几天的鸦片了。"

他与这个大户人家之间仍然存在着的很大差异，突然间变得像他面前涨满水的护城河一样不可逾越，变得像这巍然耸立的古老城墙一样高不可攀。那时的他愤然下定一个决心，他在心里跟自己说，他要一次次地把他的墙洞塞满银圆，直到他从黄家那里买到的大片土地使这块稻田在他眼里变得微不足道。

于是，对王龙来说，这一小块地成了一种标志和象征。

春天来了，伴随着劲风和被风撕开的雨云，王龙冬天那种半闲的日子已经结束，他随之整日投入到地里的耕作当中。现在是老人照看孩子了，女人和男人一块儿在田里从黎明干到日落，当王龙有一天察觉她又怀了孩子时，他首先感到的就是恼怒，因为到了秋收时她便无法下地干活了。想到又得他一个人受苦，他气恼地冲着她大声喊："你又挑那个最忙的时候生孩子，你真会挑！"

她回答得很是坚决："第二次生就容易了。只是头生难。"

除此之外，从他注意到因怀孕她的肚子隆起来，到她生的那一刻，两人再也没有提到过这个孩子。秋天的一个上午，跟王龙一起在地里做活的她，放下了锄头，慢吞吞地走回家去了。那一天，王龙甚至没有回去吃午饭，因为天空布满乌云，已隐隐有雷声响起，而他割倒在地的稻子还没收起捆好。后半晌，太阳还没有落下，她又回到了他身边，她的肚子瘪了，显得很疲惫，但神色中却透着坚毅和平静。他本想说："今天你已经够受累了，回去躺着吧。"可他自己累得浑身酸痛的身体使他变得残忍，他跟自己说，他那天干活所受的苦累并不比她生孩子所受的少，因此，他只是停下手中挥动的镰刀，问她："是男孩还是女孩？"

她平静地答道："还是个男孩。"

他们彼此不再说话，但王龙心里很是高兴，一直弯着弓着的背似乎也不再那么难受了，两人一直干到月亮从天边紫色的云层中升起，才捆完割下的稻子，起身回家。

吃过饭，用凉水洗了晒黑的身体，又喝过了茶之后，王龙进里屋去看他刚生下的二儿子。阿兰做好饭后便又躺回床上,她身边躺着他们的孩子——一个胖胖的不怎么哭闹的婴孩,健健康康的,虽说不如头生的那个个儿大。王龙看了他一会儿后,便心满意足地回到堂屋去了。又是一个儿子,一年生一个儿子——一个人不能每年给村民发红鸡蛋;生头一个时发上一次,也就够了。每年生一个儿子,家中好运连连——是这女人给他带来了好运气。他对他的父亲大声说:"老爹,你又有了一个孙子,我们得把老大放到你的床上去了!"

老人听了特别高兴。他早就盼望着这个大孙子能睡到他的床上来,让其充满活力的身体和年轻的血液温暖他这衰老、发凉的身子,可这孩子一直不愿意离开母亲的怀抱。然而,现在不一样了,当他迈着他还走不稳的步子进到屋里,用严肃的眼神看着他母亲身边的这个新生孩时,他似乎明白另一个更小的生命已取代了他的位置,于是,他没有做任何反抗,让大人抱他到爷爷的床上去了。

这一年又获得了好收成,王龙把卖粮食得到的银圆积攒起来,又一次藏在墙壁里。从黄家买来的那块田里,他收获了比自己田里多出一倍的稻子。那块地土壤肥沃、湿润,水稻生长在它上面,就像野草一样,你想不让它长,它也要长。现在,每个人都知道是王龙拥有了这片土地,村子里有人在谈论让他当村长。

第七章

Chapter 7

这个时候,王龙的叔叔开始找他的麻烦,这是王龙早料到可能会发生的事。这位叔叔是王龙父亲的弟弟,按亲属关系论,如果他维持不了自己的家庭生活,可以依靠王龙来养活。只要王龙和他的父亲还穷得吃不饱肚子,这位叔叔就得召集着他家里的人在地里干活,凑合着养活他的七个子女,还有老婆和他自己。可一旦有了吃的,这家人便谁也不干活了。他老婆连屋子里的地也懒得去扫,他的孩子们连洗掉脸上的饭渣都嫌麻烦。更加丢人现眼的是,他家的姑娘有两个岁数已经不小,到了谈婚论嫁的年龄,可她们依旧在村里的街道上疯跑,也不知道把她们那乱蓬蓬的棕色头发梳理一下。有时甚至跟街上的男人们搭讪。一天,王龙正好遇见他的大堂妹在跟男人卖俏,这种有辱家风的行为令他十分生气,于是,他竟去找了他的婶子,对她说:"像我大堂妹这样哪个男人都可以搭讪的女人,有谁敢要呢?三年前,她就到了出嫁的年龄,却整日在街上乱跑,今天我在街上看见,村子里的一个闲汉把手放在她的胳膊上,而她竟然还恬不知耻地跟他笑!"

他婶子这个女人浑身都急惰得很,除了她的那张嘴,现在,她冲着王龙开起了连珠炮:"噢,可这嫁妆,这婚娶,这媒人的钱,谁给出呀?对那些有更多的田,多得不知道如何打发的人,对那些有余钱去跟大户人家买更多的地的人,这当然不算回事啦,可你的叔叔是个苦命的人啊,他生来就命苦,这一辈子都倒霉,而这也不是他的错。是老天注定的。别人能种出好庄稼的地方,他的种子下去却烂死在地里,除了野草什么也不长,尽管他天天累得腰也快折了!"

她说着眼泪汪汪地大声哭了起来,渐渐变得歇斯底里。她揪开梳在脑后的发髻,把头发散乱在脸前,然后不顾一切地喊叫:"噢,你不知道那有多糟——要是一个人的命不好!别人的地里长好稻米,好麦子,我们的地里只长草;别人的房子能住一百年,而我们房子下面的地都在摇晃,屋墙在开裂;别人家都生男孩,而我除了一个男孩外,生的全是丫头片子——唉,命不好啊!"

她大声地号叫着,邻家的女人们都跑出来看热闹。但王龙坚定地站在那儿,没有动,他要把他此次来要讲的话都讲完。

"呃,"他说,"尽管我作为晚辈不该这样给我叔叔提建议。可我还是要说,一个女孩最好是在她还是个黄花大姑娘的时候嫁出去,有谁听说过,让一个母狗在街上乱跑,而不会生下崽子的?"

在这样直截了当地把话讲完后,王龙动身回家,留下他的婶母在那里哭天喊地。他盘算好今年要从黄家那里再买些地,只要可能,他年年都会买,他还想着给他的房子加盖一间新屋,在他自己和他的儿子们正一步步成为一个富裕人家的时候,他却发现他的这些好逸恶劳的、跟他同属一个家族的堂妹们在街头放荡,这怎能不令他感到愤慨。

第二天,他叔叔来到他正在干活的田里。阿兰不在那儿,因为在二儿子生了十个月后,她现在又快要生第三胎了,这一次她感觉她的身体不太舒服,有好几天了,阿兰都没有来地里,因此王龙独自在地里忙着。他叔叔沿着田垄无精打采地走了过来,他身上的衣服从来没有好好地扣起来过,只是胡乱地掖在一根腰带里,以至于让人觉得要是有阵大风刮来,他会突然间变得赤条条的。他来到王龙面前,默默地站着,而王龙此时正在为一行间距很窄的蚕豆松土。终于,王龙没好气地开口了,他甚至连头都没有往上抬:"叔叔,别怪我不停下手里的活儿。你知道,要想让这些豆子生长、结果,这些豆田一定得锄上两三遍。你的豆田,你肯定是已经锄完了。我干活慢——一个受苦的庄稼人——总是不能及时把活儿做完,总是没有休息的时间。"

他叔叔自然明白王龙这话中有话,但他圆滑地回答说:"我这个人运气不好。我今年播下去的豆种,二十颗才长出一棵,这么差的存活率,就是再锄地也没有用了。今年要想吃豆子,我们只能买了。"说着他长长地叹了一口气。

王龙硬起了心肠。他知道,他叔叔来是对他有所求。他仍埋着头干活,他把锄头刨进地里后,会把锄头在土层里平平地长长地拉回来,随后再将翻起的小土坷垃熟练地敲碎。蚕豆长得挺拔、茁壮,它们迎着阳光,在地上清晰地投下它们花边般的影子。终于,他叔叔开始讲话了。

"我家那口子告诉我,"他说,"你担心我家那个不争气的大丫头。你的担心是有道理的。在你这年龄,能这么懂事,不容易。她是该出嫁了。她十五了,在这三四年里就能生孩子了。我也总怕哪个野狗叫她给怀上了,给我和咱们家造成坏名声。想想要是这种事发生在我们这个体面人家身上,发生在我这个你父亲的亲弟弟身上!"

王龙使劲地锄着地。他很想率直地说出他心里的话。他很想说:"那么,你为什么不管管她?为什么你不让她好好地待在家里,让她扫地做饭,给家里人缝制衣服?"

可一个人不能和长辈这么说话。因此,他没有作声,为一株小苗松着土,等着他叔叔讲下去。

"如果我运气好,"他叔叔哀叹着继续道,"娶了个像你母亲那样的老婆,又能帮着干活,又能给生儿子,跟你媳妇那么能干——而不是像我现在的这个女人,她除了长膘,什么都不长进,生孩子净生女的,有个男的,还懒惰成性,一点指靠不上——那么,我现在兴许就像你一样富有了。那样的话,我非常乐意跟你们分享我的钱财。我会帮你的女儿们都嫁个好人家,把你的儿子们都安置在商行里学做生意,并为他们出保证金——帮你翻修房子,拿我最好的食物给你吃,给你和你父亲,还有你的孩子们吃,因为我们是至亲的骨肉嘛。"

王龙只是简短地回答道:"你知道我并不富裕。我家里现在有五口人要养,我爹老了,干不了活,可他得吃饭啊,而且就在这个时候,家中又要添一张嘴了。"

只听他叔叔尖声尖气地说:"你有钱——你有钱!你买进了黄家的地,天知道你用多高的价钱买的,村里还有哪一个能办得到?"

听到这话,王龙的火气上来了。他丢下锄头,眼睛瞪着他叔叔,突然大声地喊起来:"就算我有些银圆,那也是我和我老婆干活挣的,不像有些人整天泡在赌桌上,或者在从来也没有打扫过的家门口闲聊天,让地荒着净长草,让孩子们吃不饱肚子!"

他叔叔的黄脸一下子涨得血红,他冲过去,照着他侄儿的脸上就是狠狠的几巴掌。

"太不像话了,"他喊道,"竟敢跟你父亲一辈的人这么讲话!你怎么能这样没有家教,这么不懂得孝顺?你没有听经书上说,晚辈绝不能说长辈的不是?"

王龙悻悻地站在那里,一动也没动,知道顶撞长辈不对,可他真的从心底里生他叔叔这个人的气。

"我要把你说的话告诉全村的人!"他叔叔用气得有些沙哑的声音歇斯底里地喊,"昨天你叱骂我家里,在大街上高喊我女儿是破货;今天你又责备我,说实在的,如果你父亲过世了,我就等于是你的父亲啊!哪怕我的女儿们都不是黄花姑娘了,那也轮不上你对她们说三道四!"接着,他一遍又一遍地重复起前面的话:"我要告诉全村的人……我要告诉全村的人……"到后来,王龙终于顶不住了,他很是不情愿地说道:"那你要我怎么做?"

若是这件事真的在村里传开,王龙觉得这会让他很难堪。毕竟,他跟他叔叔一家是至亲骨肉。

他叔叔立刻改变了态度,气一下子消了,脸上浮现出笑容,他拂着王龙的胳膊,语气柔和地说:"啊,我就知道——知道你是个好小子——好小子——叔了解你——你也是叔的好儿子。孩子,给上叔这个可怜的老人一点儿银圆,比方说十块,或者九块也行,这样我就可以着手为我的那个大丫头安排媒人、婚娶的事了。呃,你说得对！是时候——是时候了！"他叹着气，摇了摇头，眼睛虔诚地望向天空。

王龙捡起他的锄头，随后又把它丢在了地上。

"跟我去家里吧。"他说，"我不会像个少爷那样，把钱带在身上。"他大步走在前面，心中的痛楚无以言表，因为这些本可以帮助他买下更多土地的银圆，现在就要给到他叔叔的手里，而且，天黑之前，又会经由叔叔的手到赌桌上。

他推开他的两个在家门口光着屁股玩耍的小儿子，冲向屋子里。他叔叔一副随和慈祥的样子，把两个孩子叫到跟前，从皱巴巴的衣服里掏出两个铜板，一个孩子给了一个。他还将他们胖胖的、被太阳晒得光灿灿的身体搂在怀里，把鼻子贴在他们柔软的脖颈上，爱怜似的嗅着他们那晒黑的皮肤。

"噢，你们两个小宝宝，小宝贝。"他说，一只胳膊里抱着一个。

王龙并没有在门口停留。他进到了他跟妻子和二儿子睡觉的房间。刚从外面的阳光下进来的他，觉得屋里很暗，除了从那个破窗孔射入的一束光，他什么都看不见。可是，却有股他记忆犹新的热血的味道扑鼻而来，他高声喊着："怎么——你生了？"

从床那边传来他妻子微弱的声音，她的声音以前从来没有这么低弱过。

"生了。不过，这一次是个丫头，不值得说。"

王龙一下子怔在了那儿。一种不祥的感觉攫住了他。一个女孩！正是女孩给他叔叔家里造成那么大的麻烦。如今，他的家里也生下了女孩。

他没再吭声，去到屋子墙根那边，摸索着抹在藏钱墙洞上的泥巴，拿掉泥坯后，他从墙中的钱堆里摸出一小把银圆，数出了九块。

"你干吗取银圆？"处在黑暗中的妻子突然问。

"我不得不借给我叔叔。"他回答。

他的妻子起初没有作声，随后，她用她那直白、滞重的方式说："顶好不要去借。那家人借了钱，多会儿还过。是白给。"

"我心里清楚。"王龙恨恨地说，"给他钱，跟割我身上的肉一样，我给他，完全是因为亲情。"

从屋子里出来，在门口把钱塞给叔叔，王龙便匆匆地赶回地里，埋头干着活儿，那股劲头仿佛要让锄起的泥土跟大地永远分家似的。此时，他脑子里只想着银圆；他看到它们被毫不在意地倒上了赌桌，看到它们被一只好逸恶劳的手划拉了过去——他的银圆，他辛辛苦苦从地里收获的果实中挣来的银圆，那是要用来为自己再买更多的田地的呀。

到了傍晚，他的怒气仍没有完全消退，他直起身子，想到了回家和吃饭。这时，他记起了他家今天新添上的那张嘴，这使他的心情又变得很沉重，因为他家也开始生起女儿来了——在农村，女儿并不属于她们的父母，她们是为别人家生养的。因为当时生他叔叔的气，他甚至没想到在床边停一下，看看这个新生孩子的脸。

他挂着锄头站着，心里觉得很痛。他只得等到下一次收获了庄稼，才能买下那片土地了（它紧挨着他先前买的那块地），而且，家里又新添了一张嘴。暗灰色的天空中，飞来一群黑压压的乌鸦，呱呱地叫着，在他的头顶回旋。他望着它们后来像一片云一样消失在他家周边的树林中，他朝着它们跑去，呼喊着，挥舞着手中的锄头。它们又慢慢地飞起，在他的头上盘旋，用它们的聒噪声嘲笑他，最后向着黑下来的苍穹中飞去。

他大声地呻吟着。这是一个不好的兆头。

第八章

Chapter 8

好像老天爷一旦跟一个人作对，就再也不会顾惜他了。初夏该来的雨迟迟没有降下，日复一日，耀眼的天空中都是赤日当头。老天爷根本没有把开裂、焦渴的土地放在心上。从每天的黎明时起，空中就有一丝儿云彩，到了夜晚，满天的繁星又争相放射出璀璨冷酷的光。

尽管王龙日日在田里拼命地耕作，可地还是干燥得成了焦土，在春天时曾疯长、准备抽穗的小麦，接收不到天上的雨水和土壤里的肥力，停止了生长，起初还在阳光下一动不动地立着，后来都枯黄而死。王龙早些时候栽种的水稻苗床，看上去像褐色田野上一块块方方的碧玉。在麦子没有了指望后，他天天用竹扁担挑着两只大木桶往秧田里送水。尽管肩膀上压出一道印痕，印痕上又生出碗口大的老茧，雨还是一点也没下。

到后来，塘里的水干涸了，露出池底的黏土，甚至连井里的水也快见底了，这让阿兰不得不对他说："要想保住孩子们有水喝，老人还有口热水，我们只能干死秧苗了。"

在王龙回答妻子时，他的语声由愤慨转为了啜泣："唉，要是稻子枯死了，他们也都得饿死。"他的话说得没错，他们的生命全靠这片土地。

唯有挨着护城河的那块稻田还有些收成，这是因为见整个夏季都已过去仍一滴雨也没有下的王龙，放弃了所有其他地里的农活，整日待在这块田里，从护城河里汲水浇灌这块饥渴的稻田。这一年，他第一次把刚打回来的粮食马上就卖掉了，当把卖粮得到的银圆拿在手心里时，他将它们紧紧地攥着，发着誓言。他对自己说，不管老天爷和旱灾怎么肆虐，他也要做他决定了的事。为手中的这把银圆，他累弯了腰，流了无数汗水，他要用这银钱做他想要做的事情。他急匆匆地赶到黄家，一见到管家，便直截了当地说："我带来了买那块地的钱，那块护城河边紧挨着我稻田的地。"

此时的王龙已从多处听说了有关黄家的事，知道这一年来黄家已经到了贫困的边缘。许多天了，老夫人的鸦片烟都抽不到足够的量，她就像只饥饿的母老虎，每天打发人去叫管家，叱骂他，用扇子扇他的脸，冲着他喊："地呢，难道我们就没有剩下的地了吗？"直到把管家训斥得像个丧家犬似的惶惶不可终日。

惊慌失措的管家，甚至把平日里在家庭开支中克扣下来留作己用的钱，也贡献了出来。仿佛这还不够乱似的，老爷这边又新纳了一房小妾——他家中的一个丫鬟，此女的母亲也是这里的丫鬟，年轻时曾受到老爷的垂青，现在嫁给了这里的一个男仆，因为还没待纳她为妾，老爷已经玩腻了她，对她没有了欲望。可她这个年方十六的女儿，现在重新燃起了老爷的情欲，因为随着他年事的增高，变得衰老、体重，他似乎越来越喜欢那种身材窈窕、鲜嫩年少的女子，唯有这样，才不至于让他的情欲减弱。老夫人沉溺于她的鸦片烟，而老爷迷醉于声色淫欲，没有什么能使他明白他已经没有钱为他的宠妾买玉耳坠或是为她们的纤纤手指戴上金戒指了。他无法理解"没钱"这两个字，他这一生早习惯了花钱像流水一样，而且，无论他什么时候想花，都能得到满足。

看到他们父母如此挥霍，几个年轻的少爷耸耸肩膀说，看来钱肯定还是足够他们这辈子用的。少爷们只在一件事情上意见一致，那就是斥责管家没有管理好财产，因此这个一度油滑，善于奉迎和体态从容的人，现在变得忐忑不安、忧心忡忡、憔悴消瘦了，时间长了，贴在他骨架上的肌肤变得像是一件旧衣挂在他的身上一样。

老天同样没有给黄家的地里送去雨水，因此黄家也一样没有收成，所以，当王龙来找管家，对着他大喊"我有银圆"时，就如同对一个饥肠辘辘的人说"我有吃的"一样。

管家哪里还敢错过这机会，哪里还顾得上讨价还价，喝茶聊天，两人当即小声地交谈起来，着急得连客套话都免了，银钱从一个人的手中递到另一个人的手中，契约签字盖章，随后土地就成王龙的了。

银圆是王龙的心头肉，这是他第二次在给出它们时没有觉得心疼。他用它们买到了他心中最想要的东西。现在，他拥有了一大片好地，比先前买的那块大出一倍。它黑油油的肥沃的土质令他满意，更令他得意的是，它曾属于那户富贵人家。这一次买地，他没有告诉任何人，甚至连阿兰也没有告诉。

连着几个月过去了，还是没有下一滴雨。随着秋天的临近，一些又小又轻的云朵像有些不太情愿似的聚集在天宇，在村子的街道上，可以见到有人四处闲站着，他们都仰着脸焦急地望向天空，仔细判断着这一片或那一片云，一起议论着哪一朵云里可能会藏着雨。可是，还没等到汇聚起足够的阴云，一阵从西北面刮来的强风，从遥远的沙漠刮来的干燥的风，便会将天上的云吹散，就像用笤帚扫掉地上的灰尘那样。可谓是万里晴空。每天清晨威严的太阳就冉冉升起，在走完一天的行程后，晚上又没有一丝儿云彩陪伴地落下。跟着，明澈的月亮又像个小太阳一样闪耀在晴空里。

王龙仅收获了很少的豆子，从他的玉米田里——这玉米是他在秧苗还未插到稻田就变黄枯死后抢种的——他只摘回一些又小又短的玉米穗子，上面的玉米粒稀稀落落的。打豆子时他没有丢失一颗豆子。他和妻子打完豆秸后，叫两个孩子把豆场上的碎屑用手整个儿筛了一遍，他在堂屋的地上剥玉米粒，眼睛紧紧地盯着，不让一粒玉米蹦出他的视线。当他要把玉米棒拿出去用作柴火时，他妻子说道："不——不要烧掉它们。我记得，我小时候在山东遇到这样的灾年时，我们甚至连玉米棒子都要碾碎吃了的。远比草好吃。"

她的话说完后，他们都沉默了，甚至连孩子也安静下来。在地旱得没有了收成时，这些日日艳阳高照的怪天气，委实让人觉得不是什么好兆头。唯有小女儿还不懂得害怕。她饿了有母亲两个大乳房的乳汁让她吮吸。只是，阿兰给她喂奶时，也在轻声地念叨：

"吃吧,可怜的孩子——吃吧,趁现在还有。"

之后不久,好像还嫌坏事发生得少似的,阿兰又怀了孩子,她的奶水没了,本来就已笼罩在恐怖之中的屋子里,又响起孩子要奶吃的没完没了的哭声。

如果有人问王龙:"整个秋天,你们都吃什么了?"他会回答:"我也说不上来,这里找点儿,那里找点儿。"

不过,没有人会这么问他。在各个村子里,没有人会问另一个人:"你吃什么呢?"每个人都在问自己:"我今天能寻点儿什么充饥呢?"父母们会说:"我们和我们的孩子该怎样挨过今天?"

直到现在,王龙都在尽可能地照管着他的牛。只要还有,他就会时不时地喂它一把稻草或是豆秸,这些东西都吃完了,他便出去为它撕树上的叶子,直到冬天来临树上的叶子也光了。因为地旱得耕了也是白耕,种子播下去都干得发不了芽,也因为他们把所有的种子都吃光了,他就把牛放出去,任它自己去找吃的,让他的大儿子整日坐在牛背上,牵着带鼻环的缰绳,免得让人把牛给偷走。可近来他连这么做也不敢了,他担心村里的人甚至他的邻居会欺负他的儿子,抢走牛杀掉吃了。因此,他把牛关在家里,直到它瘦得只剩下一副骨架。

终于到了家里的米和面都吃完的这一天,还剩下的只有一些豆子和一点儿玉米,牛饿得哞哞地叫着,老人说:"接下来,我们该吃这头牛了。"

王龙喊了起来,因为这不啻是跟他说:"我们接下来该吃人了。"这头牛是他田里的伙伴,他走在它的后面,随着他心情的好与坏,或夸它,或骂它,他年轻的那会儿刚买下它时,它还是个小牛犊，从那时起，他们就在一起了。他激动地说："我们怎么能吃这头牛？明年我们怎么耕地？"

可老人却很平静地回答说："呃，你是要你的命，还是要这牲口的命，是要你儿子的命，还是要这牲口的命？一个人再买头牛容易，要再想买回他自己的命来，难啊。"

但王龙无论如何都不愿意在那一天杀掉它。第二天过去了，紧跟着过去了三天，孩子们嚷着要吃的，怎么哄也哄不住，阿兰望着王龙，为孩子们恳求他，最后，他终于想明白这件事非做不可了。于是，他无奈地说："那就杀了它吧，可我自己下不了手。"

他去了他睡觉的房间，倒在床上，用被子蒙住头，免得听到牛被宰时发出的叫声。

此时，阿兰去到厨房拿了一把大铁刀，用它在牛的脖子上拉开一道很大的口子，就这样结束了它的生命。她拿盆子接住从刀口那里流出的血，好给他们做血豆腐吃，她剥下了牛的皮，把它的躯体剁成肉块，一直等到肉炖好端到桌子上后，王龙才从屋子里出来。可当试着要吃他的牛的肉时，他却感到一阵恶心，他实在咽不下去这肉，只喝了点汤。这时阿兰对他说："它毕竟只是一头牛，再说，它已经老了。吃吧，牛我们将来还会有，而且，一定会比这头好。"

这话让王龙得到些许安慰，他先是吃了一小口，然后，就和家人一块儿吃了起来。不久，牛肉就被吃完了，骨头也被砸开吸了骨髓，这一切都太快了，现在只剩下一张变硬了的干牛皮，被阿兰撑开挂在她做的竹架上。

起初，村子里的人对王龙怀有敌意，因为大家都认为他藏有银圆，存着粮食。他叔叔——村里最早挨饿的人中的一个——曾上他

067

的门求助，此人和他的妻子还有他们的七个孩子，的确是没有东西吃了。王龙极不情愿地给他叔叔张开的衣袍里，放进去一小堆豆子和一把玉米。而后，他坚决地说道："这是我能省下来给你的全部了，即便我没有孩子，我也得先考虑我的老父亲。"

等他叔叔再次来要时，王龙喊了起来："我就是再孝顺，也无法养得了这个家呀！"他让他叔叔空着手走了。

从那一天起，他叔叔像条被踢了的狗似的记恨起了他。他叔叔在村子里走街串户，私下跟村民们说："我侄儿那里，有银圆，有粮食，可他却不愿意拿出来一点儿给我们，甚至连我和我的孩子们也舍不得给，我们可是他的至亲骨肉啊。我们只有挨饿的份了。"

随着这个不大的村子里的人家都一户一户地吃完了自己的存粮，到镇子市场上花掉了他们的最后一块铜板，随着从荒漠那边刮来冬天的风——干燥、凛冽、凄冷的风，村里男人们的饥饿，他们面色苍白瘦削的妻子和啼哭的孩子们的饥饿，都到了无以复加的程度。因此，当王龙的叔叔像条在街头冻得瑟瑟发抖的饿狗，跟村民们嚷嚷说"咱村里有户人家有粮，他家的孩子都吃得胖胖的"时，人们便在一天晚上提着棍棒冲向王龙的家，捣他的门。当王龙听到嘈杂声给村民打开门时，人们一哄而入，将他搡到一边，把他受到惊吓的孩子们也都从房里轰了出来，他们在屋子的每个角落乱扒乱翻，想要找出他藏的粮食。当只是找到他的一点儿可怜的存粮——一些干豆子和一碗干玉米粒——时，他们发出绝望和愤怒的吼声，开始疯抢他的那点儿家具——一张饭桌，几条凳子，还有老人在上面躺着正吓得哭泣的那张木头床。

这时阿兰出来说话了，她那平直、缓慢的语声盖过了男人们的嗓音。

"别这样——先别这样。"她喊道,"还不到把我们家的桌子、凳子和床都搬走的时候。你们已拿上了我们所有的吃的。你们还没有卖掉你们自己家的桌子和凳子。把我们的给我们留下。我们大家的处境现在都一样。我家不比你们多出一颗豆子或一粒玉米——不,你们比我们拥有的还多,因为你们已拿走我们所有的粮食。如果你们再拿别的,你们会遭雷劈的。现在,我们大家一起到外面去寻找草根和树皮吃吧,你们为了你们的孩子,我们为了我们的三个孩子,还有将在这饥荒年出生的第四个。"说着她把手按在了自己鼓起的肚子上。男人们在她面前感到羞愧,一个跟着一个地离开了,因为他们本身并不是坏人,只是饿急了而已。

有个人落在了后面,此人姓秦,一个身材瘦小、面色发黄、沉默寡言的人,即便在最好的年景,他的脸也长得像是张猿人的脸,现在更是双颊深陷,布满愁容。他本想说句愧疚道歉的话,因为他是个老实人,只是他孩子喊饿的哭叫声使得他心生邪念。他的怀里也揣着一把刚才在王家抢到的豆子,他担心要是他开口的话,就得把豆子归还给人家,因此他只是用憔悴、几乎没有什么表情的眼睛看了看王龙,然后离去了。

王龙站在他门前的场院里,这儿是他多年来给收获的粮食打场的地方,这些个月来它一直空着,派不上用场。他家里已经没有任何可供他的父亲和孩子们吃的东西,没有任何给他的妻子吃的东西,他的这个女人除了她自身需要营养,还得滋养她肚子里的孩子,这个小东西以其顽强的生存意志,残酷地汲取着他母亲身上的血与肉。一时间,一种极端的恐惧攫住了他。随即,有这样一个慰藉注入他的心田，犹如美酒般温暖了他的血液："他们不能从我这里拿走我的土地。我已经将我的辛劳和田里的收获都融入这无法从我身边夺走的土地中。如果我用钱买了东西，他们会把东西全都搬走。可我现在仍然拥有土地，那些地是我的。"

第九章
Chapter 9

王龙坐在屋门口自言自语道，他必须做点儿什么了。他们不能继续待在这空空的屋子里等死。尽管他的身体日渐消瘦，不得不把系在身上的腰带每天往紧里束，可他依然有一种要坚决生存下去的意志。在即将进入一个男人的全盛期时，他绝不甘心就这样被愚蠢的命运突然夺去一切。现在，他的心头有股无名的怒火。这怒火时而会攫住他，叫他发疯似的跑到光秃秃的打谷场上，冲着天空——在他头顶上照耀的天空，永远那么清澈、瓦蓝、冷酷，没有一片云彩——挥舞他的手臂。

"噢，你太坏了，老天爷！"他不顾一切地喊。要是有一刻他对自己这么说感到害怕了，紧跟着他会伤心地说："再糟糕的情况也莫过于此了吧！"

有一次，他拖着饥饿虚弱的身体，一步一步地挨到土地庙，故意朝着与土地婆一起坐在那里的土地爷的脸上啐了一口，这两尊小小的神像都是一副无动于衷的样子。这对神像面前，已没有了香火，好几个月没人来烧香了，它们身上的纸衣服也已经破烂不堪，露出了里面泥塑的身体。可它们坐在那里仍不为任何事所动，对着它们咬牙切齿地看了一会儿后，王龙一路呻吟着回到家里，倒在了床上。

无论家中的哪一个人，现在都很少再从床上起来了。没有了这种必要，这样睡着至少在一小段时间内，可以让他们不再感觉到饿。他们已经把玉米棒子晒干吃了，已经剥光了树皮，整个乡间，人们都在吃从冬天的山坡上能寻找到的各种野草。哪儿都看不到动物了。一个人可以走上几天，而见不到一头牛、一匹马或是其他任何野兽和飞禽。

孩子们的肚子都胀得鼓鼓的，可里面却是空空的，在这些日子里，村子的街道上连一个玩耍的孩子也没有。王龙家的两个男孩顶多慢慢地去到门口，坐在阳光里，这残酷的太阳从未停止过它那耀眼的照射。他们一度胖胖的滚圆的身体，现在变得瘦骨嶙峋，像鸟儿的骨头那般尖尖地顶着肌肤。那个小女孩从未能独自坐起来过，尽管照年龄早该会坐了。她被裹在一个破被子里躺着，连着多个时辰都不哭不闹。起先，家里时时能听到她饿得要东西吃的啼哭声，可现在她安静了，她会虚弱地吮吸放进她嘴里的任何东西，哭声再也大不起来了。她双颊凹陷的小脸盘朝着他们所有的人，她瘪瘪的、青紫的嘴唇像是没有了牙的老太婆的嘴唇，她那双深陷在眼窝中的黑眼睛望着屋子里。

这个小生命的坚韧与顽强，不知怎么的赢得了她父亲的爱怜，如若她像别的同龄孩子一样长得白白胖胖，快快乐乐，他会因为她是个女孩而对她漠不关心。有的时候，在看着她时，他不禁会轻轻地说："可怜的孩子——我的可怜的孩子——"

有一次，当她露出还没有顶出牙的齿龈，试着露出一个微弱的笑容时，王龙突然哭了，他把她的一只小手握在他干瘦的满是老茧的手掌中，感觉她的几个小小的手指头正紧紧地攥着他的食指。从这以后，他有时会从床上把她抱起来，将光着屁股的她揣进他不算暖和的衣服里，贴着他胸前的肌肤，就这样搂着她坐在家门口，眺望着一片片干旱平坦的田野。

至于王龙的父亲，他的情况比其他人都要好些，因为只要有点儿吃的，都是先顾他，即便孩子们还饿着。王龙可以骄傲地对自己说，没有人能说他在死亡逼近的关头忘记了自己的父亲。必要时哪怕是拿自己身上的肉给老人吃，也不能让他饿死。老人整日整夜地睡在床上，吃下给他的任何东西，他仍然有力气在中午太阳暖和的时候去到门前的场院里。他比家中的任何人都乐观，一天他甚至用他那沙哑的声音颤巍巍地说："有过比当下更坏的年景——有过比当下更坏的年景。我曾经见到过男人和女人吃他们的孩子。"

"在我们家里，绝不会发生这样的事。"王龙极其厌恶地说。

有一天，邻居老秦——已经消瘦得跟个人影似的——来到王龙家，用他那两片干得和黑得像泥土似的嘴唇跟王龙小声说："在城里，狗都被杀了吃了，各地的马匹和家禽也都被吃了。我们这儿吃了耕地的牲畜，草和树皮也都吃光了。接下来，我们还能吃什么呢？"

王龙绝望地摇了摇头。他的怀中躺着瘦得几乎成了一副骨架的小女儿，他俯身看着她那张皮包骨似的小脸庞，看着从他怀中一眨也不眨地望向他的那双忧伤明亮的眼睛。每当他俩的目光相遇在一起时，孩子的脸上便会浮现出一抹微微的笑容，令他心碎的笑容。

老秦把他的脸又往前凑了凑。

"咱村里有人在吃人肉。"他低声说，"听说你叔叔和他老婆就在吃。不然的话，他们怎么还能活着有力气到处走动？众所周知，他们家可是穷得什么也没有了。"

王龙往后缩了缩身子，避开老秦说话时探过来的像死人似的头颅。与此人的眼睛挨这么近，给他一种毛骨悚然的感觉。他突然被一种莫名的恐惧攫住。他迅速地站起来，仿佛要摆脱掉什么危险的纠缠似的。

"我们要离开这个地方。"他大声说，"我们将去往南方！在这片广大的土地上，到处都有人在挨饿。但不管老天爷有多坏，他也不能把大汉的子孙一下子都灭掉吧。"

他的邻居很是理解地望着王龙。"噢，你还年轻。"他不无悲凉地说，"我比你老得多，我那口子也老了，除了一个女儿，我们再没有什么可留恋的。我们可以死去了。"

"你比我的命好。"王龙说，"我有老父亲，有三个张着嘴等着吃的孩子，还有一个快要出生的。我们必须走，免得我们也抛弃了人性，跟野狗一样互相去吃掉对方。"

临了，他似乎猛然意识到，他刚才说的话是对的，于是他大声喊着阿兰，阿兰现在也是天天不言不语地躺在了床上——既然灶台上没有了食物可煮，炉子里没有了柴火可烧。

"喂，老婆，我们到南方去！"

他的声音里有一种这许多个月来都再没听到过的高兴劲儿，孩子们都抬起了头，老人从他的房间蹒跚地走出来，阿兰挣扎着从床上起来，到了屋门口，身体倚着门框说："走是件好事，这样，人至少不用在家中躺着等死了。"

她肚子里的孩子像个多节的果子垂吊在她只剩下一层皮的腹部，她脸上的肉几乎全掉光了，她的显得越发凸出的脸骨像石头一样顶在她的皮层下面。"只是要等到明天。"她说，"让我先把他（她）生下来。从这个小东西在我肚里踢腾的劲儿看，用不了几个时辰了。"

"好，那就明天。"王龙回答说。他看着妻子的面庞，内心对她生出一种极大的怜悯之情，这种感情他对谁都不曾有过。这个可怜的女人还得生个孩子啊！

"你明天可怎么走得动，你这个可怜的人儿！"他咕哝道，随后，他跟仍倚着屋门站着的邻居老秦硬着头皮开口说："要是你还有什么吃的，发发善心给我一点儿，救救我孩子他娘的命吧，这样，我会忘记你在我家里抢东西的事。"

老秦很是愧疚地望着他，怯生生地回答说："自那以后，我一想到你，心里就感到不安。是你叔叔这个癞皮狗哄我说，你储存了很多粮食。我对着这个狠心肠的老天爷发誓，我只有不多的一点儿干红豆埋在我门道的石板下面。我和老婆把这点儿豆子存放在那儿，是为我和家人的最后时刻预备的，好让我们不至于做个饿死鬼。不过，我愿意把它分给你一些，可能的话，明天你们就动身去南方吧。我和我家里的人将留下来。我比你年龄大得多，又没有儿子，我是死是活，关系都不大。"

老秦离开了一会儿，回来时带来用布手巾包着的两把红小豆，豆子上面沾着土，已有些发霉了。看到吃的，孩子们开始往这边爬，甚至老人的眼中都放出了光，可这一次王龙却推开了他们，把豆子拿给躺在床上的妻子，她一颗一颗地嚼着吃了一点儿，若不是她要生了，她是舍不得咽下这豆子的，她知道要是她不吃点儿东西的话，她很可能会在分娩的阵痛中死去。

王龙的手里留下了几颗，他把它们放进自己的口中嚼碎，然后嘴对嘴地将这浆状物送进他女儿的口中，看着她的小嘴唇缓缓地动着，他觉得自己也吃了东西。

那晚王龙待在了堂屋里。两个男孩睡到老人的房中，阿兰独自在另外的那个房间里分娩。他像第一个儿子出生时那样坐在堂屋里谛听。生孩子时她不愿意有他在身边。她宁愿自个儿生，蹲在她一直留着的那个旧浴盆上，事后到处爬着把生孩子弄的污迹擦掉，就像动物下崽后做的那样。

他竖着耳朵，急切地想听到他已很熟悉的那种尖锐的啼哭声，他绝望地倾听着。是男是女，现在对他来说都毫不重要了——结果都是一样，又多了一张要吃饭的嘴。

"要是（生出来的）没有呼吸，就好了。"他低声叨叨着，随即他听到一声微弱的啼哭声——多么微弱的哭声！有一瞬间它打破了屋里的寂静。"看来，这些天里就不会有任何好事。"在痛苦地说完这句话后，他又坐下来谛听。

再没有传出第二声啼哭，整幢房子里静得令人透不过气来。不过，多少天以来，到处都安静得很，人们都各自静静地待在自己家中，等待死亡的莅临。屋子里太静了。王龙突然间觉得他再也无法忍受下去。他感到了恐惧。他起身来到阿兰在的那个房间门口,从门缝处向里面喊,他自己声音的响起,给他增添了一点儿勇气。

"你还好吗?"他冲着里面的女人喊。他等着里面的回应。有一刻,他以为在他坐在那儿的时候她就已经死了!但他听到了屋里轻微的窸窣声。她正移动着她的身体,终于,她答话了,声音像是在叹息:"进来吧!"

王龙走了进去,她在床上躺着,瘦瘦的身体几乎隆不起盖在她身上的被子。她一个人躺在那里。

"孩子呢?"他问。

她微微抬起搁在被子外面的手指了指,他看到地上躺着个婴孩。
"死了!"他惊呼道。
"死了。"她轻声说。

他俯下身,打量着这个巴掌大的尸体——就是一小束骨头和皮——是个女孩。当他正要说"可我听见了她的哭声——她刚才是活着的呀——"时,他猛然注意到了他女人的脸。她的眼睛闭合着,皮肤如同灰烬的颜色,脸骨从皮下凸起——一张缄默不语的可怜的面庞,她的忍受力已经到了极限。一时间,他什么话也说不出来了。毕竟,在这些个月里,他只受着他自己身体的拖累。而这个女人却有个饥饿的小东西,为了自己的生命从内里一直啃噬着她,她得经受怎样的饥饿折磨啊!

王龙没有作声,只是把死婴放到了另一个房间的地上,然后,翻找出一块破席子,把死婴卷了起来。婴孩的圆脑袋摇过来晃过去的①,他看见她脖子上有两处青紫的掐痕,但他还是做完了他不得不做的事。他抱着这席筒,使出全身的力气,尽可能走到离家远一点的地方,临了,他把卷在席中的死婴置在了一座老坟已塌陷下去的那一侧。这座坟周围还有许多墓,它的坟头都快平了,再无人打理或是祭奠过,位置正好在挨着王龙村西田地的山坡上。他还没来得及把死婴放进去,就有一条饿急了的狼狗徘徊在他后面不远的地方,尽管他拾起一块小石头,扔出去砰的一声击在了它的肋骨上,这条狗也只是往后挪动了几英尺。最后,王龙觉得自己的腿肚子软得就要倒下了,于是,他只好用双手捂着脸离开了。

"顺其自然吧。"他自言自语地说,平生第一次他的内心充满了绝望。

第二天早晨,当太阳照样升起在瓦蓝耀眼的天空时,王龙觉得他昨天的想法和所下的决心仿佛一场梦一样,他竟然想带着这些还不能自理的孩子、身体虚脱的妻子和年迈的父亲,离开家去逃荒。即便出去后能有足够的食物,可他们怎么拖着他们的身体走上这几百里的路程呢?谁知道去了南方后有没有食物呢?有人说,全国各地到处都有灾情。也许,等他们走到用尽了最后一点儿力气的时候,却发现他们周围是更多饥饿的人群和互不相识的陌生人。最好还是待在家里,能死在自己的床上。他垂头丧气地坐在门槛上,悲戚地望着这片干旱、变硬的田野。在这片田野上,一切可称为粮食和柴火的东西都被挖、捡得干干净净了。

王龙已经身无分文。他的最后一个铜板在很久以前就花掉了。

---

① 这时王龙应该是已经把死婴抱起来准备去葬了。

不过，即便有，当下也没有什么用了，因为已经没有食物可买。早些时候，他听说城里有富人在为他们自己储存粮食，也为了卖给更有钱的人，然而，现在这些消息也不再让他感到气愤了。眼下，即便城里有人施粥，他也走不到城里去了。实际上，他已不再感觉到饿了。

他肚子里最初的那一极度饥饿的感觉已经过去，他可以挖回些他那块地里的泥土，给孩子们拌点儿泥汤吃，而他自己却没有一丁点儿食欲。他们最近一些日子和在水里吃的这种土，被称为观音土。因为它里面含有微量的营养成分，尽管它最终并不能维持人的生命。只是拌成粥状吃进肚子里之后，可以暂时缓解孩子们的饥饿感，给他们胀得很大却又很空的肚子里摄入一些东西。他死活不肯动还握在阿兰手中的那几颗豆子，听她咀嚼着它们——隔很长时间她才会嚼上一颗——令他隐约感到一丝安慰。

就在他这样坐在门口，要放弃一切希望，似梦似幻地憧憬着躺在床上安恬地睡着死去的时候，有人穿过了田野——是几个男人朝着他走来了。他坐着没动，待他们走近时，他发现其中一个是他的叔叔，跟他一起来的那三个人，他都不认识。

"好多天没见你了。"他叔叔大声喊着，显出一副很高兴的样子。快到跟前时，仍然是那么大的嗓门："你一定过得挺好吧！你父亲，我的哥哥，他还好吗？"

王龙看着他的叔叔。他叔叔确实很瘦了，可却没有明显的饥色，照他家的情况他早该饿成皮包骨了。王龙觉得，在他羸弱肌体内仅存的那点儿生命力正汇集成对他叔叔这个人的无法抑制的愤怒。

"你怎么还能有吃的，你怎么还能有吃的！"王龙咕哝着。他根本没有去想这些陌生人,没想跟他们打招呼。他只看到他叔叔的身子骨上还有肉。此时他叔叔瞪大了眼睛,把双臂伸向天空。

"吃的!"他喊,"你去我家看看就知道了!就是麻雀也从我家地上啄不起一粒米来了。我老婆——你还记得她有多胖吧?记得她的皮肤多润滑、多好吧?眼下,她就像挂在杆子上的一件衣服,可怜得只剩下了一堆骨头在她的皮肤下面磨得咯咯响。至于我们的孩子,如今只剩下了四个——那三个小的都死了——至于我,你看见了吧!"他用袖口小心地擦了擦他的两个眼角。

"你有吃的!"王龙气鼓鼓地重复道。

"我心里想的只有你和你的父亲,我的哥哥。"他叔叔很快把话锋一转说,"关于这一点,我现在就可以证明给你看。我尽快地跟城里的这些好人借了一点儿吃的,答应他们一旦我吃了东西、身上有了劲儿,就帮助他们上咱村来买地。这不,我首先就想到了你,我哥哥的儿子,想到了你的好地。他们是来买你的地,给你钱、食物和生命的!"说了这番话之后,他叔叔往后退了几步,掀起他又脏又破的长衫,包住了他的双臂。

王龙一动也没有动。他没有起身,也没有跟到来的这三人打招呼。他只是抬起头来打量着他们,他看到他们穿着上面沾着尘土的丝绸长衫,的确是城里人。他们的手上没有硬茧,指甲长长的。他们看上去好像并不缺少吃的,血液仍然在他们的血管中快速地流淌。他突然对他们生出一种无尽的恨意。这些站在他面前的城里人,他们有吃有喝,而他的孩子却在挨饿,吃着田地里的泥土;现在他们来到这儿,想要对处在极端困境中的他的土地巧取豪夺。他愤愤地望着他们,他的眼睛在他那张瘦得只剩下皮和头骨似的脸上，显得又大又深邃。

"我是不会卖我的地的。"他说。

他的叔叔走上前来。在这一刻，王龙的小儿子也朝着门这边爬过来。因为他近来饿得已没有了气力，有时候他又像婴孩时一样在地上爬了。

"这就是你的那个小儿子？"他叔叔不禁大声地问道，"夏天时我给过他一个铜板的胖小子？"

在场的人都看向这个孩子，尽管这段时间以来王龙从未哭过，可此时的他却突然开始无声地哭泣起来，在他哽塞、抽泣的喉咙里聚集起的泪水，顺着他的脸颊滚落下来。

"你们出多少钱？"他终于低声地说道。唉，有这三个孩子要吃饭——三个孩子，还有一个老人。他和他的妻子可以在地里为他们自己挖个墓坑，然后躺下去在那里长眠。可是孩子和老人怎么办呢？

其中的一个城里人这时搭话了，此人的一只眼睛瞎了，深深地陷进眼窝里，他虚情假意地说："看在这孩子快要饿死的分上，可怜的人儿，我们给你个在这饥荒年哪儿都不会有的好价钱。我们给你……"他停了下来，随后厉声说道，"一亩地，我们给你出到一吊钱。"

王龙不无憎厌地笑了一声。"啊，就这么点儿。"他喊道，"那不等于你们白得了我的地。我买地时付的钱，是你们这个价的二十倍！"

"噢，不过，此一时彼一时，你可不是从快要饿死的人手中买的。"另一个城里来的人说。这是个身材瘦小的家伙，长着一个细高鼻子，可他的嗓门却出人意料地大，而且是粗声粗气的。

王龙盯着这三个城里的人。这些可恶的家伙以为他们吃定了他！为了他处在饥饿中的孩子和老父亲，一个人还有什么不肯付出的呢？这一屈从和软弱刹那间在他身上化为一种他平生从未有过的愤慨。他一跃而起，像狗扑向坏人那样扑向那些人。

"我绝不会卖地！"他冲他们叫道，"我要把我地里的泥土一点一点挖起来，给我的孩子们吃，等他们死了，我把他们埋在这土地里，我、我的老婆和我的老父亲，我们都将死在这片生养了我们的土地上！"

他失声痛哭起来，他的愤怒像一阵风一样从他身上突然退去，他站在那里，哭得身子都在簌簌地战栗。那些人站在一边——他叔叔也在其中——无关痛痒地笑着。这是王龙在气头上说的疯话，他们等着他出完他的怒气。

就在这时，阿兰突然出现在门口，开始跟他们讲话了，她的声音像往常一样平淡，仿佛这样的事情天天都在发生似的。

"地我们肯定是不卖的。"她说，"不然的话，等我们从南方回来了，我们拿什么来养活自己呢。不过，我们愿意卖掉这个桌子，这两张床和被褥，四个凳子，甚至还有炉灶上的铁锅。可耙子、锄头和耕犁，我们不卖，当然土地也不卖。"

她的语调中透着一种少有的镇定，这比王龙所有的愤怒都更有力量，王龙的叔叔不太相信地问："你们真的要去南方？"

这时，那个独眼龙跟其他两个人凑在一起悄悄地商量了一下，随后，那个独眼龙转过身来说："这些破烂东西只配烧火用。一共给你们两块银圆，不愿意就算了。"

他说着轻蔑地转过了身去，可阿兰却很平静地回答道："你给的这钱还不够买下一张床的，不过，要是你们有现钱，那就马上给我,把这些东西拿走吧。"

独眼龙从他的腰带里摸索出两块银圆,放到了阿兰伸出的手中,三个城里人进到家里,先是抬出了桌子、凳子,以及王龙屋子里的床和被褥,还有置在土灶上的铁锅,然后去到老人的房间,这个时候,王龙的叔叔站在外面。他不希望他的老哥哥看到他,也不希望当床从老人身下抽走,老人躺在地上时,他还在场。一切搬完之后,房内一下子变得空荡荡的,只剩下两把锄头、两把耙子和耕犁立在堂屋的一个角落里。此时,阿兰跟她的丈夫说:"趁着有这两块银圆,我们走吧,要不,我们就得卖房顶的椽子了,那样的话等我们回来,连个待的窝也没有了。"

王龙心情沉重地答道:"我们走吧。"

他望过田野,看着那些人的身影变得越来越小,嘴里反复念叨着:"至少,我还拥有土地——拥有土地。"

第十章

Chapter 10

　　现在要做的只剩下把木门关好,把门上的铁扣扣牢。他们把所有的衣服都穿在了身上。阿兰给每个孩子的手中塞了一个饭碗和一双筷子,两个小男孩急切地接过碗筷,把它们紧紧地攥在手里,好像这是他们有饭吃的一种保证似的。就这样,他们——凄凉的一行人——开始穿过田野,他们走得慢极了,似乎永远也不可能走到城墙那儿。

　　其间,王龙一直抱着小女儿,直到他看见老人要倒了才把她给了阿兰,自己弯下身,将父亲背了起来。他驮着老人又干又瘦的身体跟跟跄跄地前行。他们缄默不语地走过了有两尊神像的土地庙,这土地爷和土地婆从未关注过人世间的任何事情。尽管寒风刺骨,王龙却因为身子虚弱而渗出了汗珠。这凛冽的风一直不停地鞭笞着他们,甚至把两个小男孩给冻哭了。王龙只能哄着他们说:"你们两个是大人了,你们正去往南方。那边暖和,天天有吃的,我们每个人天天都有白米饭吃,再不会挨饿,不会挨饿。"

他们走走歇歇,总算及时赶到了城门口。王龙曾喜欢过城门洞里的凉爽,可如今他却得咬紧牙关抵御冬天的寒风,那风狂烈地扫过门洞,犹如一道悬崖间的冰水河席卷而过。他们脚下是一层厚泥,泥中的冰碴像针一样扎着他们的鞋底,两个男孩走不动了,阿兰这时还背着女儿,何况,她自己的身体也快要支撑不住了。王龙先是将老人背过去,放下他返回来,又把两个孩子一个一个地抱了过去,等干完这些,王龙已经大汗淋漓,用尽了力气,不得不靠在潮湿的墙上,闭着眼睛,急促地呼哧呼哧地喘着歇了好大一阵子,而他冻得瑟瑟发抖的家人都站在他身旁等着。

现在,他们走近黄家的大门,只是两扇高大的铁门关得紧紧的,立在两侧的两个灰色的石狮子任风吹刮着。门口的台阶上,蜷缩着几个衣衫褴褛、面带饥色的男女,他们直愣愣地望着关着并闩上的大门。王龙他们经过这里时,听到有个人用沙哑的声音喊着:"这些富人都是铁石心肠,跟神的心一样。他们还有大米饭吃,还用吃不了的米酿酒,而我们却在挨饿。"

另一个人悲愤地说:"噢,要是我的手上还有力气,我会放火烧了这大门,烧了它里面的院子和房子,哪怕我也葬身这大火中。我诅咒黄家的八辈子祖宗!"

王龙对此并没有做任何反应,他和他的家人继续默默地向南行进。

当穿过整个城区抵达城南时——他们走得太慢了,到了城南差不多天已经黑了——他们看见有一大群人也在往南走。正想着最好能找个墙角，他们好围挤在一块儿过夜时，王龙却突然发现他自己和家人已置身在这群人中间，于是他问一个紧贴在他后面的人："这些人是要去哪里呢？"

那人说："我们都是逃荒的，在赶那趟开往南方的火车。火车从前面那座房子那儿开出，上面有几节像我们这样的人坐的车厢，车票钱不到一块银圆。"

火车！从前上城里的茶馆，王龙在那里听人们说起过这种车，许多个车厢一个连接着另一个，不用人也不用牛马拉，而是用一台像龙一样往外喷火和喷水的机器。他曾多次跟自己说，等空闲了他要去看看这个东西，可地里的活儿从没有做完的时候，而且，他住在城北，远离城南这边。再则，人们对自己不知道、不了解的事物，总是抱着怀疑的态度。一个人总想知道超出他日常生活范畴的东西，也不是什么好事。

但是，现在的王龙迟疑地转向他的女人，对她说："我们也去坐这趟火车？"

他俩把老人和孩子从人群中拉到一边，相互焦急、忐忑地望着对方。就在这出了人群暂时休息的一瞬间，老人瘫倒在地上，两个小男孩也躺在了尘土中，根本不顾在他们身边来来去去的脚步。阿兰仍抱着最小的女孩，可女孩的头从她的胳膊上耷拉下来，两眼闭着，像死了一样，这让王龙好像忘记一切似的大声喊道："小丫头是不是已经死了？"

阿兰摇了摇头。

"没有。还有微弱的呼吸呢。不过，她挨不过今晚了，我们也是，除非——"

她似乎再也说不下去了，只是用眼睛望着他，她那张方脸已憔悴、疲惫到了极点。王龙没有答话，只是暗自在想，再有一天这样的行走，他们都会再也见不到另一个黎明的。临了，他用尽可能显得高兴的声音说："起来，儿子们，把你们爷爷扶起来。我们上火车，坐火车到南方去。"

然而，要不是这个时候从夜色中传来雷鸣般如同巨兽一样的吼声，随之出现两只喷火的巨大眼睛，人们因此叫嚷着奔跑起来，那么，谁也不知道他们到底能不能走成。在一片混乱中，他们被人流涌着，一会儿被推向这边，一会儿被推向那边，不过，他们总是拼命聚拢在一起。之后，在黑压压的和叫嚷的人群中，他们渐渐被推涌进一个开着的小门，进到一个像大箱子一样的房间，接着，响起一阵接续不断的汽笛声，他们乘坐的这个庞然大物载着他们驶入夜色之中。

第十一章

Chapter 11

王龙用两块银圆付了全家人这三百多里的车程费，收他钱的乘务员还找给他一把铜钱，车一停下，王龙便用几枚铜钱跟一个从窗口伸进货盘来的小贩买了四个小馒头，还给小女儿买了一碗大米粥。这么多天来，他们还是第一次一下子吃到这么多食物，尽管肚子里饿得慌，可食物吃到嘴里时却没有食欲，两个男孩在大人的诱哄下才肯下咽。不过，老人却坚持着在他没有了牙的齿龈间咀嚼着馒头。

"人一定要吃。"老人喋喋不休地说，他对在火车行驶期间摇摇晃晃地拥在他身边的人都很友好，"我并不在乎这么多天我无事可做的肚子变得愚蠢和懒惰。我必须让它吃东西。我可不想因为它不愿干活就死去。"人们冲这个笑眯眯的干瘪小老头（下巴上还稀稀疏疏地留着一把白胡子)爆发出一阵笑声。

不过,王龙并没有把铜钱都花在食物上。他留下了到南方后买席子搭窝棚的钱。火车上,有一些以前去过南方的人,他们每年都到南方富有的城市打工,为了省下饭钱还沿街乞讨。当王龙习惯了火车上的情况,也看够了车窗外一闪而过的田野景色时,他开始注意听这些人的谈话。在说到别人不知道的事情时,这些人每每想炫耀一下,所以嗓门都特别大。

"首先,你得买上六张席子。"其中一个人说,他粗糙、下垂的嘴唇像骆驼的嘴,"两个铜板一张席子,如果你足够聪明,行为举止也不像个乡巴佬的话;否则,你就得花冤枉钱,付三个铜板,对这一点我是知道得很清楚的。即便那些南方佬有钱,我也不能让他们给糊弄了。"他摇晃着脑袋,观望了一下四周,看看有没有人赞许他。王龙急切地想知道后面的事情。

"还有呢?"王龙催促道。他此时蹲伏在车厢的地板上,毕竟这仅是用木头建造的空车厢,里面没有座位,风夹杂着尘灰,不断从地板上的裂隙中吹刮进来。

"还有就是,"那个人越发抬高了自己的声音,以盖过他们脚下铁轮子的隆隆声,"你把这些席子叠加在一起,搭成一个棚子,然后,把自己的脸用泥和灰涂抹一下,尽量把自己弄成一副可怜的样子,这样你就可以出去乞讨了。"

王龙活到现在还从未向任何人乞讨过,他不喜欢到陌生的南方人中间去讨饭的想法。

"一定要乞讨吗?"他问。

"啊,那是当然啦。"那个长着骆驼嘴的人说,"不过,要等你吃过了之后再去要饭。这些南方人多的是大米,每天早晨你都可以到粥棚,只要花上一文钱,这白生生的大米粥你就能吃个够。之后,你就可以舒舒服服去乞讨了,还可以用讨要来的钱买回豆腐、卷心菜和大蒜。"

王龙从人们那里走开了一点儿,转身对着墙,把手伸进腰带私下里数了数剩下的铜钱。这钱够买六张席子,还够他们每个人的粥钱,此外还能剩下三个铜板。这让他感到一丝慰藉,看来他们能够开始一种新的生活了。可是,一想到要拿着碗向过路的人乞讨,又令他很是沮丧。这对老人和孩子,甚至对女人来说,并没有什么,但是他有两只手啊。

"难道没有一个男人可以干的活儿吗?"王龙突然转过身来问那个人。

"啊,活儿!"那人轻蔑地说,往地板上唾了一口,"如果你愿意,你可以租个黄包车拉富人们,在拉着他们奔跑时,累得汗流浃背,在你站着等人叫车的时候,你出的汗又会在你身上结成冰。我宁愿要饭!"随后,他说了一通骂人的话,王龙因此也不便再向他问什么了。

不过,能听到上面这番话,对王龙来说,也是件好事。因为当火车载着他们到达目的地,他们都下了车后,王龙脑子里已经有了打算,他让老人和孩子靠在一堵很长的灰色院墙下,嘱咐了他女人要看好他们后,就去买席子了。一路上,他边走边打听卖东西的那条街在什么地方。起先,他几乎听不懂人们跟他说的话,这些南方人说话时声音又尖又脆,有好几次他问别人,别人也听不懂他的话,于是,人家就变得不耐烦起来。他学会了观察,知道该去找什么样的人去问，尽量挑那些面善的人问，因为好多南方人脾气都挺急的，容易发火。

王龙最终在城边找到了席子售卖店，一进到店里，他就像知道席子的价格似的把铜钱放到柜台上，随后扛上席卷便离开了。待他回到那堵灰墙脚下时，家人还站在那里等着他。孩子们一见到他，便兴奋地朝着他喊，看得出来乍到这个陌生的地方他们心里都很害怕和紧张。唯有老人又高兴又诧异地注视着这一切，他小声跟王龙说："看这些南方人，个个都肥头大耳，皮肤又白又光的。他们一定是天天吃肉了。"

可过路的人却没有一个看王龙和他的家人。在通往市里的石子路上，来来往往的人都行色匆匆，神情专注，从不会瞥一眼道旁的乞丐。每隔一阵便有一队毛驴经过，它们的蹄子在石子路上踏出清脆的嗒嗒声，这些驴子有的驮着一筐筐盖房子的砖头，有的驮着一麻袋一麻袋的粮食。每一队的赶驴人都是骑在最后的一头驴子上，手中拿着一条长长的鞭子，时而将鞭梢啪啪响地抽在驴背上，口中还吆喝着。这些赶驴人经过王龙时，都向他投去嘲讽、不屑的目光。他们身着粗糙的工作服，在走过这一小群立在路旁面带惊诧的人时，表现得比王子还要高傲。看到王龙和他的家人都是那么一副怯生生的样子，每个赶驴的在经过他们时都特别带劲儿地把鞭子甩得啪啪响，鞭梢划破空气的爆裂声惊得王龙他们直跳，见到他们吓成那样，赶驴的高兴得一阵哈哈大笑。这样的事情发生两三次以后，王龙生气了，索性转身走开去搭他的窝棚了。

在他们的一侧，倚着墙根已经搭起了一些席棚，可墙内的情形却没有人知晓，也无从知晓。这灰色的高墙延伸出去很远。靠着墙根搭起的小棚子，很像是狗身上的跳蚤。王龙先是看了看别人的棚子，然后开始摆弄他自己的。可这苇篾编的席子又硬又不好定形，根本不听王龙的摆弄，看见王龙失望的样子，阿兰突然说："我能做。我记得我小时候搭过这种棚子。"

阿兰把孩子放在地上，拿起席子，这么拉拉，那么拽拽，然后将它们弓成一个圆顶，立在地面上，高度足以让一个人坐进去而头触不到棚顶，在贴着地面的席边上，她找来附近的砖块压上去，她还叫孩子们去别处捡来更多的砖头。棚子搭好后，他们都进到里面，并把阿兰设法省下的一张席子铺在了地上，大家坐了下来，觉得算是有个家了。

这么坐着，互相望着彼此，他们似乎都难以相信，他们是在前一天离开他们的家园和土地而眼下已在几百里之外了。这段路程足够他们走上几个星期的，在这期间，他们中的一些人一定会死在路上。

此时的他们似乎觉得，这一丰饶的地区是很富足的，甚至根本不会有挨饿的人。因此，当王龙说"让我们去找粥棚"时，他们几乎都是高兴地站起来，再一次步到了外面，两个男孩边走边用筷子兴奋地敲着他们的碗，因为不一会儿就会有粥盛到它们里面了。他们很快发现，为什么这些棚子会都搭在这堵高墙下，因为在不远处即这面墙的北端就有一条街，街道上走着许多人，手中拿着空碗、空盆或是锡制的容器，在去往为穷人办的粥棚（设在这条街的顶头）。王龙和他的家人也融入这群人，跟他们一起来到两间用席子搭成的大棚屋，这时大家都朝着大棚开口的那一面挤去。

土灶都修在大棚的后部，王龙从未见过这么大的灶台，一个个灶台上面置着如同小水池那么大的铁锅；当大木盖从锅上掀起，就看见白白的大米粥在锅里沸腾，冒着气泡，大团的香喷喷的热气升腾而起。闻着这大米香味儿的人们觉得，这是世界上最甜最美的味道了，人们都一下子叫嚷着拥上前来，母亲们气得大声地叫嚷，生怕她们的孩子被挤倒在地上，婴孩啼哭着。这时，给大家盛饭的人吼了起来："每个人都管够，按顺序来！"

然而，什么也不可能阻止饥饿的人群，他们像野兽一样相互争抢着，直到都填饱肚子。王龙夹在人群中，只顾着拉紧他的父亲和两个儿子，在被推拥到了大铁锅前时，他伸过碗去，粥盛到他碗里后，把铜板丢给人家，他所能做的就是牢牢地站住了，在得到米粥之前不要被人挤出去。

临了，他们又到了街上，站着吃他们的大米粥，王龙吃饱后碗里还剩了一些，于是他说："我把这点儿粥带回去晚上吃。"

可是，他旁边站着一个穿红蓝相间制服，看上去像是这里的一个监管者的男人，此人厉声说道："不行，你只能把粥装在肚子里带走。"听到这话，王龙不禁感到一阵纳闷，他不由得说道："呃，既然我已经付了钱，我把它装在肚子里还是碗里带走，这跟你有什么关系呢？"

那人答道："我们必须这么做，因为有些坏心肠的人，他们来买下这为穷人熬的粥——一个铜板肯定是不够买这一个人吃的粥的——是为了把粥拿回去，当泔水喂他们的猪。这大米是给人而不是给猪吃的。"

王龙听到这话，不禁惊讶地喊了出来："世上真有这么硬心肠的人！那为什么会有人愿意白给穷人煮粥吃呢？这是些什么样的人呢？"

"这么做的，是城里的富人和绅士，他们有些人这么做是为来世积德，通过救人性命，他们将来可以在天堂获得功德，有些人这么做是为了名誉，得到人们的好评。"

"不过，不管出于什么理由，这都是善行。"王龙说，"而且，有些人这么做，一定是因为他们有副热心肠。"见那人没有回应他，他又加了一句，为自己辩护道："至少，有这样的人，是吧？"

但那人已不再想跟王龙搭话，他转过身去，哼起了一支小曲。这时孩子们上前拽着王龙的衣袖要他走，于是，他领着家人回到了他们刚搭起的棚屋。他们躺在席子上，一直睡到第二天早晨，自夏季以来这还是他们第一次填饱肚子，第一次睡得这么酣甜。

第二天早晨，他们需要再搞到一些钱，因为昨日早晨的大米粥已经花完了他们最后一个铜板。王龙拿眼睛看着阿兰，不知如何是好。不过，在他这一次看着她时，已没有了在家乡干旱荒芜的田野上看着她时的那一绝望情绪。这里的街道上，来来往往的都是不愁吃穿的人们，市场的货架上摆满了各种肉食和蔬菜，海鲜市场上有活鱼游在鱼缸里，毋庸置疑，在货物如此充裕的城市里，一个人和他的孩子是不可能挨饿的。这跟他们老家的情况完全不同，在那儿有钱也买不到食物，因为根本就没有可吃的东西了。阿兰很有信心地回答了他的疑问，仿佛这是她很熟悉的一种生活似的。

"我和孩子们可以去乞讨，老人也可以去。有些人可能不施舍给我，可老人满头的白发也许会让他们动怜悯之心。"

阿兰把两个孩子唤到跟前——因为孩子们都一样，只要再次有了吃的，又是在一个新奇的地方，他们便会把什么都忘记，他们会跑到街上，饶有兴味地望着道路上的人来车往——对他们说："去拿你们的碗来，这样端着，这样喊……"

她手中端着她的空碗，把碗伸向前去，可怜兮兮地叫着："行行好，先生！行行好，太太！发发善心！做好事，积功德，丢下个铜板吧！让挨饿的孩子也吃顿饱饭！"

两个男孩怔怔地望着她，王龙也是。她从哪儿学来的这样的喊法？在这个女人身上，还有多少他不知道的东西！回看着他的目光，她这么说道："我小的时候就是这么喊的，就是这么得到吃的的。那年也遭了这样的灾，我被卖了做了别人家的丫鬟。"

睡着的老人这时正好也醒了，他们给了他一个碗，于是，这爷孙、儿媳四人便上街去乞讨了。阿兰开始喊叫，向过路人伸出她手中的碗。小女儿被她塞在她裸露的怀里，孩子这时睡着了，随着她的移步和不断地把碗伸向路人，小女孩的脑袋在她胸前晃来晃去的。她用手指着怀中的孩子，大声地说："先生，太太，给点儿吧！这孩子就要饿死了，我们在挨饿——在挨饿——"小女孩看上去的确像是死了，她的头摆过来摆过去的，有些路人见了于心不忍，给她丢下几个铜钱。

没多一会儿，两个小男孩就开始把讨饭当作玩儿了，大点儿的那个觉得有些不好意思，讨要的时候傻傻地咧嘴笑着，这很快就让他的母亲察觉了，于是，将他们两个拖回棚屋里，扇了他们一顿耳光，并气呼呼地训斥他们道：

"嘴里说着饿，同时又在笑！你们傻呀，活该挨饿！"边骂边一遍遍地扇他们耳光，直到把自己的手也打疼了，直到孩子们都淌着泪水哇哇地哭了起来。这时，她再次把他们打发出去，对他们说：

"你们现在的样子才像个要饭的！如果你们再笑，我会更狠地揍你们！"

至于王龙，他到了街上后不停地打问，直到他找到一家出租人力车的地方，他进去租了一辆——使用一天，晚上交回去时需要支付半块银圆的租金——拉着它到了街上。

拉着这两个轮子的车子，王龙觉得路上的每个人似乎都在把他当傻瓜看。他那副笨拙的样子像一头第一次套上犁耕地的牛，他几乎连路都不会走了；但是，如若他想要挣这份钱，他就必须拉着车跑，因为在这个城市的所有街道上，当车夫拉上人的时候都是跑着的。他走进一条巷子，那儿没有店铺，只有房门紧闭的住户，他来回地在巷子里走了一会儿，以让自己适应一下这拉车的感觉，正当他绝望地跟自己说还是讨饭好时，一扇门开了，一个戴着眼镜、装束像是教师的长者走了出来，向他吆喝着要坐车。

王龙正待告诉他，他是新手，拉上车还不会跑，可这老人像是耳聋，根本没有听到王龙说的话，只是平静地向他做了个手势，让他把车杠放低，他好上去。王龙不知道还有别的什么法子，只得顺从了，老人耳聋，穿戴讲究，看上去挺有学问，王龙觉得他只能照着老人的意思办了。老人在车上坐直后，对他说："送我去夫子庙。"而后，老人的身子挺得更直了，表情越发镇定，正是他的这一镇定容不得让人再提任何问题，因此王龙开始学着别人那样跑了起来，尽管他根本不知道夫子庙在什么地方。

他边走边问，因为那是一条很拥挤的街道，到处有小贩提着他们的筐子沿街叫卖，有女人赶往市场去买东西，还有马车和他这样的人力车，可谓车水马龙。王龙根本不可能跑得起来，他只能尽可能快地前行，他总能感觉到身后笨拙、负重的车子在颠簸。在肩背上扛东西他已经习惯了，可拉东西却一点儿也不习惯，因此还没等看见夫子庙的院墙，他的双臂已经疼了起来，手上也磨起了泡，因为车把在他身体上挤压到的部位，跟锄头触到的部位不同。

到达夫子庙门口，王龙放低车杠让这位老先生下了车后，老先生在内衣深处摸索了一阵，掏出一枚小银圆给了王龙，并且说道："我从没付过比这多的钱，你再发牢骚也没有用。"说完转身走进了夫子庙。

王龙压根儿没想要抱怨，因为他之前就没有见过这种硬币，他不知道它能换多少个铜板。他进到就近的一家米店，换了一下钱，店主给了他二十六个铜钱，王龙为在南方这么容易就挣到钱感到惊奇。可另一个站在王龙身边的人力车车夫，在王龙数钱时探过身子来他对说："只有二十六个铜钱。你拉了那个老头多远？"王龙告诉他后，那车夫叫了起来："这老家伙真抠门！他只给了你一半的车钱。在拉他之前，你跟他要多少钱？"

"我没有跟他搞价。"王龙说，"他说'过来'，我就过去了。"

那个人不无怜悯地望着王龙。

"你这个乡巴佬真是够笨的，还留着辫子！"他转而对附近的路人说，"有人说过来，他就过去了，他从不知道搞搞价，真是蠢到家啦。'要是我拉你，你给我多少钱！'知道吗？傻瓜，你要这么说。只有在拉白皮肤的外国人时，你才可以不用跟他们讨价还价。他们的脾气就像生石灰，不过，当他们说'过来'时，你可以相信他们，拉他们，因为他们蠢得很，不知道任何东西的价格该是多少，只是让他们的银圆像水一样地从他们的口袋里往外流。"周围听的人都哈哈大笑起来。

王龙没有吭声。在这个城市嘈杂的人群中，他的确觉得自己很卑微、很无知，他没有回人家的话，拉着车悻悻地走了。

"不管怎么说，这钱够明早孩子们的粥钱。"他执拗地跟自己说，随后，他记起晚上时他还得支付车子的租金，真的，这钱还不够那租金的一半呢。

这天上午，他还有过一个乘客，跟这个人他讲了价，并讲妥了价钱，下午还有两个人叫了他的车。可到了晚上，他数了一下今天挣到的所有的钱，结果除掉人力车的租金，他只剩下一个铜板，他非常失望地返回了棚屋。心里跟自己说，辛辛苦苦地干一天，远比在地里收割庄稼累得多，可仅仅挣到一个铜板。随之，他对土地的思念像潮水一样涌上他的心头。在这对他来说是完全陌生的一天当中，他还从未想过他的土地，可现在他开始想他的土地了，尽管它远在他的家乡，但那是属于他自己的，在等着他的归来，这么想着，他的心情平静下来。

他进到棚屋，发现阿兰这一天乞讨到了四十个小钱，相当于四个多铜板，至于两个孩子，老大讨到了八个，老二讨到了十三个，所有这些放在一起足够付明早的粥钱了。只是当他们要把老二的钱也归拢到一起时，他哭喊着要他的钱，他喜欢他自己讨到的钱，那晚睡觉时他也把它们攥在手里，到第二天他们也未能从他手中把钱要过来，后来他用这钱为自己买了大米粥。

可老人却什么也没有讨到。这一整天，他都是很顺从地在路边坐着，什么也不做。他坐在那儿睡觉，睡醒了就看看过往的人和车，觉得累了就又睡着了。因为他是长辈，也不能说他什么。见自己两手空空的,他只是说:"我耕地,我播种,我收割,我就是这样端牢我的饭碗的。除了这,我还生养了一个儿子,儿子又生养了儿子。"

看到自己有儿子,还有孙子,此时的他像个孩子似的相信他是不会挨饿的。

第十二章

Chapter 12

王龙不再有他起初的那种极度的饥饿感了,他看到孩子们天天都有吃的,他知道每天早晨都有米粥,他拉车和阿兰乞讨的所得足够支付他们的粥钱,于是,他生活中的陌生感慢慢消失,他开始对这座城市有所了解,尽管他身处它的边缘。他每日从早到晚地在街道上拉车奔跑,这让他逐渐熟悉了这座城市的风尚,以及它的一些比较隐秘的地方。他晓得了他早晨拉的女客大都是去市场的,如果是男客,就是去学校或者商行上班的。不过,到底是些什么样的学校,他却无从知晓,只知道它们被称作"西洋大学"或"中国大学"等,因为他从未进去过,一旦他跨进校门,他知道就会有人前来问他,他到这不该他来的地方有何贵干。对他拉的男客们所去的商行,他也一无所知,他只知道坐了他的车就得付钱给他。

到了晚上，他知道他拉的男客是去大茶馆或娱乐场所的，这些地方的乐音和象牙或竹子麻将牌的哗啦声，伴着人们的欢声笑语，倾泻到街面上来，而那些男女间的幽欢之事则是在高墙内静静地隐秘地进行。不过，王龙本人与这样的寻欢作乐倒毫不沾边，因为除了他的棚屋，他的脚还没有迈进过任何别的门槛，他的脚步总是在人家的大门前终止。他生活在这座富裕城市所体味到的陌生感，就如同待在富人家里的一只耗子，吃着人家剩下的碎屑，东躲一下，西藏一下，从未真正成为那家人生活中的一部分。

因此，尽管三百里要比几千里近得多，而且，陆路显得没有水路那么遥远，可王龙和他的妻子及孩子们在这座南方的城市里却像是外国人似的。诚然，街上的人与王龙和他的家人以及他家乡的人一样，都是长着黑眼睛、黑头发，诚然，如果细听这些南方人说的话，也能够听懂了，虽说费点劲儿。

然而，安徽毕竟不是江苏。在王龙土生土长的安徽，人们说话缓慢、深沉，声音是从嗓子里发出来的。可是在江苏他们现在居住的这个城市里，人们的语声是从嘴唇和舌尖上爆裂而出的。在王龙的家乡，一年中总是从容悠闲地收上两季：麦子、水稻以及一些玉米、豆子和大蒜等，而这座城市郊区的农民则是不停地给他们的地里上臭大粪，除了水稻之外，他们还在田里一茬又一茬地种植各类蔬菜。

在王龙的家乡，一个人只要能吃上白面烙饼卷大葱，就是吃了好饭，再别无他求了。而这里的人们吃猪肉丸子、竹笋、栗子炖鸡、鸭杂碎，还有各种各样的蔬菜。要是有个老实人昨天吃了大蒜来到他们中间，他们会抬起鼻子，大声地喊："嘿，这个还留着辫子的北方佬，口真臭！"他嘴里的大蒜味儿会让布店老板抬高其蓝棉布的价格，就像他们卖给外国人时会抬高价格一样。

这些靠墙根搭起的棚屋从来没有成为过这个城市或是其郊区的一部分。有一次在夫子庙的街角处，王龙听到一个年轻人在对着一群人做演讲，在这个地方，只要你有足够的勇气，谁都可以站上去讲，那个年轻人说，中国必须来一场革命，必须反对可恨的外国人，王龙听了深感惊诧，悄悄地溜走了，因为他觉得他就是那个年轻人演讲中激烈反对的外国人。又有一天，他听到另一个青年在街角处讲演——这个城市里到处都有年轻人在讲演——他说，在当前的局势下，中国人民必须团结起来，必须进行自我教育，但这一次王龙不觉得这个年轻人说的与他自己有关。

直到有一天王龙在丝绸街拉着人力车转悠的时候，他才了解到更多的事情，他才知道了在这座城市里有不少人比他更像外国人。这天，他碰巧路过了一家常有女客光顾的绸缎铺。有的时候，他能从店里买了丝绸出来的女士中，拉上一个付钱更大方的乘客。这一天，真的有这么一个人突然从店里出来，看到了他，像此人这模样的人王龙以前还从未见过。他根本看不出这是个男人还是女人，只见个子很高，穿着一件挺直的用粗料子做的黑色大衣，脖子上围着不知是什么动物的皮毛。当他走过时，这个看不出是男是女的人，向他做了个手势，很不客气地要他把车辕放低，王龙这么做了，等他再站直身子时，他一下子愣住了，这个人用中国话结结巴巴地说要去大桥街。几乎还不知道是怎么回事的王龙，赶忙奔跑了起来，途中他曾问一个他在拉车时偶尔认识的车夫："看看这位，你知道我拉的是什么人吗？"

那个车夫回头向他喊:"一个外国人——一个美国女人——你要赚了——"

王龙有点儿害怕他身后那个奇怪的家伙,他尽可能快地奔跑,等他到达大桥街时,已累得筋疲力尽,汗流如注。

这个女人下了车后,仍是结巴着对他说:"你不必让自己这么累死累活地跑。"说着给他手中放了两块银圆,这比他平时挣的多出了一倍。

此时,王龙晓得了这的确是个外国人,在这座城市里比他更像是个外国人,他也知道了所有长着黑头发、黑眼睛的人都是一个种族,而长着浅色头发和蓝眼睛的人则属于另外一个种族。

那天晚上,他带着收下后再没有触碰过的银圆回到棚屋,把这件事告诉了阿兰,她说:"我见过他们。我常常向他们乞讨,因为只有他们才会给我的碗里丢进银钱,而不是铜钱。"

不过,无论是王龙还是阿兰都觉得,外国人丢给他们银钱,不是出于什么善心,而是出于无知,不知道对于乞丐给铜钱比银钱更为合适。

通过这次的经历,王龙学到了那些青年没有告诉他的东西,那就是他和他们同属于这一长着黑头发、黑眼睛的种族。

他们这样紧靠在这个地域广大的富足城市的边上,至少应该是不缺少吃的。王龙和家人来自大家都在挨饿的乡村,因为那里天旱地里不长庄稼,因此没有食物。手中有钱也没有用,因为在没有东西的地方,有钱也买不到东西。

而在这个城市里,到处都有各种各样的食物和美味。在鱼市的那几条石子路街道上,一排排的大筐子里装着银白色的大鱼,都是夜间在盛产鱼类的大河里捕捞的；盆子里游着的鳞光闪闪的小鱼，是拿渔网从池塘里捕的；一堆堆黄色的螃蟹，在恼怒和惊恐中不停地用它们的腿乱夹着；还有身体扭来扭去的鳝鱼，那是宴席上的佳肴。在粮食市场上，是一囤一囤的粮食，那些粮囤大得人可以跳进去，淹没在里面，而不为人知；白生生的大米，棕红、深黄和金色的小麦，黄色的大豆，红豆，青绿色的蚕豆，鲜黄色的小米和灰色的芝麻。肉类市场上，整猪被钩住脖子挂在那里，身体整个儿被拉开，露出里面的红肉和层层的脂肪，猪皮柔软，又白又厚。在鸭店的屋顶和屋内，挂着一排排棕色的烤鸭，那是店主在炭火上用铁扦插着鸭子慢慢地转着烤出来的，除了烤鸭，店里还有白色的盐水鸭和一串串的鸭胗、鸭肝。在出售鹅、山鸡和各种家禽的店铺里，同样也是一派充裕的景象。

至于蔬菜，那儿有人能从地里栽培出来任何蔬菜：有红红的萝卜，空心的白藕和芋头，绿色的卷心菜，芹菜，豌豆芽，棕栗子以及调味的水芹。没有任何想要吃的东西，在那个城市的市场上买不到的。有卖各种食品的小贩走街串巷，有卖糖、水果和干果的，有卖蘸糖山药的，有卖蒸肉包子和黏米糕的；城市里的孩子们手里抓着满把的铜钱，跑到街上来买这些小贩的东西，直到吃得满嘴流油，吃得皮肤由于吸收了大量的糖和油而发出光。

是的，可以说，在这座城市里没有人会挨饿。

每天早晨，天刚亮不久，王龙和他的家人便走出他们的棚屋，拿着他们的碗筷，汇入这长长的人流中。每个人从他们的席棚里钻出来时都因为衣服单薄和河边潮湿的雾气而冻得瑟瑟发抖，在去往粥棚的路上，寒风吹刮得他们个个都是缩着脖子走路。尽管王龙每日拉着人力车奔跑,阿兰每日乞讨,可他们得到的钱从不够他们买米天天在家里做饭的。如果吃过粥棚的米粥后还剩下一两个铜钱,他们就买上一点儿卷心菜。不过,就是卷心菜再便宜,对他们来说也是贵的,因为要在阿兰用两块砖支起的灶上煮菜,两个孩子就得出去寻找柴火,有郊区的农民拉着柴草到城里的集市上去卖的,两个孩子只能从这载着柴草的车上偷着拽上几把。有的时候,被人家逮着了,就会狠狠地挨顿打。做这种事时,王龙的大儿子比那个小的更胆怯,更觉得不好意思,一天晚上,他回来时,一只眼睛肿得睁都睁不开,是在偷柴火时被一个农民打的。而那个小儿子却慢慢锻炼得越来越老练了,他干小偷小摸的确比他讨饭要在行得多。

对阿兰来说,这并没有什么。如果男孩子把乞讨当玩耍,在乞讨时不能让自己不笑,那么,就让他们去偷来填饱他们的肚子吧。可王龙对他儿子们的偷窃行为却看不下去,尽管他没有明确表态。他并没有因为大儿子干这种营生时手慢而责怪他。在这堵高墙下的窝棚生活并不是王龙喜欢的生活。他的土地在等着他回去。

一天夜里,王龙回来晚了,他看见炖着菜的锅里有一大块猪肉。这还是自他们宰了自己的牛以后第一次再有肉吃,王龙的眼睛瞪大了。

"你今天一定是碰上好心的外国人了。"他对阿兰说。可平时就少言寡语的阿兰没有吭声。这时,二儿子因为年少天真,且为自己的聪明感到骄傲,便抢着说:"是我拿到的——这块肉是我的。当卖肉的在柜台上把它从一大块肉上割下来眼睛看着别处的时候,我从一个来买它的老太婆的胳膊下面钻过去,一把抓上它,跑进胡同藏到了一个后门旁边的空水缸里,一直待到我哥来了。"

"我不吃这块肉！"王龙生气地说，"我们吃我们买的或者乞讨来的，不吃偷来的肉。我们可以做乞丐，但不可以做小偷。"他用两个手指把那块肉从锅里夹出来，扔到了地上，就是小儿子哭喊他也不管不顾。

这时候，阿兰走上前来，还是她惯常的那一不急不火的神情，她捡起那块肉，用一点水洗了洗，又把它放进滚着的锅里。

"肉总归是肉。"她平静地说。

王龙当时什么也没说，但是他很生气，也很担心，生怕他的儿子慢慢都变成这个城市里的小偷。尽管在阿兰用筷子把煮熟的嫩猪肉夹开，给了老人一块，然后给了男孩子们几块，甚至给小女儿的嘴里也喂了一点儿，随后她自己也吃了些时，王龙都没吭气，可他自己却一口也不愿意吃，只吃了点儿他买下的卷心菜。然而，在饭后，当他将小儿子带到街上，到了一座房子后面他老婆听不见的地方时，他用胳膊夹住小儿子的头，然后左右狠狠地扇孩子耳光，任凭孩子哭爹喊娘也不停手。

"该打，该打，该打！"王龙喊着，"让你再偷！"

等打发孩子哭着鼻子回去后，他跟自己说："我们一定要回到自己的家乡去。"

第十三章

Chapter 13

这座城市的富足是建立在贫困基础上的,王龙就生活在这个富足社会的底层,一天一天地熬着过日子。尽管市场上摆满了食品,尽管丝绸街上飘扬着黑的、红的和橘黄色的丝绸旗帜,炫耀着店铺里色彩艳丽、琳琅满目的商品,尽管富人们白白净净的皮肤上穿着的都是绫罗绸缎,他们不干活的手像花儿一般娇嫩,又香又好看,尽管所有这一切构成了这座城市的富丽堂皇,但是在王龙他们生活的那个地方,却没有足够的食物填饱他们饿得咕咕叫的肚子,没有足够的衣服遮住他们的身体。

男人们整天为富人的吃喝享受烤制着面包和糕点,孩子们从早到晚地干活,满身的油垢,夜晚就睡在地上的干草上,第二天再摇摇晃晃地去到烤炉前,他们挣的钱还不够为自己买下一块他们为别人做的好糕点。男人和女人们累死累活地设计和裁剪过冬的厚皮毛和过春的轻柔皮毛，裁剪质地精良（细密）的丝绸，把它们做成奢华的礼服，供那些享受市场上美食的人穿着，而他们自己则是扯上一块蓝粗布，匆匆地缝合一下，用来遮体。

生活在这些为别人做嫁衣的劳苦大众中间，王龙听说了许多他以前很少注意过的奇怪事情。确实，老一点儿的男人和女人们跟谁都不怎么说话。这些男人拉人力车，推着小推车往官邸和烘焙糕点的地方送煤炭和柴火，背累弯了，青筋也从肌肉中暴了出来，他们也在石子路上拉像马车那么大的载重车子，上面装满了货物，他们缺衣少吃，沉默寡言，晚上只能睡几个小时。他们的脸就像阿兰的一样，淡漠，毫无表情。谁也不知道他们脑子里在想什么。如若他们开口，说的也是食物或铜钱。他们鲜少提到银钱，因为银圆很少能到他们手中。

他们睡觉时的面容像是因为生了气而扭曲着，可那并不是生气。那是成年累月的生活负担的重压，使得他们的上嘴唇噘了起来，像是在龇牙狂怒地咆哮，终年的辛劳使他们的眼角和唇边布满了深深的皱纹。他们自己也不晓得他们现在变成了什么模样。有一次，他们当中的一个人在路上遇到一辆搬运家具的车，从车上衣柜的镜子里他看到了他自己，于是，他大声喊："看镜子里的这个家伙有多丑啊！"当旁边的人都大声地嘲笑他时，他痛苦地笑着，怎么也弄不明白他们在笑什么，焦急地四下望着，看看他是不是得罪了什么人。

在王龙所住的席棚附近，到处都是这样的棚子，它们一个挨着一个，我们上面说的那些人就住在这儿。在这些小屋里，女人们把破布条缝合成小孩子们穿的衣服,她们穷得只会没完没了地生孩子,她们从农民的田里拔点儿卷心菜,从米市上偷上几把米,一年到头在山坡上挖野草,到了收获的季节,她们像鸡一样跟在收割者的后面,眼睛紧盯着每一粒掉落的稻子。在这些窝棚里,不断地有孩子出生,也不断地有孩子死去,死去然后再生,直到连他们的父母亲也弄不清生过多少,死过多少,甚至几乎不知道还有几个活着,只把他们当作了要吃饭的一张嘴。

这些男人、女人和孩子进出于市场和布店,游荡于城市边上的乡村之间。男人们为了几个铜钱,做着这样那样的零工,女人和孩子们偷窃、乞讨,有时还乘人不备抢上一把,王龙跟他的女人和孩子也是他们中的一员。

年迈的男人和女人已经认命,接受了他们现在的生活。可是,随着时间过去,男孩子们逐渐成长起来,成为血气方刚的青年,对社会怀有极大的不满情绪,出现了愤怒的议论和呐喊。后来,他们进入壮年,结婚生子,内心又日益沮丧,他们年轻时纷乱的愤怒情绪逐渐演化为一种难以忍受的绝望,一种难以用语言表达的强烈的逆反心理,因为他们一辈子比牲畜还要辛劳地干活,可最终只能得到一点儿残渣剩羹来充饥。一天晚上,就是在这样一些人的谈论中,王龙第一次听到了他们窝棚紧靠着的这堵高墙里面的情形。

那是个冬末春初的夜晚,窝棚附近的地面由于残雪的融化变得很泥泞,雪水还流进了窝棚里,搞得这儿每家每户都在四下寻找砖块,好垫高地面后睡在砖头上面。然而,尽管地面的潮湿给人一种不舒服的感觉,可在这晚的空气中却充溢着一种柔和与温馨,这一氛围使王龙变得焦躁不安,他无法像往常那样一吃完饭就睡,因此，他步出门外，在路边闲站着。

他的老父亲习惯到屋外倚着墙蹲着，此时，就端着自己的饭碗，蹲在那儿喝粥。因为当老人的那两个孙子在窝棚里叫嚷的时候，屋子里面就像炸开了锅。老人一只手里拽着一个环形布带子的端头（这布带子是阿兰从她的腰带上撕下来的），在这个环形的布带子里，王龙的小女儿能够蹒跚举步，而不至于摔倒。就这样，这个老人一天天照看着他的小孙女，这个孩子已经不愿意母亲在乞讨的时候把她抱在怀里了。再说，阿兰又怀上了孩子，仍然把女儿成天绑在胸前，会压迫得她的肚子受不了的。

王龙看着小女儿摔倒，爬起来再摔倒，看着老人揪着带子的两端，就这么在路边站着，感受着柔和的晚风拂在他的脸颊上，他的内心生出一种对他的土地的强烈思念。

"在这个时节，"他大声对他的父亲说，"该耕翻土地，种下麦子了。"

"噢，"老人平静地说，"我知道你在想什么。像我们今年遇到的这种情况，我这一辈子已经历过多次，离开自己的土地，知道没有种子可以播到地里，也就意味着没有了收成。"

"可你总是又回去了的，爹。"

"家乡有我们的土地，儿子。"老人这么说道。

噢，他们也是要回去的，如果今年不行，那就明年，王龙在他的心里说。只要土地还在！一想到家乡有土地在等着他，今春许会有充沛的雨水，他便抑制不住自己要回去的欲望。他进到棚屋，急切地跟阿兰说："如果有东西可卖，我愿意卖掉它。回家乡去。要不是有老人，我们可以饿着走回去。可老人和孩子们怎么能走这几百里的路呢？况且，你还怀着孩子！"

阿兰刚才在用一点水洗着他们吃过饭的碗，此时，正在屋角摞着碗筷，她从她蹲着的地方抬起眼睛看着他。

"除了小女儿，再没有东西可卖。"阿兰缓缓地回答。

王龙屏息了一口气。

"噢，我绝不卖孩子！"他大声说。

"我就是被卖了的。"阿兰一字一顿地说，"我被卖到一个大户人家，这样我的父母亲就能返回他们的家乡了。"

"所以，你就要卖掉孩子？"

"如果这个家只有我自己，我宁愿在卖掉前先让她死了……我是丫鬟们的丫鬟了！但一个死孩子什么也换不回来。我愿意为了你卖掉这个孩子——让你能回到家乡去。"

"我绝不卖孩子。"王龙坚决地说，"即便在这个野地方待一辈子，也不卖。"

可等到他再来到外面时，这一念头——他自己是绝对不会生出这种念头的——又在引诱他违背自己的意愿了。他看着小女孩在她爷爷拉着的环带里不停地摇摇晃晃地举着步。她吃着每天喂给她的食物，长高了不少，尽管她还不会说话，可作为孩子她长得并不瘦。小女孩的以前像是个老太婆的嘴唇现在泛出红色，变得笑吟吟的，像往常一样只要王龙看着她，她就变得快活，浮出笑容。

"我也许会那么做的，"他暗自思忖着，"要不是她在我的怀里时，总是冲着我这样笑。"

随即，他又想到了他的土地，这让他不禁激动地喊了出来："难道我再也见不到我的土地了！每天辛辛苦苦地做活、讨饭，可得到的总是只够当天吃的。"

就在这个时候，一个深沉、率直的声音从暮色中传过来回应他。

"这样的人，不是你一个。在这个城市里，有成千上万跟你一样的人。"

那个人走上前来，嘴里抽着一根短短的竹烟袋，此人是与王龙仅隔着两家的邻居。白天时很少能见着这个人，因为他总是白天睡觉，晚上干活，晚上拉那种载重的货车，车的体积大，无法在白天人车拥挤的街道上通行。有时王龙在黎明时分看到他蹒跚归来，累得气喘吁吁的，他磨出硬茧的宽阔肩膀也垂了下来。王龙早上出去拉人力车时碰到过他，有时他在傍晚做夜工之前会步出户外，跟那些准备要回窝棚睡觉的人站一会儿。

"噢，会永远这样下去吗？"王龙痛苦地说。

那人连着吸了三口烟，接着往地上唾了一口，说："不，不会永远这样的。当富人太富了时，会出现转机，当穷人太穷了时，也会出现转机。去年冬天，我们卖了两个女儿，才熬了过去，今年冬天，如果我老婆现在怀的孩子生下来还是个女孩，我们还得再卖掉。我只要一个女孩——我的大女儿。其他的女儿最好是把她们都卖了，而不是让她们死掉，尽管有些人宁愿在孩子出生时就把她们弄死。当穷人太穷了时，这也不失为一种解决的方法。当富人太富了时，会出现转机的。如果我估算得不错的话，这转机很快就会来了。"他说着点了点头，之后用烟杆指了指他们身后的墙，问："你见到过墙那边的情形吗？"

王龙瞪着眼睛，摇了摇头。那人继续道："我把我的一个女儿卖到了墙那边，我见过它的里面。如果我告诉你那个大院内钱是怎么像流水一样，哗哗地流进流出的，你一定不会相信。我跟你说吧，那里面的仆人吃饭用的都是镶银的象牙筷子，甚至丫鬟们都戴着珍珠和玉石耳坠，连她们的鞋上都缀着珍珠，她们的鞋子上一旦粘上了泥，或是有了个小口子——甚至还不能算是个口子，她们就连鞋和上面的珍珠一块儿扔掉了！"

那人使劲地吸了一口烟，王龙张着嘴入神地听着。那么，在墙的那边，真有这样的财富和奇珍异宝了！

"富人太富了时，会出现转机。"那人说，他沉默了一会儿，然后，像什么也没有说过似的，淡漠地加了一句，"噢，又该干活去了。"说着，便消失在了夜色当中。

那天晚上，王龙久久不能入睡，他想着他身体倚着的高墙那边的金银珠宝，而他自己白天晚上都是裹在他的这身衣服里，因为他根本没有被褥，只能睡在下面垫着砖块的席子上面。卖掉女儿的念头又来诱惑他，于是，他对自己说："或许把她卖给一个富人家是件好事，这样她就能漂漂亮亮地长大，并且讨得老爷的喜欢。"可他心里又在反对自己的这一想法，他再度思忖道："即便我那么做了，也换不回金银珠宝。即便卖了她，能让我们回到老家，可哪儿有足够的钱去买牛、桌子、床和凳子呢？难道我卖了女儿只是为了回去挨饿，而不是在这边挨饿？我们甚至连播到地里的种子都没有。"

那人说："当富人太富了时，会出现转机。"可王龙一点儿也看不出那个转机在哪里。

第十四章

Chapter 14

春天来到了棚屋村庄。那些乞讨的人现在可以去山上和坟地，去挖新长出的嫩绿的野菜、蒲公英和顶出新叶的荠菜，而不必再东一把西一把地偷农民地里的菜了。每天早晨，一大群衣衫褴褛的妇女和儿童就各自从他们的窝棚里走出来，手里拿着铁片、钝了的刀子或带尖的石块，胳膊上挎着用竹枝或苇子编的篮子，到乡野和路边寻找那些无须用钱、无须乞讨就能得到的食物。阿兰和她的两个孩子天天和这一群人一块儿出去。

不过，男人们是必须做工的，王龙还跟从前一样拉他的人力车，尽管逐渐变长变暖的白昼，强烈的阳光和突来的阵雨，让每个人都充满渴望和怨愤。冬天时，他们默默地干活，地面上的冰雪冻僵了他们穿着草鞋的脚，他们强忍着，直到夜晚才能回到他们的窝棚里，无言地吃着白天靠劳动和乞讨得到的那点儿东西，之后，男人、女人和孩子便一块儿坠入沉沉的睡眠，因为睡觉多少能弥补太贫乏的食物给他们的身体造成的虚弱。王龙棚屋里的情形是这样，他知道其他棚屋的情况也一定如此。

随着春天的莅临，他们开始有了倾吐的欲望，想让他们的心声表达出来。在傍晚暮色降临后，人们从他们的窝棚里出来，聚到一块儿谈天说地，王龙看到这中间有几个住得离他近的人，只是在过去的这个冬天没有认识他们。如果阿兰爱说话，他也许就会听说，打个比方，这个人打了他的妻子，那个人得了麻风病，脸上的肉都掉光了，另外一个是小偷的首领。然而，阿兰是个沉默寡言的女人，除了必须问的话或做出简短的回答外，她很少再开口，因此，王龙常常只是不太自信地站在人群边上，听别人讲话。

除了他们干苦力和乞讨的那点儿所得，这些穿破衣烂衫的人大都一无所有，所以王龙总觉得他并不真正是他们中间的一员。他拥有土地，他的土地等着他的归来。这些人想的只是，他们明天怎么能有点儿鱼吃，或怎么能让自己去消遣一下，甚至怎么能去赌上一会儿，哪怕只赌一两个铜钱，因为他们的日子过得太苦，太过贫乏，所以一个人有时候必须找点儿乐子，尽管他身处绝望困顿之中。

但是，王龙想着他的土地，总在思考着如何才能回去的事情，尽管这个愿望一再被延搁，令他心里不太好受。他不属于紧靠富人家这堵墙而住着的这帮穷人，也不属于富足人家。他属于他的土地，他的脚唯有踏在自己的土地上，春季扶着犁耕地，秋季握着镰收割，唯有这样他才觉得他的生活是充实的。所以他只是站在一旁听着，因为他心里知道他拥有土地，拥有他的祖辈们留下的上好的麦田，拥有他从黄家买来的稻田。

这些人所谈论的总是——永远都是——钱，钱，钱，比如说，他们用了几个铜钱买了一尺布，为了买一条跟人的手指头一样大小的鱼他们付了多少钱，或者，他们一天能挣几个铜板，说到最后总会提到要是他们有了墙那边富人保险柜里的那么多钱，他们将做什么。他们的谈论总是以这样的话结束："如果我拥有他[①]那么多的金子，我的手里有他每天带在腰带里的那么多银圆，如果我有他的小妾们戴的珍珠，有他的老婆戴的宝石……"

在他们谈论如果得到这些金银财宝他们会去做什么时，王龙听到的都是他们打算如何如何吃，如何如何睡，他们要吃遍以前从未品尝过的山珍海味，他们会到这个或那个大茶馆里如何如何赌博，会买下什么样的漂亮女人来满足自己的欲念，最重要的是，他们再也不用干活了，就像墙那边的富人从未做过工一样。

这时，王龙突然高声喊道："要是我有了金银珠宝，我会用它去买土地，买良田，从地里收获更多的粮食！"

听到这话，大家的目光都一起转向王龙，开始反驳他："喂，这还是个留着辫子的乡巴佬呢，他对城市生活、对钱的用途，一无所知。他只会跟在牛屁股后面像个奴隶一样地干活！"他们每个人都觉得自己比王龙更有资格拥有财富，因为他们更懂得如何享用它。

不过，这一嘲讽并未能改变王龙的想法。他不再大声地嚷，而是跟自己说道："不管怎么说，我都会把金银珠宝换成好地良田。"

[①] 指墙那边的富人。

这么想着，他天天越发思念他家乡的土地。

由于这样的思绪成天魂牵梦萦着他，王龙像是在梦中一样看着这座城市每日发生在他周边的事情。他接受这一陌生感，不去探究任何事物的原因，除非事情发生在他的头上。譬如说，城里有人在散发传单，有时候甚至还会塞给他一张。

王龙这辈子从来没有学过认字，因此他根本看不懂这些纸上印着的那些黑色标记，这些东西有时还贴在城门上和墙上，有时得用几个铜钱来买，有时是白送。他曾两次拿到过这样的传单。

第一次是一个外国人给他的，一天他偶尔拉到了这个外国人，只是这一回给他传单的是个男的，个子很高，身体瘦得像被狂风吹过的树干。此人长着一双像冰那样蓝的眼睛，脸上有毛，在那老外把传单递给他时，王龙看见他手上也有毛，皮肤红红的。而且，他长得又高又大的鼻子，像从船舷上伸出的船头一样从他的脸上凸了出来。尽管王龙很害怕从这样的手中接过东西，可看到此人那双怪怪的眼睛和吓人的鼻子，他更不敢拒绝。他接下了塞给他的东西，等那个外国人走后他鼓起勇气看时，只见传单上印着一个男人的画像，这个白皮肤的男人被钉在一个木头的十字架上。此人没有穿衣服，只是在他的生殖器那儿遮了一块布，从表现出的体征上看他已经死了，因为他的头垂在了他的肩膀上，他的眼睛闭合着。王龙惊恐地望着画面上的这个人，对他的兴趣不断增加。画像的下面写着字，可他不认识。

晚上他带着这张画回到家里，把它拿给老人看。可老人也不识字，他们——王龙、老人和两个男孩——揣摩着它的意思。两个男孩又是高兴又是害怕地喊："看啊，他的身体在流血！"

老人说:"被这样吊着的人,肯定是坏人。"

对这幅画,王龙心里一直有些疑虑和担心,他在想一个外国人为什么要把这幅画给他呢,是不是这位外国人的某个兄弟被这么虐待了,而另一个兄弟在寻求复仇?于是,他有意避开了他遇到老外的那条街,过了几天,这幅画被忘却以后,阿兰把它和其他几张她捡到的传单一起纳进了鞋底里,好让鞋底更加结实点儿。

第二次给王龙传单的,是这城里的一个年轻人。他穿得很好,一边大声地演讲,一边在人群中来回散发着传单,这些城里人只要街上有什么新奇的事,一定会去凑热闹。这张纸上也印着一幅与鲜血和死亡有关的图,只不过这一回死去的这位男子不是白种人,皮肤上没有毛,而是一个跟王龙一样的男人,普普通通,黄皮肤,较为瘦削,黑头发黑眼睛,穿着破烂的蓝衣服。这个死了的男人身上站着一个胖胖的人,他不停地用手中的长刀,捅着这个死了的人。这画面挺悲惨的,王龙一直盯着它,渴望弄清楚画下面的字的意思。他转向旁边的人问:"你认识这上面的字吗,能告诉我这幅可怕的画的含义吗?"

那个人说:"安静,听这位年轻的先生讲;他会告诉我们一切的。"

于是,王龙注意往下听,他下面听到的内容是他以前从未听过的。

"这个死去的人就是你们自己。"这位年轻的先生慷慨激昂地说,"这个在你们已死去、已没有了知觉时仍在砍杀你们的人,是富人和资本家,他们甚至在你们死后还要砍杀你们。你们穷困,被人蹂躏践踏,因为富人掠夺、占有了一切。"

王龙当然知道自己很穷,可他之前把这归因于老天爷作祟,是老天爷不按时节降雨,或者,下起来以后就没完没了,好像下雨是他改不了的恶习一样。当风调雨顺，地里的种子抽芽，长出的茎干结穗，那个时候，王龙就不觉得自己是穷人了。因此，他认真地听着，想知道富人们遇到老天爷在春季不下雨时会怎么办。最后，这位年轻人滔滔不绝地讲啊，讲啊，却始终没有说到王龙感兴趣的这件事情，王龙不由得鼓起勇气问道："先生，压迫我们的富人们有办法让天下雨，好叫我能在田里干活吗？"

听到王龙的发问，这位年轻人朝他转过身来，轻蔑地答道："瞧你这个人多无知啊，到现在了仍留着长辫子！天不下雨时，没有人能叫天下雨，而且，这跟我们有什么关系呢？如果富人愿意把他们拥有的分享给我们，天下不下雨，根本不重要，因为我们大家都有了钱和食物。"

听众中响起一阵喝彩声，可王龙却不甚满意地离开了。话虽没错，但还是土地牢靠呀。钱可以被花光，食物可以被吃尽，到那时如果没有充足的阳光和适量的雨水，便又要挨饿了。不过，他还是高兴地收下了那个年轻人给他的传单。因为他记得阿兰纳鞋底时纸总不够用，于是他把它们带回家给了阿兰，对她说："给你些纳鞋底用的纸。"之后，他又像往常一样去拉车了。

不过，在那晚跟他一块儿聊天的邻居中，有不少人是热切地聆听了那个年轻人的讲话的，可以说，他们比其他人听得更加热切，因为他们知道在这堵墙后面就住着一个富人，他们与这个富人之间仅隔着一层砌起的砖，只要他们用每天抬重物的粗木棒捶上几下，这墙便可能坍塌。

这样，在伴随春天而来的不满情绪中又增添了新的不满，即那位青年以及他的同类在窝棚居住者内心煽起的那一愤懑情绪，这让他们意识到这些富人不公平地占有了一切财富。他们天天想着这些事情,晚上回来后谈论这些事情,更糟糕的是,随着日子过去,他们挣的钱没有一点儿增加,于是,青壮年的心中开始涌起不可阻挡的怒潮,恰如汇入融雪的春江——一种发自本能的要求欲望得到满足的春潮。

尽管王龙看到了这些,也听到了他们的谈话,并对他们的愤怒感到一种莫名的不安,但他一心祈盼的仍是,让他的脚再次踏在他的土地上。

接着,在这个他常常碰到新鲜事的城市里,王龙又看见一件他不理解的新鲜事。一天,他拉着空车正沿街走着寻觅顾客,突然看见一个人被几个带枪的士兵抓了起来,当那人表示抗议时,当兵的在他面前晃起他们的刺刀,在王龙不胜惊讶地望着的当儿,又有一个人被抓了,紧跟着又有一个,王龙蓦然想到这些被抓的人都是像他一样靠干活谋生的普通人,这时又有一个被逮了,此人紧靠着他的棚屋住着。

惊诧中的王龙突然醒悟到,所有这些被抓的人都不知道他们为什么就这么不问青红皂白地被抓了,不管他们愿意还是不愿意。王龙赶紧把他的人力车推到一条小巷里,随后跑进一家开水铺,猫着身子蹲在了那些大锅后面,免得成为下一个被捉的对象。他在那里一直待到大兵走了。从灶台后面出来后,他问开水铺的老者这到底是怎么回事,那人被罩在从铜锅里不断冒出的热气中间,身子骨显得更为苍老和委顿,他淡漠地答道:"不知什么地方又开战了。谁知道这打来打去的是怎么啦。不过,自我年轻时候起就是这样了,等我死了后还会如此,对这一点我是知道得很清楚的。"

"噢，可他们为什么要抓我的邻居呢？他完全是无辜的，他像我一样从未听说过这场新打起来的战争。"王龙很是惊诧地问。老头儿盖上锅盖后回答说："这些士兵是开往前线的，他们需要有人给他们搬运行李、枪炮和弹药，所以，他们强迫像你这样做工的人来干这些事情。你是从外省来的吧？在这座城市里，这已不是什么新鲜事儿了。"

"要是去了呢？"王龙屏息问道，"给多少酬劳，什么时候能回来？"

这位老者实在是有点儿太老了，他已经没有了任何抱负，除了他的大锅，对任何其他的事情都失去了兴趣，他漫不经心地答道："没有酬劳，一天只有两块干馒头，还有一碗池塘里的水，到达目的地以后，你就可以回去了，要是你的两条腿还能走得动的话。"

"可是，那他家里的人——"王龙惊愕地问。

"噢，那不是他们要考虑要关心的。"老人不无嘲讽地说，他揭开他跟前大锅上的盖子，看水是不是开了，一团蒸汽升腾而起，把他和他满是皱纹的脸完全笼罩在了热气当中。他毕竟是位善良的老人，当他身边的蒸汽散去，他看到了王龙在其蹲着的地方看不到的情形——那几个士兵又踅了回来，在能干活的男人都已跑光了的街道上寻觅着。

"再低下点儿。"他对王龙说，"他们又来了。"

王龙低着身子蜷缩在灶台后面，士兵们沿着石子路向西去了，当他们皮靴的嗒嗒声远去之后，王龙奔了出来，拉着他的人力车跑回了棚屋。

阿兰刚从马路边回来，这时正在煮她捡回来的一点儿野菜，王龙气喘吁吁、结结巴巴地跟阿兰讲述了外面正在发生的事情，以及他是如何侥幸逃脱的，在说的时候，他内心又生出新的恐惧，担心他被抓到战场上后，不仅他的老父亲和家人会因此而挨饿，而且，他很可能被枪弹击中，血流尽而死在战场上，永远也见不到自己的土地。他心力交瘁地望着阿兰说："我现在真的想要卖掉小丫头，回到北方的家乡去了。"

阿兰听了这话，沉默了一会儿，然后用她那平淡、直白的方式说："再等几天吧。现在外面有些奇怪的谈论。"

不过，王龙再也不敢白天出去了，他让大儿子把人力车给租车的地方送了回去，等到了晚上，他就去商店仓库拉那种载货的大车。尽管这活只能挣到他以前一半的工钱，可他宁愿整夜地去拉这装满箱子的大货车，每辆车需要十几个人一起出力，有时甚至需要哼着调子。箱子里装着丝绸、棉花、香烟，烟草的香味儿透过箱子的缝隙溢了出来。此外，还有装着油和酒的大缸。

在漆黑的街道上，他整夜光着膀子，肩上挎着绳子，汗水不断地往下淌，光脚板踩在滑滑的石子路上——由于夜间返潮，路上的石子又黏又湿。在他们前面，有个小男孩举着火把为他们照明，在火光的照耀下，他们的脸和身体，还有潮湿的石子，都映出熠熠的光。王龙在黎明前筋疲力尽地回到家里，累得倒头就睡，等睡起来后才吃得下饭。白天士兵们在街上抓人时，王龙在他窝棚最靠里的角落，阿兰为他弄回的一堆干草后面，安然地睡觉。

王龙并不知道这是场什么样的战争，不知道是谁在打谁。可随着春天的到来，城市里出现了种种骚乱和惊恐。白天，不少的马车载着富人和他们的财物——衣服，锦缎的被褥，他们的漂亮女人和珠宝——去往河边,在那里乘轮船逃往外地,有些是去火车站乘了火车。王龙从不在白天到街上去,他的两个儿子倒是从外面回来时,常常一脸的兴奋,眼睛里放着光,对他大声地说:"我们看见那么一个人——那么一个人,又胖,块头又大,像庙里的弥勒和尚,穿着一身黄丝绸,大拇指上戴着一个有绿宝石的金戒指,他的脸吃得油光发亮的!"

他的大儿子嚷着:"我们看见那么多的箱子,我问里面装着什么,一个人告诉我,'里面都是金子和银子,可富人们不可能把他们所有的财物都拿走,将来的某一天,它们都会成为我们的'。爹,这个人的话是什么意思?"儿子睁大眼睛,询问他的父亲。

可王龙只是简短地回答说:"我怎么知道这个城里的闲汉说的是什么意思?"之后,他的儿子又充满渴望地说:"噢,如果是我们的,我希望我们现在就去得到它。我想吃块饼。我还从未吃过上面撒着芝麻的那种甜饼。"

听到这话,老人从半醒半睡中抬起头,他咕哝道:"收成好的时候,我们在中秋节就吃过这种饼,那时芝麻刚脱了粒,还没有卖掉,我们留出一点儿来做成了这样的饼。"

王龙当然记得阿兰曾在新年快要到来时烧制的年饼,那种用米粉、猪油和糖做成的饼,想到这儿,王龙的嘴里生出口水,他的心因渴盼着那已失去的东西而痛苦着。

"要是我们能回去就好了。"他小声说。

突然间,王龙觉得他一天也不能待在这个寒碜的席棚里等了,在草堆后面这块窄憋的地方,他甚至连身体都伸不直;他也不愿再让——哪怕只是一个晚上——拉车的绳子勒进他弓着的脊背里,不愿拖着沉重的货物走在那石子路上。他现在终于晓得了街面上的每块石子都是他的一个敌人,他也熟悉了能让他避开石头的每一道车辙,这样他便可以少花去点儿力气。在那些个伸手不见五指的夜晚,尤其是下雨天,路面比平时更湿得厉害,那时,他的整个身心都会充满对他脚下石头的愤恨,这些石子仿佛要将装了过多货物的车辆轮子吸住似的。

"噢,我肥沃的土地!"王龙突然喊道,随后便失声痛哭起来,孩子们感到害怕,老人惊讶地望着儿子,脸上的肌肉在他稀疏的胡子下面抽搐着,就像看到母亲恸哭的孩子的那种表情。

这时,阿兰用她那平直的声调再次说话了:"再等上几天吧,我们先看看会有什么事情发生。眼下,到处都有人在议论。"

王龙从他躲藏的窝棚里不时地听到有脚步声经过,那是士兵赶往战场的脚步声。有时候,把前面的棚席撩起来一点儿,他用一只眼睛从缝隙中望出去,看见穿着皮靴、打着裹腿的脚在不停地行进,行进,两人一排,一排跟着一排,一队接着一队,成千上万的军团。晚上拉车的时候,他看见前面火把的亮光有时会瞬间映照在行进中的士兵的脸上。他不敢问有关他们的任何事情,只是埋头拉车,匆匆吃完碗中的米饭,在席棚的草堆后面时睡时醒地躺过整个白天。在那些天里,人们不再彼此谈论什么。整个城市都陷入惶恐之中,每个人都是匆匆做完他不得不做的事,就赶忙回家,闭门不出。

傍晚时分,再没有人出来在棚屋附近闲聊。市场上以前摆放食物的货架现在都空了。丝绸店铺都收起了它们鲜艳的广告旗,把门面用厚实的木板结结实实地钉合起来,因此在中午走过城里时,仿佛觉得人们都睡着了。

到处有人悄悄地说,敌人就要来了,于是,那些有钱财的人都害怕起来。但王龙不害怕,其他的棚屋居住者也不害怕。一来,他们根本不知道这个敌人是谁;二来,他们再没有什么东西可以失去,因为即便是他们的命,他们也不会太去在乎了。如果这个敌人要来,就让他来吧,对他们而言,再糟也不可能比现在更糟。每个人都顾着自己的事,谁也不再跟谁公开地谈论什么。

紧接着,商行的老板告诉沿着河道搬运箱子的工人,他们不用再来了,因为这些天商店的柜台上已经没有人来买卖东西,于是王龙白天晚上都歇在了家里。起初,他很高兴,他的身体似乎怎么也歇不够,他整日像个死人似的沉沉地睡觉。然而,他不干活,挣不到钱,没几天家里的几个余钱就用完了,因此他又得不顾一切地出去四处找活干。好像还嫌灾祸不够多似的,公共粥棚也关掉了,那些用这种方法救济穷人的绅士回了自己的家,关上门不出来了。没有吃的,没有活干,街上也没了行人,没有了可去讨要的对象。

王龙抱着他的小女儿,坐在棚屋里,他看着她温柔地说:"我的小傻瓜,你愿意去一个大户人家吗?那儿有吃有喝,有衣服穿。"

那时她笑了,尽管她听不懂他说的话,她抬起小手好奇地去抚弄他的眼睛,此时,王龙实在忍不住了,他大声对他的女人说:"告诉我,你在黄家挨过打吗?"

她回答他说:"每天都挨打的。"还是她那平直阴郁的声调。

王龙又喊道:"他们是用腰带,还是用竹子或绳子打你呢?"

她的回答依然像是一潭死水那么平静:"他们是用皮条抽我的,那个皮条以前曾是一头骡子上的缰绳,它就挂在厨房的墙上。"

他心里明白她知道他正在想什么,可他还是心存侥幸地说:
"甚至现在就能看得出来,我们的这个小女儿长得漂亮。你说,漂亮的丫鬟也挨打吗?"

仿佛不管好看与否对她来说都不重要,她平淡地答道:"唉,挨打,还是被送到哪个男人的床上——仅凭他们的一念之差——不只是一个男人的床上,而且还可能是那晚想要她的任何另外一个男人的床上,年轻的少爷们为了这个或者那个丫鬟争吵不休,有时还拿彼此间的丫鬟进行交换,他们会说,'如果你今晚,那我就明晚'。待他们玩腻了哪个丫鬟时,这个丫鬟便成了男仆们争抢和拿来交换的对象。这种事情有时会发生在一个丫鬟还未成年之前——如果她漂亮的话。"

这时王龙痛苦地呻吟起来,他紧紧地把女儿搂在怀里,一遍又一遍温柔地对她说:"噢。小傻瓜——可怜的小傻瓜。"可在其内心深处,王龙却在呐喊——就像一个身陷急流当中已无暇思考的人那般呐喊——"已经没有别的办法——没有别的办法——"

就在他这样坐着的当儿,突然传来一声犹如天被炸裂开来的巨响,他们每个人都不约而同地趴到了地上,掩住了他们的脸,因为这一可怕的霹雳般的声响好像要把他们掀到空中,再将他们压碎。王龙用手捂住了小女儿的脸,不知道这一声可怕的轰响会给他们带来什么样的厄运。老人冲着王龙的耳朵喊:"我一辈子也没听到过这种声音。"两个男孩吓得号哭起来。

像刚才寂静被突然打破,寂静又突然降至他们中间,此时,阿兰抬起头来说:"以前听说的事,现在终于发生了。敌人攻破了城门。"大家还没来得及对阿兰的话做出反应,就听得有喊声回荡在城市上空，这是渐渐会聚的人声，起初，隐隐约约的，听得像是暴风雨临近时的呼啸，深沉的正在聚集着力量的吼声，随着它在街道上传布开来，声音变得越来越响亮。

王龙在他棚屋的席子上直直地坐着，一种陌生的恐惧感袭遍他的全身，以至于他觉得这一恐惧感甚至震颤在了他的发根处，每个人都是挺直地坐着，互相呆呆地望着对方，等待着什么事情的发生。然而，外面只有人们往一块儿会集的嘈杂声，每个人都在喊叫。

接着，在墙那边，离他们不远的地方，他们听见大门被吱吱嘎嘎地打开，突然间，那天傍晚曾跟王龙一起聊天、平时抽着一根短竹烟袋的邻居，把头探进王龙的棚屋，向他们喊道："你们怎么还在这儿坐着？机会来了——富人的大门向我们敞开了！"像是施了魔术似的，阿兰一下子就不见了，原来在那人说话时，她已从他腋下溜了出去。

随后，还处在懵懂中的王龙缓缓地站起，他放下女儿，走了出来，看见一大群市民正朝着这个富人家的大铁门拥了过去，他们一起发出的呐喊声是他从未听到过的，宛如狼嚎虎啸，这吼声响彻在各条街道上。王龙知道城里所有富人家的大门前都已挤满了呼喊的人群，这些饥饿的男人和女人平时困在自己的陋屋里，此时他们获得片刻自由，要做他们向往已久的事。铁门半开着，向前去的人们密密匝匝地拥在一起，摩肩接踵，以至于整个人群像一个人似的向前移动着。从后面赶来的人们将王龙也裹挟在了他们中间，所以不管他愿意不愿意，他都得被簇拥着向前，尽管他自己也不知道他此时的意愿是什么，因为他被眼前发生的一切给惊呆了。

就这样，王龙也被推挤进了大门，被前后的人群拥挤着，他几

127

乎是脚不沾地向前，四处响起的人们的吼叫声，像是发怒的猛兽在不停地嗥叫。

他被推拥着穿过一个又一个院子，一直进到最里面的内院，只是住在这里的男人和女人都不见了。这里像是个荒废已久的宫殿，唯有园内假山岩石之间的百合仍旧开着，还有迎春花光秃秃的枝条上点缀着一些金色的花朵。屋内的桌子上放着食物，厨房的火炉里还燃着火苗。这群人很了解富人院落的布局，因为他们在烧火做饭以及仆人和丫鬟们住的前院并没有停留，直接来到了老爷太太居住的内院，那里摆着他们装饰精致的床、漆成黑红描金的装绸缎的箱子、雕饰的桌椅，还有挂在墙上的轴画。人们开始疯抢这些财物，相互撕扯着从每个刚打开的衣箱或衣橱中取出的东西，于是，衣服、被褥、帷幔窗帘和碗碟，从一个人的手中夺到另一个人的手中，每个人抓住的东西都有另一个人的手在抢，没有人停下来看一眼他拿到的是什么。

在这一片混乱中，唯有王龙没有上前去争抢，他平生还从未拿过属于别人的任何东西，这种事他一时还做不来。因此，他最初站在人群中，一会儿被拥到这边，一会儿被拥到那边，后来，他终于缓过点儿神来，使劲往外面挤，临了，他终于发现自己挤到了人群边上。他站在那里，像池塘边的小漩涡那样受着潮流的推拥，不过，他心里清楚他所在的位置。

他现在在富人的太太们所居住的尽里面的一个院子里，院子后门半开着，这道门是富人祖祖辈辈都留着为紧急时刻逃生用的，因此称为太平门。毫无疑问，到今天这家人已经都从这扇门逃了出去，躲藏到各条街上的犄角旮旯里，在那儿听着他们庭院里传出的震天吼声。然而，有一个人，不知是因为身体太过肥胖，还是睡得太死，没能逃走。这个人被王龙在一间空荡荡的内室突然给撞上了，这间屋子刚被人们草草地抢劫过，此人藏在室内的一个隐蔽地方没有被发现，现在他以为就只有他一个人了，爬出来想要逃跑。由于王龙总是跟他前面的那群人隔着一点儿距离，所以王龙碰上了他。

此人是个又壮又肥胖的家伙，不算老也不算年轻，毫无疑问，他刚才是跟一个漂亮女人赤身露体地躺在床上的，因为从搭在他身上的紫缎睡袍下露出了他里面裸着的肉体。他皮肤发黄，胸脯和肚子上多余的脂肪形成了一叠一叠的肉褶子，在他堆满了肉的脸上，他的眼睛显得很小，陷进了肉里，活像猪的眼睛。当他看到王龙时，浑身簌簌地抖着，连声哀叫着，像是他身上的肉被刀子剜了一块似的。因此，尽管王龙身上没有武器，对这一情形他也只是觉得好奇，甚至还想嘲笑对方。这个胖家伙跪了下来，在地砖上磕着响头，口里不住地喊："饶命——饶命——别杀我。我给你钱——很多的钱——"

"钱"这个字顿时穿透了王龙脑子里的混沌，让他一下子变得清醒了。钱！啊，他需要钱！像是有个声音在清晰地对他说："钱——孩子有救了——土地！"

王龙突然间厉声喝道——这声音连他都觉得不像是从他自己胸膛里发出来的——"那么，给我钱！"

那个胖家伙站了起来，一边啜泣，咕哝着，一边在睡袍的口袋里摸索，少顷，他伸出了两只发黄的手，手里捧满了金子。王龙撩起他的上衣，接下金子。接着，他再次用那一陌生得像是另外一个人的声音吼道："再给！"

于是，那人再次用双手捧满金子给王龙，呜咽着说："再也没有了，我一无所有了，只有我的这条贱命了。"他说着哭了起来，他的泪水像油一样从他那满是赘肉的脸上淌了下来。

看着那人瑟瑟发抖、痛哭流涕的样子，王龙对他突然生出强烈的厌恶，他这辈子还从来没有这么憎厌过谁，他厌恶至极地对他叫道："滚吧，别再让我看见你！否则，我就像踩死一条肥蛆那样，踩死你！"

王龙真是这么说的，尽管他是个心肠很软的男人，连头牛也不敢杀。那人像条狗一样从他身边跑了过去，消失不见了。

这时只剩下了王龙和那些金子。他并没有立即把它们清点一下，而是将它们塞进怀里，出了平安门，穿过一条狭窄的后街，返回了棚屋。他把还有着别人身体余温的金子紧紧地贴在胸前，一遍又一遍地对自己说："我们要回去了，明天我们就返回家乡！"

第十五章
Chapter 15

回来还没几天,王龙就觉得他好像从未离开过他的土地似的,的确,他的心从没有离开过它。他用三块金子从南方买了上好的种子:颗粒饱满的麦子、稻子和玉米,他还阔绰地买回他以前从未种过的种子,比如芹菜、池塘里栽种的莲藕、大红萝卜(与猪肉炖在一起是宴席上的菜肴)和小红豆的种子。

王龙花五块金子从一个农民那里买下了正在田里耕地的一头牛,这事发生在还未到家之前。途中他看见一个人在耕作,就停了下来,他的家人,老人、孩子和他的女人,也停下了,尽管他们都渴盼早点儿回到家中。他们都望着那头牛。王龙被它粗壮的脖颈打动,马上又留意到它顶着犁轭的肩头坚韧有力,于是,他对那个农民喊:"这头牛干活可不行!给你多少钱,你愿意卖掉它?我眼下没有牲畜,急需一头牛,不管好赖,我都愿意要。"

那个农民大声回答:"我宁可卖掉我老婆,也不卖这头牛,它才三岁,正当年。"他继续耕着地,没有因为王龙而停下。

在此时的王龙看来,世上所有的牛里似乎唯有这头牛才是他最想要的,他跟阿兰和他的父亲说:"你们看这头牛怎么样?"

老人仔细地瞧了瞧说:"这像是一头被阉过的牛。"

阿兰说:"这牛比他说的要大一岁。"

可王龙没有接他们的话茬,他已经铁了心要买下这头牛,由于它耕地时展现的那一不俗的力量,光滑的黄色皮毛和它大大的黑眼睛。用这头牛,他可以耕种他的土地,可以碾米磨面。王龙去到那个农民的跟前对他说:"我将付给你足够的钱,让你能再买一头牛,甚至更多。可这头牛,我要了。"

经过来来回回的讨价还价,那个农民终于同意以高出当地一半的价格卖给他。看上了这头牛的王龙,金钱这时在他眼里突然间变得毫不重要,他把金子递到那人手中,看着那人把牛从轭上卸下来,随后,王龙牵着拴在牛鼻子上的缰绳离去,内心充溢着占有了这头牛的满足感。

当他们到了家里的时候,他们发现门板被拆走了,房顶也不见了,他们留在家中的锄头和耙子也不翼而飞,剩下的唯有一些光秃秃的椽子和几堵土墙,就连土墙也被冬天的晚雪和春天的早雨冲刷掉不少。但在惊魂初定之后,所有这些在王龙眼里都算不上什么了。他去到城里,买回了由硬木制作的新犁具、两把锄头和两把耙子,还有苫屋顶用的席子,等到今年秋收之后,他们再用秸秆好好弄下房顶。

傍晚时王龙站在屋门口，眺望他前面的田野，他自己的土地，此时的田野已从冬天的封冻中复苏，变得松软，适于耕种了。适值阳春时节，青蛙在池塘里懒洋洋地呱呱着。长在屋角那边的竹子在柔和的晚风中轻轻地摇曳，透过朦胧的暮色，他能隐约看见他近处田地边上的簇簇树木。它们是正绽开着娇嫩的粉红色花朵的桃树，顶出了嫩叶的柳树。从静静等着下种的田野上隐隐升起的银白色薄雾，曼妙地缭绕于树干之间。

在最初以及在后来的很长一段时间里，王龙似乎都不愿意看到任何人，只想跟他的土地做伴。他不去村里的任何人家串门，当他们——那些留在村子里一冬天挨饿的村民——来看他时，他也没好脸色给他们。

"是你们中间的谁卸走了我的门板，是谁拿走了我的锄头和耙子，是谁把我房顶上的秸秆拿回去烧火了？"他这般对他们吼叫着。

对此，他们都诚实地摇着脑袋。这个说："是你叔叔干的。"那个说："在这有饥荒和战争的倒霉年月，乡里到处有匪盗横行，怎么能说这个或那个人偷了什么东西呢？饥饿使每个人都变成了小偷。"

不久，那个姓秦的邻居拖着他虚弱的身体来看王龙，他说："曾有一伙强盗住在你家，他们抢劫村民和城里的人。人们说，你叔叔跟他们惯熟的，超出平常关系的那种惯熟。不过，在这些天里，有谁知道哪些话是真的，哪些话是假的？我不敢说任何人的不好。"

这个姓秦的邻居虽说年龄还不到四十五岁，可整个人却几乎成了一个影子，他瘦得皮包着骨头，头发稀稀疏疏的，而且已经变白。王龙盯着他看了一会儿,然后突然同情地对他说:"看来,你的日子过得比我们还苦,这一冬天你都吃什么了?"

那人叹着气小声地说:"我什么没有吃过呢?在城里乞讨时,我们像狗一样吃街道上垃圾堆里的东西,我们吃死狗的肉,在我女人还活着时,她炖的肉汤我都不敢问那汤里是什么肉,只知道连她自己都没勇气下手宰杀,我们吃的东西,都是我女人给弄回来的。后来她死了,没能活过我,在她死后,我把女儿卖给了一个当兵的,因为我不忍心眼睁睁地看着她也饿死。"他停了下来,沉默了一会儿后接着说:"如果我还有种子,我愿意把它们种下去,可我一粒种子也没有了。"

"过这边来!"王龙粗着嗓门喊,说着一把把他拉进了屋里,他让老秦撩起他外衣的前襟,把自己从南方带回的种子给老秦倒了一些。另外,还给了他一些麦种、稻种和菜种,临了,王龙说:"明天我过去,用我的这头壮牛给你耕地。"

老秦突然开始哭了起来,王龙擦了擦自己的眼角,好像生气似的大声说:"你以为我会忘记你给我的那把豆子?"可老秦什么话也说不出来,哭着离去了,一路上都在不停地哭。

发现叔叔已离开了村子,王龙很是高兴,至于人去了哪里,没有人确切地知道。有的说去了某个城市,有的说和老婆、儿子到了一个很遥远的地方。总归他叔叔村子里的房子是空了,没人住了。他叔叔家的女孩,王龙听说都被他叔叔卖了,格外气愤。最先卖掉的是几个长得漂亮的女儿,因为价钱会高一些,不过,到最后,连那个最小的麻子脸女孩也被一个当兵的(正赶赴战场的途中)用一把铜钱就买走了。

接下来，王龙开始了他在地里的辛勤劳作，他甚至想要把他必须用在家里的吃饭和睡觉的时间都省下来。他宁愿把他的烙饼卷大葱带到田间，一边吃，一边盘算："这儿我要种上黑眼豆子，那儿用来培育稻秧苗。"如果白天干得太累了，他就躺到垄沟里去睡上一会儿，让自己的身体紧贴着他温暖的土地。

阿兰在屋子里也不闲着。她自己动手把席子牢牢地固定在了屋顶的椽子上，她取回地里的土跟水和成泥，修补了屋墙，她重砌起一个灶台，并填平了雨水在地上冲出的坑洼。

之后，有一天她和王龙进城，一起购置回来床、桌子、六个凳子和一口大铁锅，另外，出于喜欢他们还买了一个上面印着黑花的红泥壶和六个茶碗。最后，他俩又进了一家香烛铺，买了一张财神爷的画，好挂在堂屋桌子上方的墙上，还买了两个白椴制的烛扦、一个白椴香炉和两根敬神用的红烛，红烛是用牛油做的，又粗又长，中间用一根细苇秆做烛芯。

带着这些香烛铺买的东西，王龙想起了他地里那座小土地庙里的两个土地神，于是，在回来的路上，他去看了它们一眼，它们的样子瞧着怪可怜的，雨水几乎冲刷掉了它们的五官，它们泥胎的身体从破烂不堪的纸衣服中露了出来。在这糟糕的年景里，没有人会注意到它们，王龙用严厉且又有些不屑的神情望着它们，大声地说——俨然是大人对一个受罚的孩子的口吻——"对人们作恶的神，下场本该如此！"

王龙家中又拾掇得干干净净、整整齐齐了，白椴烛扦闪烁着熠熠的光，燃着的蜡烛发出柔和的红光，桌上摆着茶壶和茶碗，床铺还放置在原来的地方，上面叠放着新做的被褥，他们睡房的窗格上又糊上了白纸，木门框又装上了新门板。此时的王龙对自己的这一幸福担心起来。阿兰又怀孕了，他们的几个孩子在门前像几只棕色的小狗似的，爬滚玩耍着，他的老父亲靠着南墙根坐着打盹儿，睡着了脸上还挂着笑容；他地里的稻秧长得翠绿如玉，豆子从泥土里冒出了它们的嫩芽。剩下的金子要是他们节省一些还够他们用到秋收的时候。王龙望着他头顶的蓝天，望着飘浮在天空中的白云，他觉得他刚耕翻过的土地就像自己的肉体一样，都在祈盼适度的阳光和雨水，为此，王龙不太情愿地自言自语道："我得去小土地庙给土地神烧上几炷香，毕竟是它们主宰着土地。"

第十六章

Chapter 16

一天晚上,和妻子睡在一起的王龙察觉她乳房之间有一个拳头大小的硬块,他对她说:"你胸前挂着个什么呀?"

他伸手去摸那个东西,发现是一个布包,虽说很硬,但触碰到它时,里面的东西会移动。阿兰一开始使劲地缩回身子躲他,可当他抓住它要从她身上摘下来时,阿兰屈服了,她说:"要是你非要看,那就看吧。"她把系在脖子上的绳子解开,然后把布包递给了他。

王龙把破布扯去。突然间,不少珠宝落在他手中,王龙望着它们,惊呆了。一个人做梦也不会想到,他能一下子看到这么一堆珠宝:有的是像西瓜瓤那样的红色,有的是麦粒那样的金色,有的翠绿如春天刚长出的嫩叶,有的晶莹剔透如清澈的山泉。王龙说不出这些珠宝的名字，因为他平生就没有见过这么多珠宝，也没听说过它们的名称。然而，他将它们捧在自己的手中——一双满是硬茧的褐色的手——凭着它们在昏暗的屋子里闪烁着熠熠的光辉，他知道他拥有了财富。他捧着它们，一动也不动，陶醉在它们的色彩和形状当中，他和他的妻子无言地望着他手中的珠宝。临了，他屏着呼吸，小声地问她："哪儿来的，哪儿来的？"

阿兰柔声低语道："是那户富人家里。这一定是老爷的一个宠妾的珠宝。当时我看见墙上的一块砖是松动的，就悄悄地溜到了那儿，免得别人瞧见了要分上一份。我抽掉那块砖，掏出里面光闪闪的东西，把它们塞进了我的袖子里。"

"你怎么知道那里面会有财宝？"他再次轻声地问，语气里满是赞许，她嘴角浮现出笑容（这笑容从未在她的眼睛里出现过）回答说："你以为我没在富户人家待过？富人们都胆子小。在一个饥荒年，我曾看见一群盗匪闯进黄家大院，丫鬟、小妾，甚至老夫人自己，都吓得四处逃窜，这时她们会把自己的财物藏在一个她们事先备好的秘密地方。所以，我知道一块松动的砖意味着什么。"

他们再次陷入沉默，两人都直愣愣地瞧着这些奇异的珠宝。过了好大一阵子，王龙才舒了一口气，之后，他语气坚定地说："如今，一个人不能这样来保存他的财宝。这些都必须卖掉，换成安全的财产——变成土地，因为什么都没有土地安全。一旦有人知道了，第二天我们就会死于非命，结果让强盗把珠宝带走。它们得马上变换成土地，不然，我今晚就睡不着觉。"

他说着又拿那块布把珠宝包了起来，用绳子捆好布包，随后解开上衣，把布包塞进了怀里。这时，王龙碰巧看了阿兰一眼。她正盘腿坐在床角，她那张表情呆钝的脸上，出现了一抹朦胧的渴盼神情，她的嘴唇张开着，面庞向前倾着。

"呃，你怎么啦？"他问，对她的表情感到了诧异。

"你要把它们都卖掉吗？"她声音有些沙哑地咕哝道。

"为什么不呢？"他惊讶地反问，"我们为什么要把这样的珠宝存放在一间土房子里呢？"

"我希望能给自己留下两颗。"她说，完全是一副绝望的阴郁神情，好像她什么都不指望了，这反倒打动了王龙的心，就像他的孩子闹着要玩具或糖果会触动他一样。

"噢，你真要！"他惊异地喊。

"如果能给我两颗，"她谦卑地继续说，"只要两颗小的，哪怕只是两颗小珍珠……"

"珍珠！"他重复道，张大了嘴巴。

"我会留着它们——不会戴它们的，"她说，"只是留着它们。"她垂下眼帘，开始扯着床单上一处开了线的地方，她像个几乎没想着能得到答复的人那样，耐心地等待着。

此时的王龙不甚理解地揣摩起这个少言寡语却又忠诚的女人的心理，她一生都辛辛苦苦地干着得不到任何回报的活儿，在黄家大院里，她看着别人穿金戴玉，而她的手甚至连摸也没有摸过那些东西。

"这样，有的时候我可以在手里面拿上它们一会儿。"她像是自言自语似的补充了这么一句。

连王龙自己也不清楚他是被什么给感动了，他从怀中取出布包，默默地递给了她。她在这些闪烁着各种色泽的珠宝中寻找着，

139

她褐色的长满硬茧的手小心翼翼地、不无留恋地拨弄着这些珠宝，直到找到两颗格外光滑的白色小珍珠，她把这两颗珍珠放在一边，把其余的再次包起、捆好，给了王龙。接着，她在她的衣角撕下一条布，把珍珠包了起来，揣回到胸前，这之后，她觉得自己的心得到了安慰。

然而，这却令看着她这么做的王龙大为诧异和不解，以至于在那一天以及后来的一段日子里，他有时会留心观察她，并对自己说："噢，看来我的女人仍然把那两颗珍珠揣在怀里的。"不过，他从未见她把它们拿出来看过。他俩之间也再没有提到过它们。

至于其他的珠宝，经左思右想后，王龙还是决定到黄家走一趟，看看能否用它们从那边买到更多的土地。

现在，王龙又来到了黄家的大门前，这些日子已不再有看门人站在门口，捻着他痣上的长毛，嘲笑那些不通过他便无法进入黄家的人。如今大门紧紧地关着，王龙用双拳使劲地叩门，里面却无人应答。路过的人看到了，对他喊道："喂，你可以多敲一会儿，一直敲。要是老爷子醒着，他可能会来，要是里面的丫鬟恰巧有一个在大门附近，她也可能来开门，如果她想给你开的话。"

终于，王龙听到有缓慢的脚步声来到大门这边，那慢腾腾的时走时停、迟迟疑疑的脚步声，接着，他听到铁门闩慢慢地拉开，大门吱的一声开了个缝，一个沙哑的声音悄悄地问："是谁啊？"

这时，尽管王龙吃惊不小，但他还是大声地回答："是我，王龙！"

里面的声音变得暴躁起来："这个该死的王龙是谁？"

听这蛮横的口气，王龙知道这就是老爷子本人了，因为他跟那些仆人和丫鬟早已习惯了这种颐指气使的语气。于是，王龙比刚才更加谦卑地答道:"老爷,我来是谈点儿生意上的小事,不敢劳您大驾,只要跟为您代劳的管家谈谈就行。"

听到这句,老爷子并没有把拉开的门缝开得更大些,而是嘴冲着门缝答道:"那个该死的狗东西好几个月前就离开我了,他已经不在这儿了。"

对这样的回答,王龙不知道该怎么办才好。没有个中间人,直接跟老爷子谈买地的事,这几乎是不可能的,可他怀中沉甸甸的珠宝像火一般炙热,他希望尽快处理掉它们。当然,更主要的是,他想要得到土地。他买下的种子足够再种上比他现在所拥有的再多上一倍的土地,他希望得到黄家的良田。

"我来是为了一点儿钱上的事。"王龙犹豫地说。

这一次老爷子彻底把门给关上了。

"这个家里没有钱了。"他说话的声音比先前更大了,"管家是个贼,是个强盗!我诅咒他的八辈子祖宗!他把我所有的钱都卷跑了。我还不了任何的债了。"

"不是——不是——"王龙急忙喊,"我来是买你的东西,不是催债的。"

这时,有个王龙没有听到过的声音,尖声尖气地叫了起来,一个女人的脸突然探出了门外。

"噢,好久没听到过这样的事啦。"她尖着嗓子说。这时王龙看到一张精明姣好的面庞探出门来望着他。"进来。"她很快地说,把大门开到能让他的身子进得来。在他进到里面,惊慌地站着不知如何是好时,她已闩上了他身后的门。

黄老爷站在前院,一边咳嗽,一边望着,他身上裹着一件脏了的灰色缎袍，下摆处露出一条磨脏了的毛皮边。看得出来，这原来是件上好的衣服，因为那缎子依然很挺、很光滑，尽管上面沾了污渍，有了些褶子，像是当睡衣给穿了。王龙回望着老爷子，既感到好奇，又有点儿害怕，因为他平生就怕这些大户人家的人。王龙似乎觉得，他眼前的这个老头子怎么可能会是他曾听人们谈到过那么多次的黄老爷呢，此人看去跟他的老父亲差不多，并不令人敬畏，确切地说，还不如他的父亲呢，因为他的父亲是位干净、和蔼的老人，而这个曾经很胖、现在瘦了的老爷子，皮肤松弛，肌肤上尽是褶子，没洗漱，没刮胡子，当他用他发黄的手拂过下巴、揪着他松弛的嘴唇时，他的手还在不住地战栗着。

那个女人倒是很整洁。她长着一张冷漠、刻薄的脸，说她还算漂亮，是因为她长着一个像鹰一样的高鼻梁和一双像鹰一样锐利明亮的黑眼睛，她苍白的皮肤过紧地贴在她的身子骨上，红红的脸颊和嘴唇显出几分冷峻。她乌黑的头发像镜子那样闪亮和光滑，不过，从她的言谈举止看得出，她并非老爷家里的人，而是一个丫鬟，一个伶牙俐齿的丫鬟。除了这个女人和黄老爷，整个院子里再没有别人，可从前这儿总有男男女女和孩子们出出进进，为黄家做着各种各样的活计。

"现在，说说钱的事吧。"那女人直截了当地说。可王龙变得犹豫起来。在老爷面前他不好谈此事，关于这一点，这个善于察言观色的女人早就看了出来，因此，她尖着嗓子跟老人说："你现在回屋去吧！"

这位上了年纪的老爷，一声不吭地拖着脚离开了，他没有后跟的旧丝绒鞋子在走回去时发着吧嗒吧嗒的声响。至于王龙，留下和这个女人单独在一起，他真的不知道该说些什么，或者做些什么了。他被这儿到处弥漫着的寂静给惊呆了。他朝下个院子里瞅了瞅，仍然看不见半个人影，有的只是一堆堆的垃圾和污秽，还有到处散落的稻草、竹子的枝条、枯干了的松针、花儿枯死后的茎，仿佛这儿已经很久没有人清扫过了。

"喂，木头脑袋！"那女人用更尖细的声音说，听到她这声音，王龙几乎惊了一跳，如此尖厉的嗓音，又来得如此出乎他的意料。"你到底有什么事？如果你有钱，先拿出来让我瞧瞧。"

"不。"王龙小心地说，"我并没有说我有钱。我说的是生意。"

"生意就意味着钱。"那女人回辩道，"不是有钱进，就是有钱出，这个家现在没钱可出了。"

"噢，可是我不能跟一个女人谈。"王龙温婉地拒绝道。他还没有弄清楚他现在所处的这一境况，仍愣愣地看着他的周围。

"噢，为什么不能？"那女人生气地问。少顷，她突然冲着他喊道："傻瓜，你难道没有听说，这儿已再没有别的人了？"

王龙惶惑地望着她，心里并不相信，那女人再次冲他喊："这儿只有我和老爷——再没有别的人！"

"那么，他们都去哪儿了？"王龙问，他太诧异了，不由得问了这么一句。

"唉，老夫人死了。"那女人回答，"难道你在城里没有听人说起过，土匪是怎么洗劫了这黄家大院，抢走这儿的丫鬟和财物的？他们用绳子拴住黄老爷的两个拇指，把他吊了起来，把老夫人绑到椅子上，塞住她的嘴。剩下的人吓得全跑了。但我留了下来。我藏到一个上面有木盖，里面还有半缸水的大缸里。等我从缸里出来时，土匪们已经走了,老夫人死在了她的椅子上,土匪们并没有碰她,她是被吓死的。抽大烟已经抽空了她的身子,她衰朽得跟个苇子差不多了,哪里受得了那样的惊吓。"

"仆人和丫鬟们呢?"王龙倒吸了一口气说,"还有那个看门人呢?"

"噢,这些人嘛,"她漫不经心地回答道,"他们很早以前就离开了——只要还走得动的,都走了,因为到了去年数九寒天时,黄家就没粮也没有钱了。"她的声音变得低了下来,"有许多男仆也混在土匪里。我亲眼瞅见了那个看门人——就是他给土匪带的路,尽管在看到老爷时他把头扭了过去,可我还是认得出他痣上的那三根长毛。这里面还有别的男仆,因为只有熟悉这个家的人才知道珠宝藏在哪里,才知道那些没有卖掉的财物藏匿的地方。我不想把这件事归罪于老管家本人——他会认为在这件事上抛头露面有损他的声誉——因为他毕竟是黄家的一个远房亲戚。"

那女人停了下来,庭院里一时间变得死一般的寂静。过了一会儿,她说:"不过,这一切都不是突然发生的。从老爷他父亲那一代开始,他们黄家就开始衰败了。这两代的老爷们都不再管理田地,只是从管家们手里接过钱,像流水一样挥霍。土地的力量在他们的身上已经不见了,渐渐地,土地也开始一点儿一点儿地消失。"

"那些年轻的少爷都哪儿去了?"王龙问,仍然愣愣地望着四周,这一切都太令他难以置信了。

"都去了外地。"那女人淡漠地说,"值得庆幸的是,黄家的两个女儿都在事情发生前嫁走了。大少爷听说爹妈的遭遇后,曾派人来要接走他的父亲,可我劝老爷不要离开。我跟他说,'你走了,这些院子怎么办？只留下我一个女人家，不太合适吧？'"

说这些话时，她红红的小嘴唇不由得噘了起来，她那双大胆的眼睛也垂了下来，沉默了一会儿后，她接着说："何况，这几年来我都是老爷忠实的奴婢，我再没有别的家。"

此时的王龙细细打量着她，稍后，他迅速移开了目光。他开始明白这是怎么一回事了，一个女人在依偎着一个垂死的老人，因为她想从他那里得到他还剩有的财物。王龙带着鄙视的口吻说："既然你只是个丫鬟，我怎么能跟你谈生意呢？"

听到这话，她又冲着他喊："他会做我告诉他的任何事情。"

对这个回答，王龙斟酌了一下。嗯，黄家有土地。如果他不买，别人也会从这个女人手中买。

"还留下多少地呢？"他有些吞吞吐吐地问，她即刻看出了他的来意。

"如果你是来买地的，"她很快地说，"黄家有的是。老爷在城西有一百亩，在城南还有二百亩地可以出售。这地虽然不是连成一片的，可隔开的每一块面积都不小。这三百亩地都卖。"

她回答得如此利落，这让王龙相信老头子手中剩下的东西她都一清二楚，乃至他的最后一寸土地。不过，他仍然不相信她，不愿意跟她谈这笔生意。

"不经过他的儿子们的同意，老爷就可以私自卖掉他家所有的土地，这让人觉得不太可信。"他反对道。

可那女人很是急切地接上了他的话茬。

"至于这一点，他的儿子们早就告诉过他：只要有人买，就卖吧。他的儿子们没有一个愿意回到这儿来的，在这饥荒年，乡下匪盗猖獗，他们都说，'我们不能住到这种地方来。让我们把地卖了，钱分了吧'。"

"可是，我把钱给到谁的手里呢？"王龙问，仍然不太敢相信。

"交到黄老爷的手中啊，这儿除了他，还能给谁呢？"那女人很是干脆地答道。但王龙知道，老爷的东西最终都会落到她的手中。

因此，他不愿意再继续和她谈下去，而是转过身来一边往外走，一边说："改日再说——改日再说——"王龙到了门口，她也跟到门口，冲着他已在街上的背影喊："明天的这个时间——这个时间或是今天下午——什么时候都行！"

王龙沿着街道往前走，没有回答她，他脑子里一团乱麻，需要把他刚才听到的话再好好想一想。他进了一家小茶馆，要了一壶茶，等跑堂的男孩利落地把茶端在他面前，抓过他付的那枚铜钱，在手里抛着玩儿的时候，王龙已经陷入了沉思。他越想，越觉得不可思议，这一闻名遐迩的富贵人家，在从王龙的爷爷到王龙的父亲，再到他自己的三代人的延续中间，一直都是这座城里一个权力和荣耀的象征，可如今却衰败和破落了。

"这是因为他们离开了土地。"他不无遗憾地这样思忖着，他由此想到了他的两个儿子，他们正如春天的幼竹那般飞快地成长，他决定从今天起就不叫他们再在外面玩耍，而是安排他们到地里去干活，从小就让他们把对他们脚下土地的感觉（感情）融入他们的骨髓和血液，感受锄头给他们的手指磨出的老茧。

然而，即便是在茶馆坐着的这一阵子，这些贴在他胸前的珠宝也让王龙感到炽热和沉重，他的心一直吊着。仿佛珠宝的光辉一定会透过他寒碜的衣服映射出来，有人看到了会喊："噢，这儿有个穷鬼怀里揣着皇帝的珠宝！"

在把它们变换成土地之前，他将一刻也得不到安宁。因此，当王龙看到店主有了点儿空时，便喊他过来说："来跟我喝杯茶吧，给我讲讲城里的事儿，这一个冬天我都待在外地了。"

这位店主一向很乐于和人们搭讪，尤其是当顾客付钱请他喝他自家店里的茶的时候，他很高兴地坐在了王龙的桌子旁边。这人长着一张黄鼠狼似的小脸，他的左眼不但长得斜，还是个对眼。他的衣服从上身到裤子都沾上了一层油渍，显得黑亮黑亮的，因为除了茶水，他还出售他自己做的食物，他喜欢说："有个谚语讲，'一个好厨子总是穿脏衣'。"所以，他觉得自己衣服脏是合情合理，在所难免。他坐下后，马上跟王龙聊了起来："噢，除了饿死不少的人外——这已经不是什么新闻了——城里最大的新闻就是黄家遭到抢劫了。"

这正是王龙希望听的，店主津津有味地给他讲下去，先是描述了几个留下的侍女怎样地哭天喊地，怎样被带走，留下的小妾们如何被强奸，被赶出大院，有的甚至被掳走，以至于到现在再没有哪个人敢住在黄家大院里了。"没有人，"店主结束道，"除了黄老爷，他现在完全听一个叫杜鹃的侍女的支配，因为她聪明伶俐，已经在老爷屋子里侍奉多年了，而别的侍女没有一个能待长久的。"

"那么，是这个女人在主事了？"仔细听着的王龙说。

"在当下，是这样。"那人说，"眼下，只要她能探得到的，她都会伸手，只要有可能捞到手里的，她绝不会放过。当然啦，等哪一天少爷们在外面把他们的事情安顿好，要回来一趟了，她那些奴婢表忠诚的话可就哄骗不了他们，得不到报偿了，到那时她就该走人了。不过,她已经弄下了足够的钱,即便她这辈子能活一百岁,也够她花的了。"

"他家的土地呢?"王龙终于问道,由于内心的渴盼他的声音有些发颤。

"土地?"那人茫然地重复道。土地对这位店主来说,似乎并没有什么意义。

"他家的地卖吗?"王龙急切地问。

"噢,土地!"那人淡漠地应道。这时,正好有个顾客进来,他起身迎上前去,边走边回过头来对王龙大声说:"我听说他家是卖地的,除了埋葬着他家六代人的那块坟地之外。"

随后,王龙也站起身来,既然他已打听到了他想要知道的东西;他出来再次折回到黄家的大门前,那女人前来给他开门,在进去前他问她:"请你先告诉我一下,这位黄老爷会在买卖土地的契约上盖他自己的印章吗?"

那女人直视着他的眼睛,急切地回答说:"他会的——他会的——我可以用我的生命担保!"

随即,王龙很直白地问她:"你卖地,是想要我支付金子、银钱,还是珠宝?"

她的眼睛里闪出亮光,说:"我要珠宝!"

第十七章

Chapter 17

现在，王龙拥有了一个人用一头牛耕种不过来的土地，打下的粮食也储存不下了，因此，他在他房子旁边又盖了一间小屋，添置了一头驴，并对他的邻居老秦说："把你的那一小块地卖给我吧，离开你独自住着的小屋，搬到我这里，帮着我一块儿种地吧。"

适值雨量充足，小麦刚一割倒，捆成束，稻秧已经蹿了起来。于是，这两人在稻田里插进秧苗，这一年王龙种植的水稻比以往的任何一年都多，因为雨水充沛，以往的旱地今年也适于种稻子。到收获的时节来临时，王龙和老秦两人根本忙不过来，因此又雇了本村的两个人帮着一起收割。

当王龙在从黄家买来的稻田上干着活儿时，他又记起了这一衰败人家的那几个浪荡公子。于是，他每天早晨下地时都会带上他的两个儿子,让他们在田里做力所能及的活计,比如说,牵着牛或是驴子,即便他们干不了什么重活,至少也要叫他们知道灼热的太阳晒在身上的滋味,知道沿着田埂牵着牛来回地走有多么累。

可他不再让阿兰到地里干活,因为他已不再是穷人,而是一个有能力雇佣帮工的人了,再说,今年地里打下的麦子和稻子比哪一年的都多。为此,王龙不得不在他的房子旁边又建了一个屋子,以储存打下的秋粮,否则,都堆在家里,家中连步子也迈不开了。他还买了三头猪,一群鸡,用收割时掉落的麦粒或谷粒喂养。

阿兰在家中忙家务,给每个人都做了新衣、新鞋,为每张床上添置了絮上暖和的新棉花的花布被褥,待这一切做完后,他们有了比过去任何时候都多的衣服和被褥。这之后,阿兰躺在了床上,因为她又要生了,这次她仍然不让任何人待在身边;即便她现在雇得起她中意的接生婆了,她还是愿意一个人生。

这一次,她分娩的时间很长,当王龙傍晚从地里回来时,发现他父亲站在屋门口,一边哈哈地笑着一边说:"这次是一个鸡蛋里两个黄!"

王龙进到里屋,见阿兰正躺在床上,她身旁是两个刚生下的婴孩,一个男孩,一个女孩,两个长得一模一样。看到这幅情景,他乐得合不拢嘴,临了,他想到一句很令人开心的话:"这就是你为什么要在怀里揣上两颗珍珠的原因了!"

想到自己能说出这样一句风趣的话,他又乐得笑了起来,看到王龙这样高兴,阿兰疲惫的脸上也渐渐浮现出笑容。

这时的王龙,没有了任何的忧愁和烦恼,除了他的这个心事:他的长女到现在还不会说话,她这个年龄段的孩子能做的事,她一件也做不来，只是在遇到她父亲的目光时，她脸上仍会浮现出她婴孩时的笑容。不知是因为生下她的那一年日子太苦，正赶上饥荒，还是别的什么原因，一个月又一个月过去了，王龙期盼着从她嘴里蹦出她学到的第一个词儿，哪怕是像他别的孩子那样叫他一声"大大"也好。然而，没有任何声音从她的口中发出来，唯有那甜甜的、空洞的笑容，这让王龙看着她时，总是不由得叹息道："小傻瓜——我可怜的小傻瓜——"

而在心里他却对自己呼喊着："要是我当时卖掉了这个可怜的孩子，以后他们又发现她是个傻子，他们一定会弄死她的。"

仿佛是为了弥补对这个孩子的亏欠，王龙对她很是疼爱，有时会把她带去田里。在地里她总是默默地跟在做活的王龙后面，当他说话和注意她时，她就对着他笑。

在这一带——王龙的祖辈、父辈，还有他这一辈都生长于斯，都靠土地为生——大约每隔五年，就要闹一次饥荒，或者，如果老天爷开恩的话，也有隔七八年甚至十年一次的时候。这是因为天下雨下得太多，或是根本就不下雨，或是因为有远处山上大量的雨水和融雪汇入北边的河流。河水漫过防洪坝（几百年前为防止洪水泛滥而修建的），淹没田地。

这里的人们一次次地背井离乡，又一次次地返回来，但是王龙现在决心要积累起充裕的财富，这样当以后再有灾年来时，他就无须再离开他的土地，而可以靠着好年景的收成，维持到下一年的来临。他行动起来去实现他的心愿，老天爷也帮他的忙，连着七年都是打下的粮食远远超过所能吃掉的。为了地里的活儿，他每年都在增加雇工，直到他有了六个人。他在旧房的后面又建起一座新房，新院的正面是一间大屋,除了大屋,院子两侧各盖了两间厢房。房顶上铺了瓦,屋墙还是用田里的泥土打成的土坯,只是这一次刷了白灰,显得又白又干净。他和他的家人都搬进了这些新房,而那几个雇工和他们的领工老秦都住到了前面的旧房里。

到这个时候,王龙已经全面考验过了老秦,他发现此人老实、忠诚,他派老秦管理雇工和土地,老秦得到的薪酬也不菲,除吃住免费外,每月还能得到两块大洋。可不管王龙如何敦促老秦要吃好喝好,他这个人就是不长肉,一直都是那般瘦小、憔悴、不苟言笑。然而,他很乐意在地里干活,不急不躁地、默默地一直从黎明干到天黑,如果遇到什么事情非得要他说话时,他的声音也是又弱又低,当然,他最高兴最喜欢的,还是无事打扰他,让他能够不用说话;他一个小时接着一个小时地抡着锄头,在清晨和傍晚时他把水和粪尿挑到菜地里,浇灌菜苗。

但是,王龙知道,如果哪个帮工在枣树下睡了太长的时间,或者在端上来的盘子里吃了超过他份额的豆腐,或者叫他的老婆和孩子于收获的季节在打谷场上抓了几把刚打下的谷物,老秦都会在年底主人和雇工聚餐时,小声地一一告诉王龙:"这个人和那个人到下一年不要让他们再来了。"

好像是在这两人之间发生的那把红豆还有种子的事,使得他们两个成了兄弟,只是年纪轻的王龙占了老大的位置,老秦从未忘记过他是被雇佣的,是住在别人的屋檐下的。

到了第五年年底时,王龙自己就很少到地里干活了,他已拥有了那么多的土地,因此他不得不把他全部的时间都用到经营和出售他的粮食上,用到调配他的帮工上。他没上过学,没识过字,不认识那些用毛笔写在纸上的密密麻麻的东西，这令他感到极为不便。再则，每当他去了交易粮食的店铺，要签署麦子或是稻米的买卖合同时，他必须很是谦卑地恳求城里高傲的经纪人说："先生，我这个人太笨了，你能给我念一下合同吗？"这让王龙觉得太丢面子了。

还有叫他觉得丢脸的是，当合同上需要他署名时，对方的人，有时甚至是个小伙计，都会轻蔑地抬起眉毛，将毛笔在砚台里蘸一下，草草地在合同上写下王龙两个字；最尴尬的是当书写人开玩笑似的大声说："喂，你是龙王的龙，还是聋子的聋呢？"这时，王龙总是低声下气地说："随你的便吧，我太笨，不知道自己的名字该怎么写。"

这事发生在秋收后的一天，这开玩笑的话引起粮店职员的一阵哄堂大笑，这些比他的儿子大不了几岁的年轻人中午闲着没事，都想听到一些趣闻逸事来打发时间。从粮店出来后王龙气呼呼地往家走，在穿过自家的地时，他跟自己说："这些城里的傻蛋们，没有一个有土地的，而他们每个人却都像鹅一样咯咯地笑话我，就因为我不认识用毛笔写在纸上的字。"随后，他的气渐渐地消了，他在心里说："我不会读，不会写，确实挺丢人的。我再不叫大儿子去地里了，把他送到城里的学校上学吧，以后我再到粮市去，我的儿子就能替我读，替我写了，也就不会再有人对我这样一个拥有土地的人公然地嘲笑了。"

他觉得这一想法不错，当天就叫来了他的大儿子——如今已长成十二岁的小伙子，身板长得又高又直，他的宽脸盘和手大脚大的特征，都像极了他的母亲，目光的敏捷像他的父亲——当儿子站在他面前时，他对儿子说："从今天开始，你就不要再去地里了，家里面需要有个读书识字的,能念合同,能替我签字。这样我在城里也就能抬起头了。"

这个孩子听了激奋得满脸通红,眼睛里闪着亮光。

"爹呀,"他说,"这两年来我一直盼着能上学,可我就是不敢跟你说。"

很快,得知了这一消息的小儿子哭着喊着来了——这是他一贯的做派,因为他从小就是个爱吵爱闹的孩子,只要他的那一份比别人的少,他就要哭闹——现在,他站在父亲面前,呜呜咽咽地说:"我也不去地里干活了,这不公平,让我哥哥悠闲地坐在教室学习,而让我像个雇工似的干活,我和他一样都是你的儿子!"

王龙受不了小儿子的哭闹,如果他大声吵嚷着要什么,王龙都会答应他的,所以他赶忙对儿子说:"好了,好了,你们两个都去上学吧,万一老天使坏,你们中的一个没了,还有另外一个有知识的帮我做生意哩。"

之后,王龙叫他们的母亲到城里买回了布,给两个儿子每人做了一件长衫,而王龙自己去文具店,买回了纸张和两个砚台,虽说他对这些东西一点儿也不懂,也羞于承认他不懂,可他还是对店主拿给他看的东西挑挑拣拣。不过,最后总算一切准备就绪,能送两个孩子去靠着城门的那所小学堂了,这个学堂是一位老人办的,过去一些年,他曾几次参加过科举考试,可都未能中榜。后来,他办了这个学堂,在他家的大屋里摆上了凳子和桌子,每逢节日时接收下家长们的一小笔钱作为他教书的报酬,他教授孩子们古文,手中常拿着一把合住的大扇子,如果孩子们贪玩、不好好听讲,或者背不出他们一天到晚念诵的那些功课,他就会用这把扇子敲打他们。

只有在天气和暖的春天和夏天，学生们才有机会放松一下，因为那时在中午吃过饭之后这位老人总会打盹儿，睡上一阵子，那间昏暗的小屋里会传出他睡熟的鼾声。那时候，孩子们就开始交头接耳，彼此逗乐子，画一些恶作剧的图画相互传看，瞧着一只苍蝇在老人张着的嘴边嗡嗡地绕飞而偷偷地发笑，为苍蝇是否会飞进老人的口中相互打赌。当这位老先生突然睁开眼睛——谁也不知道他多会儿就神不知鬼不觉地睁开了眼睛，就好像他没有睡着过似的——在他们还没有发觉前，就看到了他们在捣乱，于是挥动起他的扇子，在这个或那个孩子的脑袋上嗒嗒地敲着。听到他那把大扇的叩击声和孩子们的叫声，邻居们就会说："这毕竟是位有责任心的老师。"而这也正是王龙选择把他的儿子们送到这所学校来的原因。

在他第一天送儿子们去那里上学的路上，王龙走在他们的前面，因为父亲和儿子并排着走，并不合适。王龙手里拿着用一条蓝毛巾包着的新鲜鸡蛋，这些鸡蛋是他到了学校后要送给老先生的。老先生戴着一副铜质的宽边眼镜，穿着一件宽大的黑布长衫，手中擎着一个甚至冬天也拿在手中的硕大的扇子，这些都令王龙感到敬畏。在对他面前的这位老先生深深地鞠了一躬后，王龙说："先生，这是我的两个脑子还没开窍的娃儿，要给他们木头脑袋里灌输进去点儿东西，唯有狠狠地敲打他们，所以，如果你希望我满意，就好好地鞭笞他们，逼着他们学习。"两个孩子站在一边，怔怔地望着那些坐在凳子上的男孩，而那些男孩也回望着他俩。

把两个孩子留在了学校，王龙独自往家里走，此时的王龙内心充满了骄傲。在他看来，就个头、身体的强壮和光亮的褐色面庞而言，整个教室里的男孩没有一个能比得上他的两个儿子。在穿过城门时他碰上了从村里来的邻居，在回答那人的问话时，他不无自豪地说："我这是刚从我儿子的学校回来。"看到那人满脸的惊异，他装着若无其事的样子回答说："我不再需要他们干地里的活儿了，他们的肚子里还是装上点儿学问好。"

可在那人走了后，他却对自己这么说："要是我的大儿子将来成了一个知识渊博的人，我也不会惊讶的！"

从那个时候起，这两个孩子就不再叫老大和老二了，而是叫老先生给他们起的学名。那位老人在询问了他们父亲的职业后，分别给两个儿子起了名字：老大叫农安，老二叫农文，每个名字中的第一个字都表示财富是从土地中来的。

第十八章

Chapter 18

　　王龙就这样积累起了他家里的财富，第七个年头到来的时候，村北的大河——发源于西北地区，这一年汇入那边过多的雨水和融雪——发起滔滔的洪水，它漫过堤岸，淹没了这一带所有的土地。但王龙并不害怕。尽管他五分之二的土地都成了没过人肩头的湖，他也不怕。

　　在整个春末夏初期间，水位一直在涨，到最后这里终于成了一片汪洋，水面波光粼粼，倒映着云彩、月亮以及树干淹在水中的柳树和绿竹。散落在村里的土坯房（房子的主人早已离去）最初时还矗立着，在水里浸泡数日后，都渐渐坍塌，陷入水中和泥土中。所有不是像王龙这样建在山岗上的房子，都遭遇到同样的命运，山岗成了一个个的小岛。人们划着小船和木筏来往于城乡之间，像往年一样又出现了饥饿乞讨的人。

但是,王龙不害怕。粮食市场上欠着他的钱款,他的粮仓里屯满了最近两年打下的粮食,他的房屋高高耸立在山坡上,洪水离他还远着呢,他没有任何要担心的事情。

既然大量的地不能耕种了,王龙有了比他以往任何时候都要多的闲暇时间,饱食终日又无所事事,睡够了多年来欠下的觉,做完了所有他该做的事,他渐渐地变得有些焦躁起来。何况,他还雇着些一年签一次合约的帮工,这些帮工也半闲着,每天吃着他的大米饭,日日等着洪水退下去,在这样的情形下,他再去干活儿,那不是傻吗?因此,在吩咐完他们去修缮一下老房子的屋顶和把新房漏水的地方重铺下瓦,在指派完他们去修理锄头、耙子和木犁,还有喂牲畜、买来鸭子在水里放养以及搓麻绳等活儿后——在以前他一个人耕种土地的时候,这些都是他自己干的——他自己的手却无事可做了,他真的不知道自己该如何消遣这闲暇时光了。

一个人不能整日坐着,看着这像湖一样的淹没了他土地的水面,也不能一直吃呀吃的,他的肚子只能装下它一次能容纳的食物;而且,当王龙睡醒后,他一下子也就再睡不着了。他烦躁不安地在他房子附近转来转去,这周边也太安静了,安静得让他沸腾的热血受不了。他老父亲的身体现在已经非常虚弱,视力变得模糊,耳朵几乎听不见了,除了问问他是否觉得暖和,是否吃饱了,或者是否要喝茶以外,再跟他说不了别的。此外,老人再也意识不到他的儿子现在有多富了,仍总是叨叨他的碗里又放了茶叶,说:"白开水就蛮好,茶叶跟银子一样贵。"不过,不管你跟老人解释什么,都没有用,因为他刚一听完你的话马上就忘记了,他龟缩到了他自己的世界里。很多时候他都在做梦,梦见自己又成了一个年轻人,回到他风华正茂的时代,他已几乎看不到现在发生在他身边的事情。

这位老人和王龙压根儿就不会说话的大女儿,他们俩对一个富裕和生气勃勃的男人,都无话可说。女儿一个小时一个小时地坐在她爷爷身边,手里扯着一块布头,她把它叠了又叠,还冲着它发笑;当王龙给老人倒上一碗热茶端过去,当他用手抚摸女儿的脸颊,她给出甜甜的、空洞的笑容时——这笑容会令人悲伤地很快消失,使她黯淡无光的眼睛里成为一片空虚——王龙实际上得不到爷孙二人的任何反馈。在离开女儿后——他总是默默地跟她待上一会儿后就会走开,这也是女儿在他心上留下的悲伤的标志——他也会去看看阿兰给他生下的那一对龙凤胎,他们俩现在已能在门前高兴地跑来跑去了。

然而,一个男人不可能满足于只是和什么都不懂的小孩子玩耍,在一阵嬉笑和逗乐之后,他们去玩自己的游戏了,又丢下王龙一个人,这让他心里充满躁动和不安。也就是这个时候,他观察起了他的妻子阿兰,以一个男人的眼光看一个对其身体已熟悉得不能再熟悉,甚至到了餍足程度的女人,她在他身边生活了这么多年,他对她可以说已无所不知,也不可能再对她有任何新的期望和希冀。

王龙觉得这似乎是他平生第一次仔细看阿兰,似乎第一次看出她是那种任何男人都不可能称之为标致的女人,她就是一个再普通不过的女人,她整天默默地做活,从来没有想过她在别人眼中的形象。他第一次发现她的头发是棕色的,乱糟糟的,没有油性,她的脸盘又大又扁,皮肤很粗糙,她的五官也显得太大,毫无美和光泽可言。她的眉毛零零落落的,头发稀疏,她的嘴唇太厚,手脚都不成比例地大,用这般陌生的眼光望着她,王龙禁不住冲她喊道:"谁看见你现在的样子都会说,你是一个普通人的老婆,绝不会是一个拥有土地、雇着人种地的男人的老婆!"

这是他平生第一次说出她在他眼中的样子,她用迟缓、痛苦的目光凝望他作为回答。她正坐在凳子上,用一根长针纳着鞋底,这时她停了下来,纳鞋底的针动也不动地捏在手中,嘴张开着,露出里面变黑的牙齿。临了,她似乎终于明白了刚才他是用男人看女人的眼光在看她,于是她高颧骨的脸颊泛起一片红晕,她嘟囔着说:"自从生了这对双胞胎以后,我的身体就不好了。老觉得肚子里有团火一样。"

王龙看出来了,以她那简单的脑袋瓜,她以为他是因为这七年她没再怀过孩子而责怪她。因此,他说话的语气变得更粗鲁了,这其实是超出了他的本意。"我的意思是说,你就不能像别的女人那样,为你的头发买上点儿油擦擦,给自己做上一件黑布的新衣服?你脚上的鞋子跟现在做地主老婆的你,不相配。"

可她什么都没说,只是谦卑地望着他,不知道自己做错了什么,她把脚缩到了坐着的凳子底下,用一只脚遮在了另一只脚上。尽管王龙为他自己的言行也感到内疚,觉得他不应该这样责备这个多少年来一直像一条狗那般忠实地追随他的女人,尽管他记得在他贫穷、独自在地里劳作时,是她刚生完孩子就返回地里帮他收割庄稼,然而,他还是压抑不住他胸中的恼怒,违背着自己的意愿,继续无情地指责她:"我一直勤勤恳恳地做,现在我是富人了,我不希望我的老婆还像个雇工一样。你的这双脚……"

他把话打住了。在他看来,她足够令他不待见了,不过,最令他不喜欢的还是她穿着一双邋遢棉布鞋的大脚,他没好气地盯着她的两只脚,让她不由得一个劲儿地把它们往凳子底下缩。最后,她终于小声地说:"我母亲没给我裹脚,因为我很小就被卖了。不过,我会给咱们的小女儿裹脚的。"

可王龙的怒气却越发地大了起来,因为他对自己生她的气感到惭愧,他现在发火是因为她非但没有生他的气,反而被吓坏了。他穿上新做的黑长衫,恼恨地说:"好了,我去趟城里的茶馆,看看能不能打听到什么新消息。在家里,除了傻子①、老糊涂,就是两个孩子了。"

在去往城里的路上,王龙的心情变得越发糟糕,因为他蓦然记起如果不是阿兰从那个富人家里拿到那些珠宝,如果他跟她要时她没有给他,他这一辈子也不可能买下他所有这些新增的土地。可当他想到这一点时,他就更加生气了,像是故意跟自己的内心作对似的,他说:"噢,但她并不知道她这么做会带来什么。她拿到它们只是觉得它们好玩,就跟孩子们抓到一把红的绿的糖果会很高兴一样,要不是我发现它们,她会永远把这些珠宝揣在她的怀里的。"

跟着,他想到她是否还把那两颗珍珠藏在怀里呢。然而,在他以前觉得好奇、值得他有时去玩味和想象一下的事情②,现在想起它来时却是一种鄙视的心情了,因为生了那么多孩子的她乳房已变得松垮,耷拉了下来,早已不再丰满,珍珠放在她的乳房之间真是让人觉得又愚蠢又浪费。

然而,如果王龙还是个穷光蛋,如果大水没有淹没他的土地,

---

① 这里的傻子原文用的复数,应该是把王龙的大女儿和阿兰都包括在内了。
② 指把珍珠藏在她乳房之间。

那么，上述的这一切很可能就都算不上什么了。可他现在有钱了。他房子的墙内藏着银圆，新房的砖地下面有一袋子银圆，在他和阿兰睡觉的屋子的箱子里，也放着用包袱包着的银圆。他们的床垫子里也缝进去了银圆，而且，他身上系的腰带里也是满满的银圆，他一点儿都不缺钱。因此，他现在花钱不再像出他身上的血那样地舍不得，而是钱在他的腰带里摸着都烫手，急着要把它们花出去，他开始变得大手大脚，想着去做些什么，以享受他大好的年华。

他觉得一切都不像从前那么美好了。他以前常常怯生生地进来、进来后觉得自己就是个再普通不过的乡下人的茶馆，如今在他看来却显得又脏又寒碜了。那个时候的茶馆里，没有人认识他，跑堂的男孩对他一点儿也不客气，可现在他进来时人们会相互推推对方，他能听到一个人对另一个人说："这个人是王家村的王龙，就是他在黄老爷死的那年冬天，闹饥荒的那年，买下了黄家的地。他现在是富人了。"

听到这话的王龙走到里面坐了下来，虽然表面上装着若无其事的样子，心里却为自己的成功感到由衷的骄傲。不过，此时的他刚数落过阿兰的火气还没有消去，即便是他现在受到的这一尊重也未能令他高兴起来，他坐在那儿闷闷不乐地喝着茶，感到他生活中的一切并不像他所认为的那么好。末了，他突然在心里对自己说："我为什么要在这个茶馆喝茶呢？它的老板是个对眼，又长着一张黄鼠狼似的脸，他挣的钱还不如给我种地的雇工挣的多，而且，我拥有土地，我的儿子们又都在上学。"

他迅速地站起来，把要付的钱丢在桌子上，还没等任何人跟他搭上话，已走了出来。他在城里的街道上漫无目的地游荡，有一次他经过一家说书馆，进去在一条拥挤的板凳边上坐了一会儿，听那个人讲《三国演义》的片段，那时候的将军大都有勇有谋。可他依然觉得自己静不下来，不像别人那样能对说书人的故事听得那么津津有味，说书人敲铜锣的声音也叫他感到烦，他又一次站起，步出来，在街头徜徉。

最近，城里又新开了一家很大的茶馆，老板是个南方人，很善于经营这一行当，王龙之前曾走过这个地方，一想到里面在纵情于赌博和声色之娱，王龙心里就发怵。可现在受着百无聊赖而导致的烦躁不安的驱使，受着想要摆脱内心对自己的谴责（他知道他对妻子不公平）的驱使，他朝着那个地方走了过去。他急不可耐地想要目睹或是听到一些新鲜事儿。就这样，他迈过了这个新茶馆的门槛，茶馆里面装饰得很亮丽，空间很大，摆满了桌子，门面迎着街道；他大胆地走了进去，由于心里胆怯，便装出更加胆大的样子，此时的王龙不由得想起，就在几年前他还是个十足的穷人，无论什么时候，顶多只有一两块银圆的余钱，而且，他还曾是一个在南方城市的街道上拉过人力车的苦力。

起初，王龙在这个大茶馆里没有说一句话，他只是买了一壶茶水，静静地喝着，好奇地望着四周。茶馆的一层就是个很大的厅，整个天花板都被漆成了灿灿的金色，几面墙上挂着绘在带轴的白绢上的女子的画像。王龙现在正偷偷地仔细瞧着这些画上的女人，在他看来，她们似乎都是梦中的女子，因为他没有见过世上哪个女人长得像她们那么美。第一天，他看着这些画上的女人，很快地喝完他的茶便离开了。

日子一天天过去，洪水仍滞留在他的土地上，无事可做的王龙因此总往那家茶馆里去，买上一壶茶，独自坐着喝着，眼睛盯着那些画面上的漂亮女人，每一天他都要比前一天待的时间更长，因为在地里和家里他都没有什么事情可做。他很可能就这么一天天在那里干坐下去，因为尽管他家中多处藏有银圆，可他看上去还是个乡下人，在这一豪华的茶馆里唯有他穿着布衣而非丝绸，唯有他身后留着一条城里人早已剪掉了的辫子。然而，一天傍晚，在他正坐在大厅后面的一张桌子上喝茶观望时，有个人从靠着最里面墙壁的一节窄窄的楼梯上走了下来。

除了耸立在城西那座五层的"西塔"，这家茶馆是整个城里唯一一座其上面还建有一层的建筑了。但那座塔楼里面很逼仄，而且，越往上越窄，而茶馆的第二层则跟下面的一层一样宽敞。到了晚上，女人们清越的歌声和银铃般的笑声，以及由女孩们的轻柔手指弹奏出的甜美的琴瑟之音，便从楼上的窗户中流溢出来。你可以听到那音乐在街道上荡漾，尤其是夜深人静时，尽管在王龙坐着的地方，喝茶人的喧闹声，掷骰子和洗麻将牌的噪音，盖过了其他的一切声响。

因此，王龙这晚并没有听见他身后的女人从窄楼梯上下来时发出的咯吱咯吱的脚步声，当有人拍他的肩膀时，他不由得吃了一惊，他没有料到这儿还会有人认识他。待他抬眼看时，进入他眼帘的是一张女人漂亮而又瘦长的面庞，杜鹃的面庞，他那天正是将珠宝给到这个女人的手中而买下了土地，也正是她的这双手稳住了黄老爷颤巍巍的手，帮着他一起把他的印章工工整整盖在了土地买卖的契约上。看到他时，她笑了起来，她的笑声像是脆溜溜的轻语声。

"哟，种地的王龙！"她说，讥嘲似的把种地的这几个字拖得很长,"谁能想到在这儿看到你呢!"

王龙觉得,这个时候他必须不惜一切代价向这个女人证明,他可不仅仅是个种地的,他笑着大声地喊道:"我的钱难道不是跟别的男人的钱一样好花吗?如今的我可不缺钱。我有的是钱,有的是地。"

听到这话,杜鹃怔了一下。此时,她的眼睛像蛇的一样变得又细又亮,她的声音像从瓶里往外倒油那般地平滑。

"有谁没有听说过你王龙发财了呢?一个男人,还有比这更好的地方去花掉他的余钱吗?在这儿,富人找到乐子,倜傥风流的少爷们纵情狂欢豪饮。再没有哪儿的酒会比我们的更醇、更香——你尝过这里的酒吗,王龙?"

"我至今还只是喝茶。"王龙有点儿不好意思地回答说,"我还没有喝过这儿的酒,没有掷过骰子。"

"只喝茶!"她高声地笑着,冲着他喊,"我们这儿有虎骨酒、白酒、甜米酒,你为什么非得喝茶呢?"见王龙低下了头,她又谄媚、温柔地对他说,"我想,你还没有见过我们这儿的别的东西呢,是吗?没有见过纤纤手指,没有见过粉颊香唇?"

王龙的脑袋更低了点儿,脸颊涨得通红,他仿佛觉得邻近的每个人都在不无嘲讽地望着他,都在听这个女人说的话。可当他壮着胆子从眼皮下面瞥了瞥周围时,却发现没有一个人在注意他,只是新一轮掷骰子的叮当声又响了起来,王龙慌乱地回答说:"没有——没有——只是喝茶——"

那女人听了又咯咯地笑了起来,指着墙上用白绢绘的画幅说:"这些就是她们的画像。看看你想见哪一个,把银圆给到我手里,我就能把她带到你面前。"

"是她们的画像！"王龙无比惊讶地说,"我原以为她们都是梦中才有的女子,就像说书人讲的,是昆仑山上的仙女。"

"她们还真的只能是你梦中的情人,"杜鹃接着他的话茬不无幽默地说,语气中既有嘲讽,也不乏善意,"但是,这样的梦中女子只需要一些银钱,就可变成有血有肉的美人儿。"她说完就离开了,边走边跟周围站着的侍者点头,眨眼,示意他们刚才跟她讲话的这个王龙,正如她所说的"就是个乡巴佬！"

然而,坐在那里的王龙再望着这些画像时则增添了一份新的情趣。原来,上了这节窄窄的楼梯,在他头顶上的那些屋子里,就住着这些活生生的女子,男人们上去就是找她们的——当然,是别的男人,而不是他,但总归是男人啊！噢,要是他不是现在的他,不是一个善良的、做活的男人,不是个又有老婆又有儿子的男人,那么,假想一下,就像一个孩子假想着他可以去做一件什么事情那样,他会选择哪一幅画上的女人呢？他仔细、专注地望着画上的每一张面孔,就像看着真人那样。在此之前,在没有出现挑选的这个问题之前,她们似乎都是一样的漂亮。可现在,很显然其中的一些比另一些更漂亮,从这二十多个女子当中,王龙挑出三个最漂亮的,在这三个里面,他又做了一次选择,挑出了一个最最漂亮的,一个娇小、窈窕的尤物。她的身体像竹子一样轻盈,瓜子形的小脸蛋宛如小猫的脸。她手里拿着一枝含苞待放的荷花,那手纤细得像是苔藓刚顶出的嫩芽。

王龙目不转睛地望着她,在这样望着的当儿,他觉得自己像喝了酒一样,有股热流涌入他的血管当中。

"她就像一朵开在榅桲树上的鲜花。"他突然大声地说,听到自己的声音,他惊了一跳,羞得脸也红了。他赶忙起身,把钱放在桌上,出来步入已降临的夜色之中。

月光洒在田野和水面上,形成一层银色的雾霭,在王龙发热的身体内,他的血在悄然、快速地流淌。

第十九章

Chapter 19

这个时候，如果积水从王龙的田里退去了，潮湿泥土中的水汽在阳光下被蒸发，这样的话，经过几天夏日的暴晒，田地就该耕耙、下种了，若是那样的话，王龙很可能便再也不会去那家大茶馆了。或者要是他的一个孩子病了，要是他的老父亲突然去世，那么，王龙许会被这突发的事件缠住，从而忘记了画上的那张瓜子脸和像竹子一样苗条的身材。

然而，除了夏风在日落时分会吹皱了水面之外，其余的时候积水都是静静地纹丝不动地停滞在那里。老人整天打着瞌睡，两个大点儿的男孩天刚亮就去城里上学了，直到傍晚才回来。待在家里的王龙很是烦躁不安，他一会儿走到这儿，一会儿走到那儿，刚在椅子上坐下要喝阿兰给倒的茶，可还没喝就又站了起来，或者是烟袋点着了,却忘记了抽。在他这般神魂颠倒的时候,阿兰总是痛苦地望着他,而他呢,总是躲着阿兰的目光。七月的一天,那一天白昼特别的长,刚降临的暮色逗留在水面上,和拂过水面的微风卿卿我我、窃窃私语,站在屋门口的王龙这时突然一言不发,转身急速地去了他的房间,换上了阿兰给他做的那件只在节日里穿的像绸子一样闪闪发亮的新衣服。他跟谁也没有打招呼,便沿着水边的小路,穿过田野,经过黑洞洞的城门,走过一条条的街道,来到这家新开的茶馆。

茶馆里灯火通明,每盏从南方沿海城市购置回来的油气灯都闪烁着明亮的光,男人们坐在灯下喝茶、聊天,他们解开了衣衫的扣子,享受着傍晚时的凉爽,处处都有扇子在挥动,朗朗的笑声犹如乐音一般流泻到街道上。终年在地里劳作的王龙从未体味过的种种乐子,都在这间宽敞的房子里进行着,聚到这里来玩的人们从来用不着去工作。

王龙在门口变得迟疑起来,他正好站在从开着的门里泻出的光照里。他也许会止步于那儿,然后转身离去,因为他的心里仍有些发怵,尽管澎涌在他体内的血液都要把他的血管爆开了,可就在这个时候,从光线旁的暗影中走出来一个女人,她刚才一直闲倚在门道里站着,此人正是杜鹃。她看见有个男人的身影在门口,于是便走上前来,因为她的活儿就是为茶馆里的女人们拉客,但当看到是王龙时,她不禁耸了耸肩膀说:"哟,原来是那个种地的!"

她话音中表露出的尖刻与不屑,大大刺激了王龙,他突来的怒火给予他从未有过的勇气。他愤然说道:"噢,难道我就不能进这家茶馆,难道我就不能做跟别的男人一样的事?"

她再次耸耸肩,笑着说:"如果你有别的男人也有的银圆,你可以做跟他们一样的事。"

为了向她显示一下他的阔绰和富有,以及他能够做他想要做的任何事情,王龙把手伸进腰带里,掏出满满的一把银圆,对她说:"这些够吗,这些够不够?"

她看着他满手的银圆,再不调侃迟延。

"跟我来吧,告诉我你希望找哪一个。"

此时的王龙慌得六神无主,只听他嘟囔道:"噢,我还不知道我想要什么呢。"随即,他的欲念攫住了他,他低声说:"要那个小人儿——那个有着尖下巴、小脸蛋的女人,她粉白的脸像楹梓树上的花儿,她手里拿着一个荷花的花骨朵儿。"

那女人即刻点了点头,招呼他跟着她走。那女人穿过一排排的桌子,王龙隔开一点儿距离跟在后面。起初,他觉得好像每个人都在抬眼看他,可当他鼓起勇气望了一下周围时,发现压根儿就没有人注意他,除了有一两个人在大声地问:"现在到了上去找女人的时间了吗?"另一个说:"这儿有个好这一口的,他已经有点儿等不及了!"

这个时候,他们俩正登上那节又窄又陡的楼梯,王龙上得着实有些吃力,这是他第一次爬室内的楼梯。不过,等他们到了上面,眼前的空间就跟下面一层一样大了,只是他在经过一扇窗户看向外面时觉得他站得好高啊。那女人领着他穿过一条没有窗子的昏暗走廊,边走边喊:"来了今夜的第一个男人!"

走廊两侧的屋门突然都打开来,一个个姑娘的脑袋从门里探出,在柔和的光影里,像是阳光下一朵朵鲜花从它们的蓓蕾中绽开。只是这时的杜鹃毫不客气地喊:"不,不是你们——不是你们——还没有哪个男人找你们!这个人要的是,从苏州来的那个粉红脸的小个子女人——荷花！"

一阵语声在走廊里荡起，含混不清，夹杂着嘲讽，一个脸红得像石榴的女孩用很大的声音叫道："荷花可以要这个家伙，他身上一股泥土和大蒜的味儿！"

王龙听到了这句话。尽管他不屑于回答，尽管她的话像匕首直戳他的心窝，因为他担心他真的看上去就像他本来的身份——一个农民。不过，他仍然不为所动地继续向前，因为他知道他的腰带里有白花花的银钱，终于，那女人用手掌使劲地拍了几下一扇关着的门，没等里面应便走了进去，在屋子里一张铺着红花褥单的床上，坐着一位身材苗条的女子。

如果以前有人告诉他世上有这样的纤纤玉手，王龙不会相信，因为那双手实在是太美了，那么的小巧，那么的冰清玉洁，那么纤细的手指，长长的指甲上涂着荷花那样的粉红色。如果有人以前告诉他世上有这样小巧玲珑的脚——两只小脚包裹在一双粉红缎面的鞋子里，其长度差不多跟男人的中指一样长，正在床前孩子气似的摇摆——王龙也不会相信。

他僵直地跟她一起坐在床边，直愣愣地望着她，看得出来她的模样跟那张画上的一样，看了画像，即便以前没有遇见过她，王龙也能把她认出来。不过，最与画上相吻合的，还是她的那双手，那双曲线优美、白嫩得像乳汁般的手。她的两只手交叠着放在她穿着粉红色丝绸旗袍的膝上，王龙做梦都不敢想，这样的手能让他触摸。

他望着她，就像先前他望着她的画像一样，他看见她穿着紧身短上衣的身材就像竹子那般的苗条；他看见她擦了脂粉的漂亮瓜子脸就托在她衬着白色皮毛的高领上；他看见她圆圆的眼睛，就是那种杏子眼，现在他终于明白说书人在说到美人的杏子眼时想要表达的是什么。对王龙而言，她不是有血有肉的女子，而是画中人。

临了，她举起优美的小手，把它放在他的肩头，让它顺着他的手臂慢慢地往下滑。尽管他从来没有被这样柔美的手指轻轻地抚弄过。尽管若是他眼睛看不到它，他就不会知道它在抚摸他，王龙还是一直望着，一直望着她的小手顺着他的胳膊往下抚，在它经过的地方，仿佛便有火烧起，于他的袖子下面燃烧，一直烧进他的肌肤里。他瞧着这只小手到了袖口处，然后，它习惯性地在他裸着的手腕那里迟疑了片刻，随即滑进他满是老茧的褐色手掌里。于是，他的身子开始战栗，他不知道他该对此做何种反应。

接着，他听到一阵银铃般的轻快笑声，恰如宝塔上的风铃发出的音响，一个颇似这笑声的嗓音跟着说道："噢，你这条大汉怎么什么也不懂呀？难道你就这么看着我，咱们俩就这么坐上一个晚上？"

听到这话，王龙用他的两只手攥住了她的手，当然是非常小心的，因为那只手像是又干又脆的树叶，干燥、滚烫，他有点儿不知所措地向她哀求道："我什么也不懂，教教我吧！"

于是，她教给了他。

如今的王龙变得骚动不安，这骚动比任何人的都来得强烈。他曾经受过炙日下的耕作，经受过从荒漠那边刮来的干燥、刺骨的寒风，经受过地里不长庄稼引发的饥荒，也经受过在南方城市街道上那种暗无天日的出卖苦力的绝望。可所有这些经历的烈度都比不上他现在在这个姑娘的秀手下所经受的。

他每天去往茶馆，每个傍晚都等在那里，一直等到她接待他的那一刻,每个夜晚他都进去找她。每个夜晚他进到她的屋子里,每个夜晚他都还是那个什么都不懂的乡巴佬。先是抖抖簌簌地立在她的屋门口,然后呆板地坐在她身边,等着她发出笑的信号,随即他热血沸腾,被一种无法忍耐的欲念溢满。他顺从地看着她一点一点地解开、脱下她的衣服,直等到那一高潮时刻的到来,那时她像一朵成熟待摘的花朵,愿意让他完全地占有她。

然而,即便她满足了他的意愿,王龙也从未能完全地占有过她,正是这一点叫他感到欲火烧心,饥渴难耐。当年阿兰来到他的家里时,他对阿兰的性欲于他的身体是健康的。他在阿兰身上发泄出的旺盛情欲,就像动物与它的配偶之间的那一种,他跟她亲热完后,得到了满足,便把她忘在脑后,心满意足地去干活了。可现在他对这个姑娘的爱却一点儿也没有这种满足感,她的身体给不了阿兰给他的那种健康。晚上当她不再想要他的时候,便用她的那双突然变得有力的小手,狠狠地将他推出门外,王龙把银钱塞进她的怀里后匆匆离去,他的饥渴感还跟来时一样强烈。这就好似一个渴得要死的人喝了含盐的海水,尽管它也是水,可它却枯干了他的血液,让他越喝越感到渴,最后因不断地喝这海水而死亡。他去她那里找她,他一次又一次地如愿得到了她,可每次离开时他都觉得没有得到满足。

整个炎热的夏天,王龙都这般迷恋着这个姑娘。他对她没有丝毫的了解,不知道她从哪里来或者她是什么人。他们在一起时,他说的话很有限,对她的像是汨汨流淌的小溪般的轻快话语(时常还夹杂着孩子似的笑声),他几乎都没有听进去多少。他只是注视着她的面庞,她的手,她坐卧的姿势,和她柔情似水的大大的眼睛,就这么等着她带他一起进入高潮。对于她,王龙从来都没有够的时候,待黎明时分往家走时,感到晕晕沉沉的他仍然觉得不满足。

随着日子一天天地过去,王龙不愿意再睡在他的床上,借口说屋子里热,他在竹丛里铺了一张席子,径自睡在了那里。醒着时他躺着瞩望竹叶洒在地上的尖尖的影子,胸中充满一种他难以言说的既甜蜜又令他熬煎的痛苦。

如果有人跟他说话,无论是他的妻子还是孩子,或是老秦来找他和他说:"水很快要退了,我们该准备些什么种子?"他就会大声地嚷:"你干吗要烦我?"

王龙的心仿佛随时要炸开似的,因为他对这个女孩从未有满足的时候。

就这样,王龙一天一天地挨过白昼的时日,为的只是等到夜晚的降临。他不愿意看阿兰和孩子们的脸色,当他走近时,玩耍的孩子们会陡然变得严肃起来,他也不愿意让他老父亲偷偷地觑他并问他:"是什么在作祟,让你的脾气变得这么坏,让你的脸色这么的蜡黄?"

每当这些白昼进入夜晚,荷花姑娘便跟他做这男女之事。其间,她常笑话他脑后的辫子——尽管他每天用不少的时间去精心地梳理它——对他说:"现在的南方人早都不留这像猴子尾巴一样的东西了!"听了这话,王龙二话没说,就剪掉了他的辫子,尽管在此之前不管什么人笑话他和嘲讽他,劝他剪掉它,他都不为所动。

在见他剪了辫子时,阿兰不由得惊恐地叫道:"你怎么剪掉了你的命根子!"

但王龙却冲着她喊:"难道我就得永远像个守着老传统的傻

瓜？城里所有的年轻人都把他们的头发剪短了。"

然而，他心里头对他所做的事还是有些害怕的，不过，即便如此，只要荷花姑娘命令他或是希望他这么做，他就会剪掉他的命根子，因为她拥有他希望在一个女人身上所看到的所有的美。

王龙以前很少濯洗他那健壮的褐色身体，他认为他平时劳动中流的汗水便足以起到洗沐的作用。但现在的他开始像审视另一个人的身体那样来看他自己的身体，他天天洗，终于有一天他的妻子为此而感到了不安，她说："你这样洗下去，会送了命的！"

王龙从商店里买来了那种外地产的香皂，那种香喷喷的红颜色的皂。他把它搓在他的身体上，无论如何，他都不会再吃大蒜了，免得她闻出他有臭蒜味儿，尽管他以前是那么喜欢吃蒜。

他家里的人谁也不知道该如何解释这些事情。

王龙还买了新布料。以前都是阿兰为他裁剪衣服，把他的衣服做得宽宽大大的，为结实耐穿，针线也会给他多缝几道。而现在，他却看不起她的裁剪和缝纫了，他将布料拿到城里的裁缝铺，把他的衣服做得像城里人穿的那样——浅灰色的丝绸长衫，量着他的身体裁剪，做得不肥不瘦，在这件长衫外面又套上了一件黑缎面的马甲。他还买了新鞋，一双黑丝绒面的新鞋，就像黄家老爷穿的那种，这是他平生第一次穿不是女人纳的鞋子。

可这些时尚的衣服王龙不太好意思突然在阿兰和孩子们面前穿起来。他把它们叠好，包在牛皮纸里，放到了茶馆那边。他给了一个他熟悉的店员一点钱，跟他讲好了让他使用茶馆的一间小屋，上楼之前在这里换上这些衣服。除了这些，他还给自己买了一枚镀金的银戒指，当他前额上面剪掉的头发长起来了时，他用国外的香头油抹在头发上,这一小瓶油他是花了整整一个银圆买来的。

阿兰惊愕地望着他,不知道这到底是怎么了,只是有一天他们中午吃米饭时她在盯着他看了好大一阵子后,心情很是沉重地说了这么一句:"你身上发生的变化,让我想起了黄家的一个大少爷。"

王龙听了大声地笑了起来,他说:"难道我们有了积蓄,足够富裕了,我还得总是穿戴得像个雇工吗?"

但他的内心却涌起一股极大的愉悦感,那天他对她比往日里都要好得多。

现在,金钱,白花花的银圆,从王龙的手指间大量地流了出去。他不仅要支付他跟那个女孩在一起时的费用,而且,还得满足她的一些美好的欲求。她常常会叹息着轻轻地跟他说,好像她就要为这些欲望而心碎了:"啊,我想——啊,我想!"

王龙现在终于学会了一些说给女人听的情话,此时,他会小声地说:"你想什么,宝贝?"她回答道:"我今天可没好气对你。因为住在我对面的黑玉,她的一个情人给她买了一个金发卡,而我只有这个旧了的银发卡一直戴在头上。"

这时的王龙会百般地体贴和安慰她,撩起拂在她耳边的一缕乌黑发亮的卷发,好看到和欣赏她那虽小耳垂却很长的耳朵。他会喃喃地跟她说:"那么,我也要给我的宝贝买一个金发卡。"

这些卿卿我我的称谓,都是她教给他的,就像一个人向小孩子教授新词那样。她教会他跟她在一起时说这些称谓,尽管他这个以前讲话总是跟庄稼和土地有关、跟太阳和雨水有关的乡巴佬,在说出它们时总是结结巴巴的。

就这样,存放在墙中和袋子里的银圆源源不断地被王龙取走花掉了,要是从前阿兰会随口问他:"你干吗从墙里拿银圆?"可现在她什么也不说了,只是痛苦地望着他,心里清楚他背着她在外面还过着另一种生活,可那到底是一种什么样的生活她就不得而知了。阿兰担心他,是从他数落她的头发和她这个人一点儿都不美、数落她的脚太大那一天开始的,她不敢问他任何问题,生怕他会随时把对她的怒气发泄出来。

一天,王龙穿过田野返回家里,看见阿兰在水塘边洗他的衣服,便走了过去。他在池边默默地站了一会儿,随后很是粗鲁地对她说——他态度之所以粗鲁,是因为他感到内疚而又不愿意承认他有这种愧疚——"你的那两颗珍珠哪儿去了?"

她从池边她正在洗的衣服上抬起头来,怯生生地回答说:"珍珠?在呢。"

他没有看她而是一直看着她那双湿漉漉、皱巴巴的手,咕哝道:"白白地留着它们,一点用都没有。"

阿兰这时慢慢地说:"我想着有一天把它们镶在耳环上。"怕他笑话她,她又赶紧说:"我留着等小女儿出嫁时给她。"

他狠下心来,大声地喝道:"为什么这些珍珠要留给皮肤黑得像泥土一样的她戴呢?珍珠是给漂亮女人戴的!"在片刻的沉默之后,他猛然大声叫道:"把它们给我,我需要它们!"

于是,她将她皱巴巴、湿漉漉的手伸进怀里,拿出一个小布包,她把布包给了他,看着他解开它把珍珠倒在手里,映着太阳它们刹那间发出柔和的熠熠的光彩,他高兴地大笑起来。

然而,阿兰转过身来继续捶他的衣服,泪水从她的眼睛里滞重地淌下来,她没有用手把它们擦掉;只是使出更大的劲儿,拿木槌捶着铺开在石头上的衣服。

第二十章

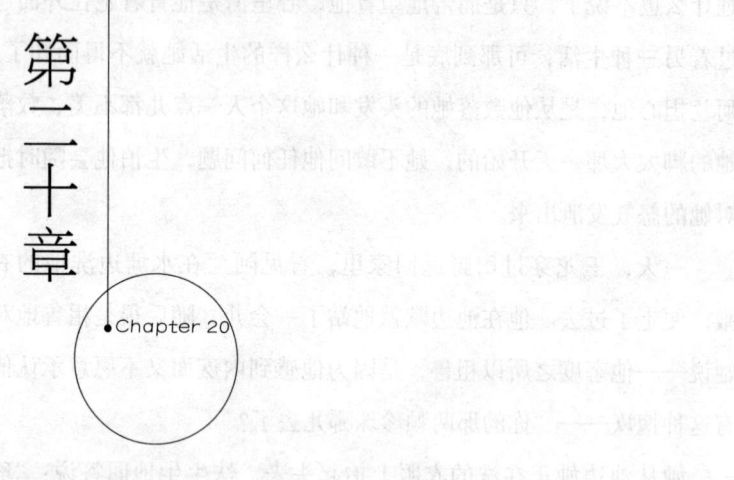

Chapter 20

这种情况也许会一直这样持续下去,直到所有的银钱都花光。要不是那个人,王龙的叔叔,突然返回了村里,没有人知道他这段时间去了哪里,或是做了什么。他站在王龙的房门前,仿佛是从天上的一朵云彩上掉下来的,他褴褛的衣衫没有扣上,腰带松松地别在身上,一张饱经风吹日晒的脸上布满皱纹。看到大家都围坐在桌前吃着早饭,他咧嘴对他们笑着。王龙一下子惊呆在那里,因为他已忘记了他叔叔还活着,好似借尸还魂回来看他了。他的老父亲眨巴着眼睛望着,可一时间并没能认出是谁,直到那人喊道:"噢,大哥,侄子,侄孙,还有侄媳妇。"

这时王龙立起身子,尽管心里觉得晦气,脸上的表情和说话的声音还是蛮有礼貌的。

"呃，叔叔来了，还没吃吧？"

"没有。"他叔叔很快应道，"我这就跟你们一块儿吃。"

说着他便坐了下来，给自己拿过一个碗和一双筷子，大大方方地吃起桌上的大米、干咸鱼、腌萝卜和干蚕豆。他狼吞虎咽，好像很饿似的，饭桌上没人说话，只听到他喝那三碗大米粥时发出的呼啦呼啦的声音，以及他在剔鱼刺和吃干蚕豆时牙齿间发出的声响。吃完后，他便毫不客气地说，仿佛这是他的权利似的："现在我要睡觉了，我连着三个晚上没有睡了。"

王龙这时已经茫然不知所措了，只是顺从地把他叔叔带到他父亲的房间。他叔叔掀开床上的被子，摸了摸那上好的被面和里面柔软的新棉花，看了看木头床架和结实耐用的八仙桌，还有王龙给他父亲房间备的那把木制的大椅子。临了他说："我听别人说你有钱了，可没想到你这么有钱。"说着他躺到床上，将被子一直盖到了他的肩膀上，尽管现在是暖暖的夏天；仿佛他在这里使用的每一件物品都是他自己的，他倒头便睡了，没有再说话。

王龙惊惶地回到堂屋，因为他心里十分清楚既然他叔叔知道他有钱了，他叔叔就再也赶不走了。王龙提心吊胆地想着这件事，想着他叔叔的老婆，因为他明白他们就会住到他家来了，谁也阻挡不了他们。

事情正如王龙所担心的那样发生了。午后他叔叔在床上伸了伸懒腰，连着大声地打了三个哈欠后，披上衣服从他哥哥的屋子里出来，跟王龙说："现在我要去把我老婆和儿子接过来了。我们一家就三张嘴，对你们这样的大户人家来说，绝不会少了我们的一口吃的和我们的一点穿的。"

王龙只能闷闷不乐地应承了下来，因为一个生活富裕的人硬要把他父亲的弟弟和其儿子从家中赶出去，这无疑是件丢脸的事。王龙知道如果他这么做了，会让他在村子里很丢面子，由于他的富足兴旺村里人现在都很尊敬他，所以他不敢说出任何反对的话。他只好吩咐帮工们都搬进老房子，把在大门口的屋子都腾了出来，就在当晚，他叔叔携带着老婆和儿子搬进了这些空出的房子里。王龙很是生气，更令他气愤的是他只能把怒火埋在心里，面上还得装出笑脸和欢迎亲戚来住的样子。他只能这么做，尽管当他看到他婶子那吃得又圆又光亮的面孔时，觉得他的肺都要气炸了，再看到他叔叔儿子那张厚颜无耻的脸时，恨不得上去扇他几个耳光。这件突然发生的事气得王龙连着三天没有到城里去。

大家随之都慢慢习惯了所发生的一切，阿兰也跟着劝他说："不要生气了。这事只能忍着。"之后，王龙看到他叔叔婶子和他们的儿子因为吃住在别人家里，举止也因此变得有所收敛，他的心思也就转到了别的地方，这时他比以往任何时候都更加热烈地想着荷花姑娘。他跟自己说："在一个人的家中被闹得鸡飞狗跳的时候，他必须到别的地方去找清净。"

那一平复了几天的激情和痛苦又在他胸中燃起，对他的那个意中人，王龙从来都没有过满足的时候。

现在，阿兰因为单纯、老人因为年老脑子迟钝、老秦出于友情而没有发现的问题，王龙的婶子一下子就看明白了。她因此而大声喊着，眼睛里难掩她的兴奋和笑意："啊，王龙在外面采野花了。"当阿兰不解而谦卑地望着她时，她再次哈哈地笑着说道："西瓜得在切开后才能看得见它里面的籽儿，是吧？噢，很显然，你家那口子迷恋上另一个女人啦!"

他婶子在他院子里的屋窗外面说的这些话,正巧被早晨刚懒洋洋地在床上睡醒的王龙(一夜的男欢女爱折腾得他也够累的)听到了。此时的他一下子完全清醒了,他侧耳倾听着,被这女人锐利的目光给惊呆了。她浑圆的嗓音继续嗡嗡地响着,平滑得像油从她肥胖的喉咙里倾倒出来一样。

"噢,我见过很多这样的男人,当一个男人突然之间把他的头发梳理得油光发亮,又添置了新衣服,还穿上了丝绒布面的鞋子,那么,他一定是另外又有了女人。"

之后,是阿兰断断续续的话语,说的什么王龙听不太清楚,接着,又听到他的婶子继续说道:"唉,可怜的人儿,你不要以为,对于男人来说,一个女人就够了;如果他的老婆是个做苦活的女人,肉体因劳动而变得粗糙、难看,那么,一个女人对他来说就更不够了。他的心思会更快地转到别的女人那里去。你呀,可怜的人儿,从来都不是那种能拴住男人的心的女人,你不比给他干活的牛强多少。当他有了钱,为自己买下另一个女人带回家里时,你不该埋怨他什么的,因为所有的男人都会这么做,我那个无用的老东西也会这么做,只不过我的这个可怜蛋,他这辈子甚至连养活他自己的银钱都挣不下。"

她接着还说了许多,不过,仍躺在床上的王龙没再注意往下听,因为他的思绪停在了她刚才说的话上。此刻,他突然晓得如何就能满足自己对所爱姑娘如饥似渴的情欲了。他要将她买下来带回家里,把她变成他自己的,那样就不会再有别的男人去找她,他便可以独自想怎么享用她就怎么享用她了。想到这里,他立刻从床上爬起来,走到院子里,暗暗招呼他婶子跟他一起到了门外的枣树下,看看四下没人,便对她说:"我听到了你在院子里讲的话,你说得对。光是我的那个女人满足不了我,既然我有地能养活了我们所有的人,为什么我就不能再找个女人呢?"

她马上急切地应和道:"说真的,为什么不呢?所有兴旺发达的男人都是这么做的。唯有穷鬼才不得不只喝一个杯子里的水。"知道他下面接着会说出什么,她这样说道。果不其然,正如她所想的那样,他继续道:"谁来做我的中间人,为我去撮合这件事呢?一个男人不能直接到一个女人那里,跟她说'到我家来吧'。"

对此她立即答道:"你可以把这件事放心地交给我来办。你只要告诉我那个女人是谁,我就能帮你办妥这件事了。"

王龙这时回答得倒有些不情愿和羞怯起来,因为在此之前他还从未和任何人大声提到过她的名字。"是个叫荷花的女人。"

在王龙看来,似乎每个人都一定知道和听说过荷花姑娘,他忘记了就在两个月前他还从不知道有她活在这个世界上呢。因此,他变得有些不耐烦起来。当他婶子又继续追问说:"她家在哪儿呢?"

"哪儿,"他粗声粗气地答道,"除了城里那条大街上的那家大茶馆,还能有哪儿?"

"哦,是那家叫花房的茶馆?"

"你说还能是哪儿呢?"王龙反问道。

她手指抚在噘起的下嘴唇上,思忖了一会儿,临了,她终于说:"我不认识那里的人。我想想其他的办法。是谁在管这些女人呢?"

在他告诉她此人叫杜鹃,曾是黄家的一个丫鬟时,他婶子大声地笑着说:"哦,是她?在黄老爷有天夜里死在她的床上后,她就去干了这个呀！噢，这是她愿意干的营生。"

她又哈哈地笑了一阵子，随后她的话语变得越发地轻松起来："是她呀！这样看来，这件事情就简单多了。一切都变得简单了。噢，是那个女人啊！只要给她足够的钱，她从来都是什么事情都做得出来的。"

听到这话的王龙突然一下子觉得自己口干舌燥，他的声音也因此变成了喃喃细语："银子，咱们有！银子，金子，咱们都有！还有价钱不菲的土地！"

接下来，他的爱的激情仿佛走上了一条奇怪的相反的道，在这件事确定下来之前，王龙不再愿意到那个大茶馆去了。他对自己说："如果她不愿来我家，只为我一个人所有，我就是死也不会再去找她了。"

可当他想到他说的那句"如果她不愿来"的话时，他担着的心几乎要停止了跳动，因此，他还是不断地跑到他婶子那儿跟她说："她就是没钱也没事。"有一次他又问她："你跟杜鹃说了吗，我有足够的银子和金子任我花销的？"后来，他又说："你告诉她，她到了我家后不用干任何活儿，如果她想的话，她可以每天都穿着绫罗绸缎，吃着鱼翅海鲜。"直到把那个胖女人唠叨得烦了，她转动着眼珠子，冲着他喊："够了！够了！难道我是个傻瓜，难道这是我第一回给一个男人和一个姑娘做媒吗？你放心地把这件事交给我办就好了。我已经多次跟你这么讲过了嘛。"

现在，王龙唯一还需要做的事，就是若有所思地咬着他的手指头，突然间换用荷花的眼光来看待这幢房子，他催促着阿兰做这做那，催促着她打扫，重新摆放屋子里的桌椅。阿兰，这个可怜的女人,在这么做的同时越来越感到了惊恐,因为尽管到现在他什么也没说,可她已清楚地知道家里就要发生什么事了。

如今的王龙已经无论如何也忍受不了再跟阿兰睡在一起了,他跟自己说,有两个女人住在一个家里,必须得有更多的屋子,再建一个院子,必须有一个他能够和他的心上人单独相处的地方。因此,在等着他婶子办理这件事情期间,他召集来了他的雇工们,吩咐他们在正房堂屋的后面再修建一个院子,这新院子里包括三间房,一间正房,正房的两侧各有一间小厢房。雇工们深感诧异,可也不敢张口问他什么,而他呢,也不愿意告诉他们任何事情。王龙亲自监督这个工程,这样他就无须跟老秦再解释为何要盖新房。雇工们从地里挖来泥土,用它们堆起墙,然后夯实,王龙派人去城里买回了屋顶上用的瓦。

当盖起了屋子,平整和夯实了地面以后,王龙派人买回砖块,将它们严丝合缝地铺在房里的地面上,然后往砖之间的缝隙灌进去灰浆,这样,为荷花盖起的三间屋子里就都有了用砖铺就的地板。王龙买来红布做门帘,买了一张新桌子,买了两把雕花椅子分别放在桌子的两旁,买了两幅带轴的山水画挂在桌子后面的墙上。还买了一个带盖的圆形红漆糖盒,把里面放上芝麻饼和软糖,摆在了桌子上。接着,他购置了一张格外宽大的雕花木床,又买来做床幔的花布。不过,在干所有这些活儿时,他都羞于让阿兰帮忙,只是在傍晚他婶子进来时,他要她给挂起了床幔,要她做了那些男人们笨手笨脚干不好的事情。

这一切布置停当后,王龙无事可做了。一个月过去了,他婶子为他办的事还没有办好。因此,百无聊赖的王龙在为荷花建起的新院子里独自转悠着,这期间,他蓦然想到该在院子中央挖上一个小鱼池,于是,他叫来个帮工挖了一个三尺见方的池子,并在周围砌上了砖,王龙去城里买了五条金鱼放到水池里。在这之后,他再也想不起来还有什么事情可做,于是,他只好再度焦躁、坐卧不安地等待着。

在这段时间里,王龙净在数落别人了。不是嫌孩子们脏,脸上有鼻涕而骂他们,就是冲着阿兰喊叫,说她连着几天也不知道梳理一下她的头发。终于有一天阿兰突然大声恸哭起来,王龙以前从没见她这么哭过,甚至在他们遭遇饥荒或是别的任何时候都没有。因此,他厉声说道:"喂,你这个女人是怎么了?难道我让你把你的马尾巴似的头发梳上一下,你就要这样闹腾吗?"

她没有回答他的问话,只是一遍又一遍呜咽着说:"我给你生了儿子——我给你生了儿子——"

王龙默不作声了,他开始变得有些不安,因为他觉得自己有愧于她,因此也就不再指责她了。说句良心话,他确实没有什么可抱怨他的妻子的,因为人家给他生了三个好儿子,而且,他们都活得好好的,除了想要满足自己的欲念,王龙再找不到任何其他的借口。

日子就这样一天天地过去,直到有一天王龙的婶子来跟他说:"事情办妥了。给茶馆老板当管家的那个女人说,只要一次性给到她手里一百块银圆,她就同意这件事,荷花姑娘那边只要答应了她下面的条件她就会来,她要一对玉坠、一个玉戒指和一个金戒指,两身锦缎衣服和两身丝绸衣服,十二双袜子和给她床上用的两套丝棉被。"

在所有这些条件中间,王龙只听到了这句"事情办妥了"。他激动地喊道:"没有问题——没有问题——"他跑进里屋,拿出银圆倒在他婶子的手中,不过仍然是悄悄地做的,因为他不愿意让家里的任何人看到,由这么多好收成积攒下的钱就这么给了出去,他对他婶子说道:"我给你本人十块银圆。"

这时,他婶子面上装着拒绝,向后缩了缩她肥胖的身体,来回摇着她的脑袋,口里连声说着:"不,不,我不要。咱们是一家人呀,你就是我的儿子,我就是你的母亲,我做这件事全是为了你,而不是为钱。"但在她拒绝的同时,王龙见她的手伸了出来,于是,他把银圆放到了她手里,他认为他这么做值。

接下来,王龙买了猪肉、牛肉、鳜鱼、竹笋和核桃,从南方买了熬汤用的干燕窝,还买了干鱼翅以及他所知道的每一种美味。然后,他开始等着,如果他这火烧火燎、坐卧不安也可称作等待的话。

在八月夏末的一天,荷花姑娘头顶着天空暴晒的太阳,来到了王龙家。王龙远远就看到了她。她坐在一顶用竹子做的轿子上,由几个人抬着,王龙望着轿子在田间的小道上蜿蜒前行,轿子后面跟着杜鹃的身影。这时,他突然感到一阵担心,他对自己说:"我这是把什么给带回家里来了?"

不知怎么的,他很快进了他和妻子这么多年来一直在一起睡觉的那个屋子,然后关上了门,心情乱糟糟地等在那间昏暗的屋子里,直到听见他婶子大声地喊他出来,因为人已经到了院门口。

王龙此时变得自卑起来,好像他以前从未见过这位姑娘似的,他慢吞吞地走出来,头低得几乎触到了他的好衣服上,眼睛往这边瞅瞅,那边瞅瞅,就是不敢往前面看。但杜鹃却高兴地跟他打起了招呼:"嘿,真没想到我们会做成这样的生意!"

说完她去到落轿的地方,掀起轿帘,把舌头弄得啧啧作响地说:"出来吧,我的荷花姑娘,这儿就是你的家,这个就是你的老爷了。"

看到抬轿的那几个人都在咧嘴嘿嘿地笑着,王龙心里颇感痛苦,他暗自思量道:"这些人都是城里街头的混混,不值得跟他们计较。"可他还是气得脸都热辣辣地红了,因此也不愿大声地说话了。

轿帘掀了起来,他在自己都没有意识到的时候,眼睛已经看向了轿子里。他见荷花姑娘坐在轿子里的幽暗处,浓妆艳抹,像一朵艳丽的鲜花。他刹那间忘记了一切,甚至连对城里这几个笑他的家伙的气也消了,一切都置在了脑后,脑子里唯一想着的就是他买下了这个女人,她已经是他一个人的了,她来永远安家在他的房里了。他僵直地站在那里,身体甚至有些微微地发颤,他瞧着她起身,身姿之优雅仿佛一阵风拂过花丛。在他这样目不转睛地望着的当儿,她扶着杜鹃的手出了轿子,然后低着头,垂着眼帘,倚着杜鹃的身体,靠着她的那双小脚摇摇晃晃地从他面前走了过去。她并没有跟他说话,只是和杜鹃轻言细语地说:"我的屋子在哪儿?"

他婶子这时也走上前来,到了荷花的另一边,于是,这位姑娘就被两个女人一边一个扶着,进了院子,进了王龙为她盖起的新房里。对这一切,王龙家里的人没有一个看到的,因为一大早他就派雇工们和老秦去较远的地里干活了;阿兰也领着两个小的不知去了哪里,两个大点儿的男孩都上学去了,老人则依然是靠着院墙根睡觉,什么也听不见什么也看不到;至于那个可怜的傻女儿,她全然看不到任何人的来去,除了她的爸爸和妈妈她谁也不认识。荷花进了屋后,杜鹃放下了门帘。

少顷，王龙的婶子从屋子里走出来，一边有些不怀好意地笑着，一边两只手相互拍着，仿佛要拍掉粘在手上的什么东西似的。

"那个女人浑身上下都是香水和脂粉味儿。"她说，还在咯咯地笑着，"闻着就像是坏女人身上的那种味儿。"接着，她更是有些讥嘲地说："我的侄儿啊，她已并不像看上去的那么年轻了！我敢说，要不是她就要到了男人们快看不上她的年龄，她会不会就凭着你给她的玉坠、金戒指和几身丝绸锦缎衣服，便嫁到一个农汉的家里，哪怕是个很富足的农汉家里来，那还难说呢。"看到王龙对她这么直白的表达脸上出现了愠怒之色，她赶忙又补充说："不过，她非常漂亮，我还从未见过比她更漂亮的姑娘呢，而且，甜蜜得就像宴席上的八宝饭一样，如果和你这个跟你过了这么多年的大骨架的黄家丫鬟比的话，就更是如此了。"

可王龙并没有接他婶子的话茬，他只是一边在外院踱来踱去，一边侧耳倾听着，他根本静不下来。最后，他终于鼓足勇气，掀起红门帘，进到了他为荷花修建的院子里，进了她在的那间较为昏暗的屋子，他跟她在那儿一直待到了晚上。

这段时间，阿兰都没在家里。黎明时分，她从墙角拿了一把锄头，用卷心菜的叶子包了些冷食，便带着孩子们出去了。直到夜幕降临后，她才带着一身的泥土，满脸的疲惫，默不作声地回到家里。孩子们默默地跟在她后面，她没有跟任何人说话便进了厨房，像往常一样把饭做好，端到桌子上。她叫来老人，将筷子放在他手上，给可怜的傻瓜女儿喂了饭，然后跟孩子们一起吃了很少的一点儿。在孩子们都去睡了，王龙坐在桌前仍在想着他的美事时，阿兰洗漱了一下，进到她惯常在的那个屋子，一个人去睡了。

从这以后，王龙日日夜夜地跟他的心上人吃喝在一起。他天天到荷花的屋子去看她，在那儿，荷花总是懒洋洋地倚在她的床上，他坐在她身边，像是永远看不够似的望着她的一举一动。在早秋的那些热天里，荷花从不会去到户外，而是躺着让杜鹃用温开水洗沐她那苗条的身体，把护肤霜抹在她的肌肤上，把香水和头油敷在她的头发上。因为荷花姑娘早先就很任性地说过，杜鹃必须作为她的女仆跟她一起过到这边，她给予杜鹃优厚的酬劳，以至让这个女人愿意伺候她一个人，而不是那二十个；于是，杜鹃和她的女主人荷花，便双双住进了王龙为荷花盖的这座新院子里。

整个炎热的白天，荷花姑娘都待在她幽静凉爽的屋子里，小口吃着甜食和水果，身上只着一件夏天穿的绿丝绸衬衣，外面套着件紧身掐腰的小褂，下身穿着宽松的裤子。每次进来时王龙发现她都是那么一副可爱的样子，于是，他跟她一起吃，一起喝，一起翻云覆雨，乐此不疲。

日落时，她娇嗔地将他打发走，让杜鹃再次给她洗浴，敷上香水，给她重新更衣。里面贴着肌肤的是柔软的白丝绸内衣，外面穿上桃红色的丝绸外衣，这些都是王龙为她买的，临了，杜鹃再把小巧的绣花鞋穿在她的脚上。这样穿戴好之后，荷花姑娘来到院子里，看看水池里的五条金鱼，王龙则是站在一旁，不无惊异地望着他拥有的这个尤物。她用她的小脚蹒跚地举步，在王龙看来，世上再没有什么比她那双尖尖的玲珑的小脚和她那勾曲纤细的手指更美的东西了。

他跟他的意中人一起寻欢作乐，他独自享用着她，他满足了。

第二十一章

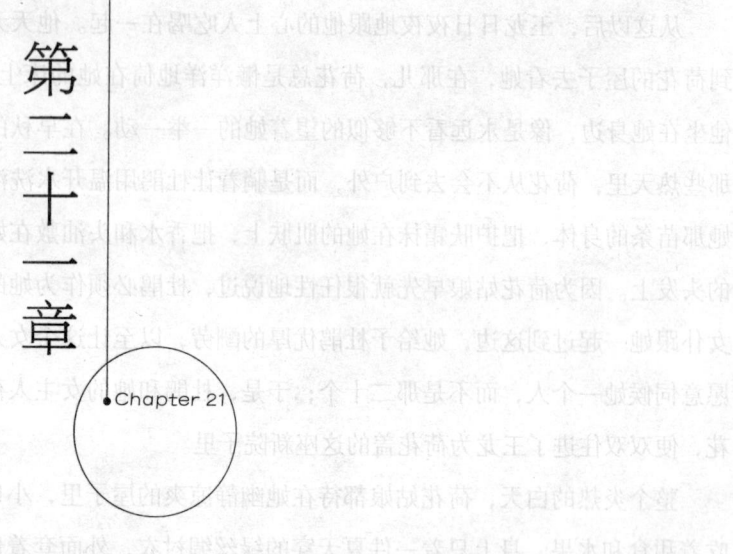

Chapter 21

当然不能以为，这位叫荷花的姑娘和她的侍女杜鹃到了王龙家里，会是风平浪静，毫无不和谐的声音，毕竟两个以上的女人聚在一个屋檐下，不是来求太平的。遗憾的是，王龙没有预料到这一点。即便从阿兰恼恨的表情和杜鹃尖酸刻薄的言语上，他看出了她们之间的关系有些不对劲儿，他也不愿意去管，只要他的欲火还在猛烈地燃烧，他就不会去在意任何人。

然而，当白昼进入夜晚，夜晚又转为黎明时，王龙看到早晨太阳升起，荷花这个女人在他身边，月亮升起来时，她还在他身边，只要愿意，他随时都可以伸出手来把她搂在怀里，当他的欲念不再那么强烈时，他发现了以前他没有注意到的事情。

首先，王龙看到阿兰和杜鹃之间很快就出现了矛盾。这令他感到非常意外,因为他只是预想到阿兰会恨荷花,这样的事情他听说得多了,有些女人在男人把第二个女人带回家里后甚至会悬梁上吊,有的会整日在家里谩骂、折腾,让他过不安宁。令王龙感到庆幸的是,阿兰是个少言寡语的女人,至少她想不出数落他的言辞。不过,让他没有预料到的是,在她对荷花保持缄默的同时,她的怒火倾泻到了杜鹃身上。

在他往城里大茶馆跑的那段时间,王龙心里只有荷花姑娘,所以,当她央求他说:"让这个女人做我的女仆吧,看在我在这个世界上孤苦伶仃的份上,我的父母亲在我还不会说话的时候就去世了,我叔叔在我刚出落得有个模样儿时就把我卖了,自此,我就一直过着那种生活,我身边一个亲人也没有。"

她说这话时,眼睛里浸着泪水,她的眼泪总是很多,她的漂亮眸子里常常有晶莹的泪花闪烁,当她这样抬眼望着他时,王龙无法拒绝她提出的任何要求。再说,这个姑娘来他家后确实没有人伺候她,她在这个家里的确会是孤孤单单的一个人,因为很显然不能指望阿兰这个大老婆去服侍小的,阿兰是不会理她的,会压根儿就无视她在这个家的存在。那么,算下来就只有荷花的叔叔了,可一想到有个人会跟在荷花身边窥视,向她打探有关他俩的事情,王龙就觉得倒胃口。杜鹃几乎是最佳人选了,他知道除了杜鹃没有别的女人愿意来。

然而,可以看得出的是,阿兰一见到杜鹃似乎就来气,那种深深的愤恚之情是王龙以前从未在阿兰身上见过的。杜鹃当然很愿意跟王龙的家人成为朋友,因为她毕竟是从王龙这儿领工钱,尽管她并没有忘记在黄家大院时,她是老爷屋子里的人,而阿兰只是众多丫鬟中一个帮厨的丫鬟。不过,在她第一次见到阿兰时,她还是很友好地上前跟阿兰打了招呼："喂,我的老朋友,在这儿我们俩又到了一个屋檐下了,你是女主人,大太太——我的老板——这变化多大啊!"

可阿兰却是愣愣地看着对方,待她反应过来此人是谁、是以什么身份待在这儿时,阿兰没有理会,只是放下手中的水罐,进到王龙在他爱的间隙有时会来坐坐的堂屋,直截了当地跟他说:"这个黄家以前的丫鬟来咱们家干什么?"

王龙装作左顾右看而没有吭声。他本来是想以一家之主的身份厉声斥责她的:"呃,这是我的家,我说谁可以来,她就可以来,你有什么资格这么问我?"但是,他说不出口,因为只要阿兰在他面前,他内心就觉得羞愧。他的这一愧疚感令他非常生气,因为他在认真想过这件事之后,认为自己并没有什么要愧疚的,他只是做了任何一个有钱的男人会做的事。

可他还是开不了这个口,他左顾右看,装着好像把烟袋放在了衣兜里,他在身上的腰带里摸索着。但阿兰两只大脚在他面前稳稳地站着,等着他的回答,见他什么也不说,她又径直把她刚才的问话重复了一遍:"这个黄家以前的丫鬟来咱们家干什么?"

王龙觉得他不回答是不行了,于是嗫嚅道:"那跟你又有什么关系呢?"

阿兰说:"我年轻时在黄家,一直都得受她的冷眼,看她的脸色,她一天里总有十多次跑进厨房,一会儿喊'老爷要喝茶',一会儿又喊'老爷要吃饭',不是说这个太烫了,就是说那个太凉了,或者这个做得太难吃了,或者是我长得太丑、动作太迟缓,不是说我这,就是说我那……"

王龙依然没有回答,因为他不知道他该说什么。

阿兰等着他开口,在他这样一直不说话的当儿,热泪慢慢地涌向阿兰的眼眶,她眨巴着眼睛不让泪水流出来,她拿起蓝布衫的衣角擦去了眼泪后,说道:"在我的家里,发生了这样令人发指的事,而我又没有娘家或任何地方可以去。"

王龙仍然默不作声,对阿兰的话没有做出任何反应。他只是坐下来,拿起他的烟袋锅点着了它,依然是一句话也没说。阿兰可怜巴巴地,用她那双动物般的不显示任何感情的眼睛,呆呆地望着他,末了,她悻悻地离开,摸索着走向门那里,因为她的泪水已经模糊了她的眼睛。

王龙看着她离去,很高兴又留下了他一个人,不过,他的愧疚感依旧还在,他为此很生自己的气。他跟自己大声而又不安地叨叨着,像是在和谁吵架似的:"噢,别的男人也在这么做,我对她算是很不错的了,比我更坏的男人有的是。"他最后对自己说,阿兰必须得忍受这一切。

然而,阿兰并没有就此收手,她在依照自己的方式默默地行事。早晨她烧开水,端给老人喝,如果王龙不在内院在这边的话,也会沏好茶端给王龙。不过,当杜鹃前来为她的荷花姑娘舀开水时,锅里的开水已经没了,纵使她再高声地诘问,也无济于事,不会从阿兰这儿得到任何反应。如果杜鹃还想要开水,那她只能自己动手为荷花烧水。可那时偏巧又到了煮晨粥的时候,锅要用来煮粥,没有烧水的地方,阿兰会毫不为之所动地做她的饭,对杜鹃的大声喊叫毫不理会。

"难道让娇贵的二太太大清早就这么口干舌燥地在床上,喝不上一口水？"

可阿兰并不回答，只是往炉灶里添进更多的干草和秸秆，将它们小心、节俭地铺开在火苗上，就像在以往困难的年月时一样，那个时候一片树叶也是宝贵的，因为它能起到引火烧饭的作用。于是，杜鹃大声抱怨着来找王龙，王龙为他的心上人还得受这样一些事情的搅扰很是生气，他去到阿兰那里，训斥她，冲着她喊："你早晨烧水的时候就不能往锅里多加上一瓢水？"

阿兰的脸色变得比以往任何时候都更加阴沉，她答道："在这个家里，我至少还不是伺候丫鬟们的丫鬟。"

王龙再也抑制不住他的怒火，他上前抓住阿兰的肩膀使劲地摇晃着她说："你真是蠢得不能再蠢了。这水不是烧给仆人，而是烧给二奶奶。"

她忍受着他猛烈的摇晃，眼睛盯着他，率直地说："你把我的那两颗珍珠就是给了她！"

他的手一下子松开，他变得安静，怒气也消了，他有些难堪地离开后跟杜鹃说："我们再砌个灶台吧，我再盖一间厨房。大太太一点儿也不懂得美食、营养，而二太太那如花似玉的身体又需要，而且，你也一定喜欢吃。在自己的厨房，你们可以做你们想吃的任何饭菜。"

于是，王龙吩咐雇工们又盖了一间小屋，在里面修了一个土灶，买了一口好锅。杜鹃当然很乐意，因为他说："你们可以做你们想吃的任何饭菜。"

这一下王龙跟自己说，他的家事总算解决了，他的两个女人可以相安无事，他又能跟爱妾共享欢情了。他觉得，他对荷花的爱欲永远不会枯竭,他永远也不会厌倦荷花的一颦一笑,不会厌倦她向他噘嘴时杏眼上面酷似百合花瓣的眼睑低低垂下来的娇态,不会厌倦她抬眼看他时眸子中闪烁出的笑意。

可是,盖新厨房这件事还是成了他心上的一根刺,因为杜鹃天天进城去,买回这样那样的从南方城市运过来的价格很贵的食品和水果。其中甚至有许多他从未听说过的东西:荔枝,干蜜枣,由米粉、核桃和红糖制作的精致糕点,海中的角鱼,等等。买所有这些东西花去的钱远远超出了王龙想要支付的,不过,他相信,这开销仍然没有杜鹃跟他所说的那么多,可他又不敢跟人家说:"你这是在吃我的肉,喝我的血呀。"因为他担心这会惹恼了杜鹃,最终弄得荷花不高兴,因此,除了不情愿地从腰带里往外掏钱,他再无别的选择。这根刺天天往他身上刺,他找不到一个人来倾诉他的苦衷,这根刺不断地往深里扎去,这稍稍冷却了他心里对荷花的欲火。

从这第一根刺里又长出另外一根小刺,原来他叔叔的老婆也爱吃美食,常常在吃饭的时间到内院去蹭饭。在那里她渐渐变得像在自己家里一样,王龙为此很不高兴,嫌荷花从他家偏偏挑出这个女人做朋友。这三个女人在内院吃着好饭,无休无止地聊着闲话,一会儿叽叽咕咕,一会儿放声大笑,他婶子身上有荷花喜欢的东西,三人在一起其乐融融,这让王龙很看不惯。

可他对此又什么也做不了,因为当他温柔地哄着她说:"荷花哟,我的宝贝,不要把你的柔情蜜意都浪费在那么肥胖的一个老女人身上。我的心儿更需要你的柔情。她狡诈,不值得人信任,我不喜欢她从早到晚缠着你。"这时,荷花就会变得烦躁,噘起嘴,把头扭向一边,生气地回答说:"除了你,我现在一个亲人都没有,也没有任何朋友,我习惯了生活在一个快乐的大家庭①;在你家里,除了那个恨我的大太太和几个令我烦的小毛孩,就再没有人了,我一个亲人也没有。"

接着,她便会使出她的一些小手段来对付他,那天晚上她就不会让他进她的房里,她抱怨说:"你不爱我,如果你爱我,就会希望我快乐。"

随后,王龙变得焦急,卑躬屈膝,他很是抱歉地说:"你想怎么做就怎么做吧,我永远都不阻拦你了。"

她随即很大度地原谅了他,他很害怕再惹她生气,后来当他再来到荷花这边时,如果她正跟他婶子聊着天或是喝着茶、吃着甜点,她便会吩咐他等着,好像没他这个人在旁边似的,无奈的他有时就气鼓鼓地走了,为荷花有这个女人在就不愿意让他来感到十分恼火。他的爱也随之又冷却了一点儿,尽管连他自己都没有意识到这一点。

更令王龙生气的是,他婶子吃着他为荷花买的精美食物,一天天变得比以前任何时候都更加肥胖,更加油光发亮了。可他又不能为此而说些什么,因为他婶子这人脑子很灵光,见了他总是客客气气的,拿好话奉承他,在他进到荷花的屋子里时,总要起身相迎。

因此,王龙对荷花的爱不再像从前那么完美了,她再不能吸引他全部的身心。他的爱一再被一些令他气恼的事情戳伤,这些小小的气恼因为必须都得忍着,甚至他都不能再向阿兰倾吐(既然他俩

---

① 译者以为这里的"merry house"应该是指那个大茶馆。

现在已经分开住了),而变得越发尖锐。

如同从一条根上生长、蔓延出一大片的荆棘一样,王龙的麻烦也在不断地生发出来。一天,他那于阳光下在墙角打着盹儿的父亲——可以说已是老眼昏花,睡眼蒙眬,无论什么时候都不会注意到任何事情——突然醒了,开始挂着王龙在其七十岁生日时买的龙头拐杖,蹒跚地向着门道那边走去。门道里挂着一条帘子,这道门帘把堂屋和荷花散步的院子隔了开来。老人以前从来没有注意到这里有个门,也不曾注意到什么时候又修建了一个内院,他似乎也不知道家里是否又添了人口,王龙从未告诉过他"我又娶了一个女人"。因为老人的耳朵已聋得太厉害了,要是你告诉他一件新鲜事或是他根本想不到的事,他是无论如何也听不明白的。

然而,这一天,他不知怎的就看到这个门道,他走了过去,掀开帘子,当时正值黄昏时分,王龙跟荷花在院子里散步。这时,他们正巧停在了水池旁边,荷花看着池子里的鱼儿,王龙看着荷花。老人瞧见他的儿子站在一个身材窈窕、化着浓妆的姑娘身边,便用又哑又尖的声音喊道:"家里来了个妓女!"尽管王龙迎上前去,领着老人去了外面的院子,安慰他说:"爹,你安静点儿。她不是妓女,是这个家里的二太太。"

可老人怎么也静不下来,没有人知道他是否听进去了王龙说的这句话,老人只是一遍又一遍地喊着:"家里来了个妓女!"看见王龙在他身边,他突然又说道:"我有一个女人,我父亲有一个女人,我们都是种地的。"过了一会儿后,他又喊了起来:"我说她就是个妓女!"

这样,老人从他那暮年的一阵一阵的昏睡中醒过来后,对荷花便怀有一种可以说不乏精明的恨意。他常常走到通往她内院的门道那儿，突然高声地呼喊："妓女！"

或者，他会掀起门帘，朝着她院里的砖地上狠狠地吐唾沫。他会找些小石子儿，用他那瘦弱的胳膊把它们扔进小水池里，把金鱼吓得乱窜，他用这些孩子般的恶作剧行为，表达着他的愤怒。

这也给王龙家里造成了一些麻烦，因为他羞于去责备他的父亲，可他又担心荷花会生气，他知道荷花脾气不好，很容易发火。这一想让他父亲不要再招惹荷花的焦虑心情，也增加了他的思想负担，令他感到疲惫，这也在一定程度上减弱了他的情欲。

一天，王龙听到内院里传出一声尖叫声，他听出这是荷花的嗓音，便跑了进去。他发现他的那两个最小的孩子——那对孪生姐弟——领着他们的傻姐姐在内院里。现在，王龙的其他四个孩子也对住在内院的这个女人感到了好奇，不过，那两个年龄最长的男孩在对她的好奇里又夹杂着腼腆，他们心里很清楚她为什么在那里，清楚他们父亲与她是什么关系，尽管他们从未提起过她，除非是私底下在他俩之间。可那两个小的就不一样了，他们总是在窥视她，在打量她，嗅着她身上的香水味儿，把手伸进杜鹃从荷花屋子里撤出的里面还剩着饭菜的碗里。

荷花多次向王龙抱怨说，他的这些孩子就是她的一个噩梦，她希望他有个办法将他们关在外面，那样，她就不会被他们骚扰了。但他不愿意这么做，他开玩笑似的回答她："噢，他们像他们的父亲一样，喜欢看漂亮的脸蛋儿。"

王龙并没有责骂他的孩子，只是禁止他们再进到她的院子里，当他在时他们不去，可当他不在时他们便偷偷地跑了进去。唯有他的大女儿傻呵呵地什么也不懂,坐在外院墙下的地里,笑嘻嘻地玩着她的那条皱巴巴的布头。

这一天[①],两个大儿子都去上学了,这两个小的突然生出一个念头,要傻姐姐也到内院看看这个女人。他们俩一边一个拉着姐姐的手,把她拽进内院,她站在了荷花面前,荷花以前从未见过她,所以诧异地望着她。当傻姐姐看到荷花光亮的丝绸上衣和她耳朵上光闪闪的玉坠时,她突然对她眼前看到的景象感到一种莫名的兴奋和喜悦,她一边伸出手去捕捉那鲜亮的色彩,一边大声地笑着,仅仅是声音而没有任何意义的笑。荷花被吓坏了,尖声地叫了起来。王龙闻讯赶来,见荷花气得浑身发抖,跺着她的小脚不住地起跳,对可怜的傻笑着的姑娘晃动着她的手指头,嘴里喊着:"如果这个东西再靠近我,我就不在这个家住了,并没有谁事先告诉我,我要忍受这些该死的白痴,如果我知道,我就不会来了——你的这群脏兮兮的孩子!"她把离她最近的那个惊得不轻的小男孩推开,紧紧抓着他孪生姐姐的手。

这一下可激怒了王龙,因为他毕竟是爱他的孩子的,他没有好气地说道:"我不愿意听人骂我的孩子,甚至是骂我的这个可怜的傻子也不行,不愿听任何人骂他们,也不愿意让你这个给任何男人都生不出儿子的女人骂他们。"他把孩子们拢到一起,对他们说:"离开这儿吧,孩子们。再不要到这个女人的院子里来,因为她根本不爱你们,如果她不爱你们,那么,她也不爱你们的父亲。"对他的大女儿,他温柔地说道:"你,我可怜的傻女儿,回到你白天

[①] 与前面倒数回去几段中的那个"一天",指的是同一天。

晒太阳的那个地方去吧。"她笑了，他领着她的手，带着她离开了那儿。

最令王龙生气的是，荷花竟敢骂他的大女儿，骂她白痴，这又引起他对大女儿的深切同情和怜悯。因此，连着一两天，他没有去找荷花，而是跟孩子们一起玩耍，还去城里给大女儿买了大麦糖圈，看着她对那黏糊糊的甜甜的糖果孩子似的高兴的样子，王龙自己的心里也受到一丝安慰。

待他再来荷花这边时，两人谁也没有提他这两天没有过来的事情，可她还是存心想要讨好他，让他高兴。因为王龙进来时他婶子正在这儿喝茶，荷花起身说："老爷来看我了，我得服侍他，这是我乐于做的事情。"她站着，一直等到这个胖女人离开。

随后，她走到王龙身边，拿起他的手，将它贴在自己的脸上，对他说着卿卿我我的话。可尽管他还爱着她，却不像从前那么全身心地爱了，从此以后再也没有那么全身心地爱过她。

很快到了夏季结束的一天，清晨的天空晴朗、凉爽，蔚蓝得像大海，清爽的秋风吹着大地，王龙像是从睡梦中完全清醒了过来。他来到屋门口，眺望着他的田野。他发现积水已经退去，土地受着干爽风儿的吹拂，在烈日下闪烁着熠熠的光。

接着，他内心有个声音在呼唤，远比爱更深沉的声音在他内心呼唤他的土地。他听到这声音盖过了他平生听到过的其他任何声音，他脱掉了身上的长衫、脚上的丝绒鞋子和白袜子，把裤腿卷到了膝盖那儿，他站立着，强壮的身体急切地倾向前方，他喊着："锄头呢？木犁呢？要播下土的麦种呢？嗨，老秦，我的朋友——来吧——把人都叫来吧——我要到地里干活去啦！"

第二十二章

Chapter 22

正如他在南方城市经历了一番异常的磨难,心灵得到慰藉,所以当他从那儿回来时,他沮丧绝望的情绪得以治愈了一样;当现在的王龙再一次站在他黑油油的沃土上,感觉着脚下湿润润的土地,吮吸着从刚耕翻过的麦垄中散发出的泥土的芬芳时,他爱情的创伤也被治好了。他指挥着他的雇工们干这干那,这一天大家都干了很多的活儿,耕出了一片又一片的田地,王龙先是跟在牛后面,给它们的背上甩着响鞭,看着铁犁嵌入土壤中翻起一坨坨的泥土,然后,他叫来老秦,把绳子给了他。自己则拿起一把锄头,去敲碎耕翻起来的土块,把它们敲成柔软得像是绵糖的粉末状,由于土层湿润,仍然是黑油油的。王龙做这些,纯粹是为了享受其中的乐趣,而不是出于需要,累了时,他就躺在田里睡觉,泥土健康的气息布入他的肉体，医治好了他身心的颓废。

夜晚来临，火红的太阳已毫无云儿遮挡地坠下西天，王龙大步回到家中，尽管感觉身体有些疼痛和疲累，却有一种胜利感。他一把掀起通往内院的帘子，荷花穿着丝绸旗袍正在院子里散步。她看到他浑身的泥土便喊了起来，当他靠近时，她的身体不禁在瑟瑟地战栗。

王龙却大笑着把她纤细、勾曲的手指抓到自己沾满泥土的手中，再次大笑着说："现在你明白了吧，你的老爷只是个农民，而你是农民的老婆！"

她大声反对道："不管你是什么，像什么，我都不是农民的老婆！"

他又哈哈地笑了一阵，丢下她走了。

他就这样浑身粘着泥土吃了晚饭，甚至在睡觉前都舍不得把身上的泥土洗掉。洗沐身体时，他又笑了起来，因为他现在不是为了女人而洗浴了，他高兴地笑着，因为他的身心终于获得了自由。

王龙觉得他似乎已经离开很久，堆积下了许多要做的事情。土地呼唤着开犁、耕种，日复一日，他劳作着；他跟荷花一夏天的情欲变白了他的皮肤，现在于太阳的照射下又变成了深紫铜色，在休闲和爱欲中变得柔软了的手，又被锄把和犁耙重新磨起了硬茧。

当中午和傍晚回到家中时，他津津有味地吃着阿兰为他准备好的饭菜，香喷喷的大米饭，卷心菜，豆腐，饼卷大葱。当荷花闻到他口中的葱蒜味儿，叫嚷着用手捂上了她娇小的鼻子时，王龙根本不在乎，反而会哈哈大笑，朝她呼出他口中的这股味儿。而她则不得不尽可能地忍受，因为他反正是要吃他喜欢吃的一切东西的。现在的王龙浑身充满健康的气息，摆脱了他病态的情欲，他可以径直去到她那儿，在跟她亲热完后，便让自己去忙别的事情了。

因此，在王龙的家里有两个女人在各司其职：荷花供他玩赏和愉悦，满足他对美貌和窈窕身材的审美需求和纯性欲的快乐需求；阿兰则是为他操持家务，她也是他的几个儿子的母亲，她管理着整个家庭，为他、他的父亲和他的孩子们做饭。当村民们不无艳羡地提起他内院里的那位娇妻时，王龙感到很是自豪；这就好像人们提到一件珍贵的珠宝，或是一件没有什么用处的昂贵玩具，其唯一的用项是标志和象征一个人的富有，表示他的财富已经超越了他平时衣食住行的需要，如果他想，他可以用钱去买来快乐。

在这些盛赞他兴旺发达的村民中，王龙的叔叔是最卖力气的，因为他的叔叔这些天来就像一条想要讨好和赢得主人宠爱的狗一样。他叔叔说："我的侄儿，家里藏着娇妻，供他享乐，像她那样的美貌，咱们普通人连见也没见过。"他接着又说，"他到后院去见他的女人，她身着各种绫罗绸缎的旗袍，像个大家闺秀一样。我没有见到过，是我女人告诉我的。"随后他又说道，"我的侄儿，我哥哥的儿子，正在建起一个大家族，他的儿子们都将成为富人的儿子，他们这一辈子都不用干活了。"

为此，村里的人们对王龙表现得越来越尊重，他们跟他说话时不再把他看作他们中的一员，而是把他看成一个名门望族的人。他们愿意支付利息向他借钱，愿意就他们儿子和闺女的男婚女嫁事宜征求他的建议，要是有村民因土地划界出现纠纷，他们就会请王龙为他们解决争端，不管他的决定是什么，这决定都会被接受。

以前，王龙忙着追逐他的爱情和女人，现在，他已经得到了满足，开始要忙更多的事情。好雨知时节，地里的麦子因雨水充沛长势良好，获得了丰收。转眼到了冬天，王龙把粮食拿到市场去卖，他没有刚打下麦子就把它们送到市场上，而是等粮价涨起来了才去卖，这一次，他带上了他的大儿子。

一个人会顿生一种自豪感，当他看到自己的大儿子能高声读出契约上的文字，拿起毛笔蘸上墨汁就能在纸上写出别人也看得懂的字时，就有这样的一种自豪感。他骄傲地站在那里，看着这一切的发生，即便那些以前曾嘲笑过他的店员现在大声喊："看这小伙子的字写得多好看，一个聪明的孩子！"他也没有喜形于色。

不，王龙不愿意显示出，他有个这样的儿子就好像觉得自己了不起了，尽管他的儿子在念字据的中间，突然很严肃地说道："这上面有个字写错了，应该是水字旁，却写成了木字旁。"这让王龙内心的骄傲感一下子变得无以复加，以至于他不得不把头转向一边，装着咳嗽往地下唾了一口，免得让人看出他内心的激动。当店员们为他儿子的聪明发出由衷的赞叹时，王龙只是说道："那就改过来吧！我们不能把名字签在有错字的契约上。"

王龙得意地站在那儿，看着他的儿子拿起毛笔，改正了那个错字。

改完后，他的儿子在粮食买卖合同上和钱的收据上都签上了他父亲的名字。随后，父子二人一起走着回家，父亲在自己的心里念叨着，他的大儿子现在已长大成人了，他一定要把该给儿子办的事情都办好，他必须要为儿子物色一个好媳妇，跟女方家早点儿定下他们的婚事，不能让儿子像他从前那样到一个大户人家去乞讨，讨别人挑剩下的、没人想要的丫鬟，因为他的儿子是一个有钱有地的富人家的儿子。

于是，王龙开始寻找一个可以做他儿子媳妇的姑娘，这可不是件轻松的工作。因为他要找的可不是一个普普通通的女子。一天晚上，当他和老秦在堂屋合计完他们计划为春播要买的种子以及他们手头还有的种子时，王龙跟他谈起了这件事。王龙之所以跟老秦谈此事，并不是指望能从他那里得到多大的帮助，因为他知道老秦这个人太实在了，也知道这个人非常忠诚，就像狗对主人那般忠诚，他把心事跟这样的一个人说一说，对他是种安慰。

王龙坐在桌前说着这件事，老秦恭顺地站在一旁听，不管王龙怎么劝他坐，他都不愿意当着王龙的面好像他俩是平等的那样坐下来。王龙谈着他的儿子，谈着他要物色的儿媳妇，在王龙讲完后，老秦叹了一口气，不太自信地低声说道："如果我的那个可怜的女儿还在，还好好的，我愿意让她嫁给你儿子，非但不要任何彩礼，我还会对你心存感激；可她现在在哪儿，我一点儿也不知道，是死是活也不知道。"

王龙对老秦表示了感谢，可他却无法把他心里的话也倾吐出来：他的儿子一定要找一个远远强于老秦家女儿的姑娘做媳妇，老秦这个人固然不错，可说到底不就是一个在别人的土地做活的农民。

王龙自己留心着这件事情，在茶馆坐着时注意听人们谈论这家那家的姑娘，或是城里的哪家有钱人有女儿要出嫁，等等。不过，跟他婶子他却只字未提这件事，不能让她知道他的意图。在他自己需要一个茶馆里的女人时，他婶子无疑是能帮上他的忙的。她这个女人擅长做那一方面的事情。可对他儿子的婚事，他绝对不会找像她那样的人来插手，因为她根本不可能认识任何他认为适合于给他大儿子做媳妇的姑娘。

进入隆冬时节，雪花飞舞，寒气袭人，春节很快到了，大家喝酒吃肉，庆祝新年，人们也来看望王龙，有从乡下来的，也有从城里来的，都希望他好运连连。他们说："我们就是再祝你好运，也比不上你现有的好运，儿子、女人、金钱、土地，你样样都有了。"

王龙穿着他的丝绸长衫坐在正中，他的两个大儿子也穿着新长衫，分别坐在他的两侧，桌上摆着甜点、瓜子和核桃等，家里的门上贴满了祝贺新春、祝贺兴旺发财的红纸帖，王龙当然知道他的运气比一般人要好得多。

转眼间春天来了，柳树披上淡淡的绿色，桃树都顶出粉红色的花蕾，可王龙要为他儿子找的媳妇还没有找到。

春天的天气渐渐地变暖，白昼渐渐地变长，空气中流溢着李树、樱桃的花香，柳树的嫩叶现在变得又细又长，树木望去一片葱茏，在湿润的泥土上方，蒸腾着氤氲的水汽，孕育着几个月后的丰收。王龙的大儿子突然间长大了，不再是个孩子。他变得郁郁不乐，脾气暴躁，吃饭时挑挑拣拣，对读书也产生了厌倦情绪，看到这种情景王龙吓坏了，他不知道这到底是怎么了，他说不行找个大夫看看吧。

这孩子现在一点儿也说不得，因为只要他父亲没有诱哄着他说话，比如直截了当地说"去吃这些肉菜和好大米吧"，那小子就会变得倔强、阴郁起来，如果王龙这时候生气了，那小子便会大哭着跑出房去。

王龙感到不胜惊讶，他对儿子会出现这种情况一点儿头绪也摸不着，因此，他会跟着儿子也出了屋子，尽可能温和地对他说："我是你的父亲，你现在能告诉我你心里是怎么想的吗？"可这儿子除了哭泣，使命地摇晃着他的脑袋，就再也不吭气了。

206

再则，这个大儿子不喜欢那个老教师，早晨不愿起床去学校，除非他爹吼他，甚至打他，有时候离家后整日在城里的街道上闲逛，这件事是王龙晚上听他的二儿子愤愤不平地跟他讲的，"大哥今天没有去学校"。

王龙一听就火了，冲着他的大儿子喊道："你就这样糟蹋你爹的钱吗？"

怒火中的王龙拿起一根竹子就往这孩子身上抽，一直打到他的母亲阿兰听到从厨房赶来，站到了儿子和他父亲中间，就这样，竹条雨点般地落在了阿兰身上，尽管王龙左闪右闪地想把竹子打在儿子的身上。令人奇怪的是，这孩子在偶尔遭到训斥时便会放声大哭，可在遭受这些鞭笞时却能一声不吭，苍白的面色看上去异常坚定，宛若雕像一般。王龙一点儿也弄不清楚这到底是怎么回事，尽管他无论白天还是晚上都在考虑着这件事。

吃过晚饭后，王龙正在想这件事，因为白天他因大儿子没有上学而打了他，在他这样思量着的当儿，阿兰走了进来。她静静地到了王龙跟前站下，他看出她有话要说，于是，他说道："你有什么话就说吧，孩子他娘。"

阿兰说："像你这么打孩子，一点儿用也没有。我见过这种事情发生在黄家那些少爷们身上，在黄家老爷看到他的少爷们出现这种闷闷不乐的情况时，黄老爷就会给他们找来丫鬟，如果他们自己还没有找下相好的话，这样，他们的情绪很快就恢复了。"

"可在我们家，完全不必如此。"王龙争辩道，"在我是个小伙子时，就没有过这种郁郁寡欢，没有过这样的哭泣，没有耍小脾气和要丫鬟们陪过。"

阿兰耐心地等着他说完，然后，她缓缓地回答道："除了在少爷们身上，我也没有在别的地方见到过。你是在田里干活的。可他却像个年轻的少爷，他在家里是闲着的。"

沉思了一会儿后，王龙感到惊讶了，因为他觉得她的话是对的。在他自己还年轻时，他没有时间去郁郁不乐，因为他得在黎明时就起来，赶着牛到田里去犁地，或是用锄头锄地，在收获时节为了抢收，他一天到晚累得腰也直不起来，即使他想哭，也没人能听得到他的哭声，他不能像他儿子逃学那样逃离他的土地，因为要是他那么做了，在他回到家里时就没有任何吃的给他。因此，王龙不得不干活。对于这一切，王龙当然记得，他跟自己说："可我儿子不是这样的。他比我要娇贵得多，他的父亲富有，我的父亲贫穷，他没有必要非到地里劳动不可，而我则得在地里干活，另外，一个人不能把像我儿子这样的一个读书人非要弄到地里去耕种。"

他心中暗暗为自己有这样一个儿子而感到骄傲，因此，他对阿兰说："呃，如果他像是个少爷，那就是另外一回事了。可我不能买个丫鬟给他呀。我要给他订门亲事，让他早点儿结婚。这就是我们要做的。"

说完他站了起来，进了内院。

第二十三章

Chapter 23

现在，荷花看到王龙在她面前时有些心不在焉，在想着别的事情而不再是她的美貌，便噘起嘴来说："要是我早知道，只短短的一年，你在看着我时你的心就能不在我身上了，那我还不如一直待在茶馆里的好。"她说着把头扭转了过去，用眼角的余光看着他。王龙听了哈哈地笑起来，拿起她的一只手，把它贴在自己的脸上，闻着她手上的香味儿，回答她说："噢，一个人不可能总是想着缝在他衣服上的珠宝，但要是失去它，他会受不了的。这些天，我一直在想我大儿子的事，他已是个血气方刚的小伙子，心中骚动着欲念，必须快点儿让他结婚，只是我不知道怎么才能找到配得上我儿子的姑娘。我不愿意让他找本村农家的女儿，她们都是姓王的本族人，不合适。可我在城里又没有惯熟的，惯熟到可以跟人家说：

'这是我儿子，那是你女儿，让我们结成亲家吧。'我也讨厌去找媒婆，担心她私下跟女方家达成什么交易，给我儿子介绍个有残疾或智障的女孩。"

王龙的大儿子长得又高又好看，充满阳刚之气，荷花对他颇有好感，所以，王龙的话引起了她的注意，她若有所思地回答说："在那家茶馆时，有个男人常来看我，他每每跟我提起他的女儿，都说她长得特别像我，小巧玲珑，只是岁数还小，他说：'我爱你，但我总有一种很奇怪的不安感，觉得你好像就是我的女儿似的，你长得太像她了，这让我心里很忐忑，因为这不合道德伦理。'就为此，尽管他非常爱我，他还是去找了另外一个叫石榴花的大个子姑娘。"

"这是个什么样的男人呢？"王龙问。

"他是个好人，出手挺大方，只要他答应了的，他一定会兑现。我们都希望他好，因为他慷慨大度，要是碰巧哪个姑娘那一晚累了，他不会像有的人那样大吼大叫，说自己受骗了。遇到这种情况，他总是彬彬有礼得像个王子，或者说像个出自名门望族的人一样说：'呃，银圆给你放下了，你休息一下吧，我的孩子，我等着爱情之花再度开放。'他说给我们的话总是很动听。"荷花陷入了沉思，直到王龙急着要跟她说话（因为他不喜欢她回忆起她的那段生活），把她从回忆中唤醒："这个人看来挺有钱，他是做什么营生的？"

她回答："不太清楚，不过，我觉得他是个粮市上的老板，我问问杜鹃，她对这些男人和他们的钱财了如指掌。"

说完她拍了拍手，杜鹃从厨房那边跑了进来，她高颧骨的脸颊和鼻子被炉火烤得红红的，荷花姑娘问杜鹃说："那个来找我，后来找了石榴花姑娘的又高又壮的男人是谁？他之所以选了别人，是嫌我长得太像他的小女儿了，尽管他很爱我。"

杜鹃马上回答说："啊，那人姓刘，一个粮商。是个好人！每次见到我，都要往我手里放银圆。"

"他的粮行在哪儿？"王龙不经意地问，因为他知道女人的话往往都靠不住。

"在石桥街上。"杜鹃说。

她的话音还没落，王龙这边已高兴地拍起手来："对，那也是我出售粮食的地方，这真是天赐良机，这事一定能成。"他一下子来了兴致，因为在他看来让自己的儿子与粮商的女儿联姻，是件能带来好运的大喜事。

每当有什么事情要做时，犹如耗子闻到油那样，杜鹃马上便能嗅出这中间的钱味儿，她用围裙擦干净了手，很快地说道："我愿意为老爷去办这件事。"

王龙对此事还有些犹豫，在迟疑中他注视着杜鹃那张颇为狡黠的脸，但荷花却很高兴地说："是呀，让杜鹃去问问刘老板吧，刘老板跟杜鹃很熟，这件事能成。杜鹃很精明的，如果这事办成了，要给杜鹃一份做媒的钱。"

"我这就去！"杜鹃热心地说，想到不久会挣到一笔说媒的钱，她开心地笑着，从腰上解下围裙后说："我现在就动身，肉已经切好，就等着炖了，菜也洗好了。"

但这件事王龙还没有完全想好，尚不能这样匆忙地就定下来，于是，王龙大声说道："不，我还没有做出决定，这件事我要再想上一些天，我会告诉你们我考虑的结果。"

两个女人都变得有些性急,杜鹃是因为要尽快得到银圆,荷花则觉得这是件新鲜事,她想听到一些新鲜事来聊以自娱,可王龙却边往外走边说:"不,这是我的儿子,我要再等一等。"

他很可能会这样等上许多天,对这件事翻来覆去地进行考虑,要不是有天早晨他的大儿子于黎明时分醉醺醺地回到家里,脸喝得通红,满口的酒气,连身子都是摇摇晃晃的。王龙听到院子里有人绊倒的声音,他跑出来看是怎么回事,结果发现是他的大儿子在呕吐,因为这孩子还不习惯喝比他们家自己酿造的低度白米酒更烈的酒,他倒在地上,像条狗那样呕吐着。

王龙吓坏了,他叫来阿兰,他俩一起把他抬回屋里,阿兰给他洗了洗,让他躺在自己的床上,还没待阿兰为他收拾完毕,这孩子就睡得跟个死人似的了,任凭他父亲再怎么问他话,他也回答不了了。

随后,王龙去到兄弟两人睡觉的房间,二儿子刚起来,正打着哈欠,伸着懒腰,把课本包在一块方布里带到学校去。王龙跟他说:"你哥哥昨夜没有跟你睡在家里?"

二儿子有些不情愿地回答说:"没有。"

王龙看到二儿子的表情里有惧色,便冲着他粗暴地喊道:"他去哪儿了?"见孩子不想回答,王龙抓住他的脖颈摇晃着,"现在就告诉我一切,你这个小杂种!"

二儿子感到害怕了,一下子哭了起来,一边哭一边说:"我哥哥不让我告诉你,如果我说了,他就要掐死我,把针烧红了刺我,如果我不说,他会给我钱。"

听到这话,王龙火冒三丈,他大声吼道:"说,两个都该死的东西!"

孩子四下望了望,他心里明白要是他不说,他父亲会掐得他透不过气来,于是他绝望地说:"我哥已经连着三个晚上不在家了,可我不知道他干什么去了,只知道他是跟你叔叔的儿子,我们的堂叔,一块儿走的。"

王龙松开了抓着儿子脖子的手,将他推到一边,急匆匆地去到他叔叔的屋里,在那里他见到他叔叔的儿子,跟他自己的儿子一样,这一个也是喝得满脸通红、浑身酒气,只是腿站得稳一点,因为这个年轻人年龄毕竟大些,已习惯了成年人的生活方式。王龙对他吼道:"你领我儿子去哪里了?"

这个年轻人冲王龙冷笑着说:"啊,我堂兄的儿子不需要我领。他自己一个人就能去。"

王龙又把他的问话重复了一遍,他心里想,他会把他叔叔的这个儿子——一个厚颜无耻的无赖——宰了的,他用吓人的声音叫着:"我儿子这一晚去哪儿了?"

年轻人被王龙这震耳的吼声吓得不轻,他垂下平日里无礼惯了的眼睛,绷着脸不情愿地回答说:"他去曾经属于黄家的那个大院里了,那儿现在住着一个妓女,他去了她的屋子。"

听到这话时,王龙发出一声哀号,这个妓女许多男人都知道,去找她的都是些普通或穷苦的男人,因为她已不再年轻,只要对方给点儿她就愿意做。连早饭也没顾上吃,王龙就出了大门,穿过田野,这是他第一次在经过自己的地里时,没有停下来查看他地里长着的东西,没有留意它们的长势如何,只因他儿子给他带来的这一大麻烦。他一路上都想着这件事,心无旁骛,他穿过厚厚的城门,来到败落了的黄家大院。

现在，这两扇沉重的铁门整日里敞开着，再没有人把这带铁轴的大门关上过，这些天里任何人都可以进出这座院子。王龙进了大院，各个院落和屋子里都住满了平民，每户人家租着一间小屋。院子里又脏又乱，老松树都被砍倒了，还立着的树木都在死去，庭院的池塘里填满了垃圾。

可王龙对这些都没有去注意。他站在第一座房子的那个院子里，大声地喊，"那个姓杨的妓女住在哪一间？"

有个女人正坐在一个三条腿的凳子上纳着鞋底，她抬起头来，把脑袋朝院里开着的一扇侧门那边点了点，接着又纳起了她的鞋底，像是男人们多次问过她这个问题似的。

王龙走到屋前敲门，一个不耐烦的声音应道："走开，我已做完了这一夜的生意，现在必须睡觉了，我已累了一宿了。"

他再次使劲地叩门，里面的声音叫道："这是谁呀？"

他不回答，再一次地敲门，因为无论如何他都是要进去的，末了，他听到拖着脚走路的声音。一个女人开了门，一个不很年轻的女人，一张憔悴、疲惫的脸，有些耷拉下来的厚嘴唇，额头上涂着廉价的脂粉，口红还没有从唇上和腮边洗掉，她打量着王龙，厉声地说："在今晚到来之前，我不能再做了，如果你想，那么你就今夜尽可能早一点来，但现在我要睡觉了。"

王龙没等她说完便粗暴地插进话来，因为她的样子令他感到恶心，想到儿子曾待在这里，他心里就受不了。"我不是为我自己来找你的，我不需要像你这样的女人。我是为我儿子的事来的。"

他突然间觉得自己的嗓子里一阵哽塞，他的内心似乎在为儿子哭泣。那女人跟着问道："呃，你的儿子怎么了？"

王龙在回答她时声音有些战栗。

"他昨晚来了这里。"

"昨晚有许多男人的儿子都来过这儿，"那女人回答，"我不知道哪一个是你儿子。"

这时，王龙开始恳求似的对她说："想一想，有没有一个苗条的男孩，年龄还不到成年，可个头儿长得高，我简直不敢相信，他已经敢玩女人了。"

她好像回忆起来了，回答说："想起来了，有两个年轻人，其中一个，他的鼻尖那儿往上翘着，眼神里透着傲慢，帽子歪着戴在一边；另一个，正像你说的，个子很高，看上去还有些稚嫩。"

王龙说："对——对——那就是他——我的儿子！"

"你的儿子怎么啦？"那女人问。

王龙认真、急切地回答说："是这样，以后如果是他来了，就把他撵走。说你只喜欢成年人，随便你怎么说。只要你每次把他赶走，我每次都付双份的费用给你！"

那女人听了笑了起来，一副毫不在乎的样子，她的心情突然变得好了起来："谁会对此不说是呢，不干活就能挣到钱！所以，我当然要说是。其实，我想要接的客是成年人，小男孩们没意思。"她一边说着一边冲着王龙点头，用媚眼瞅他，他看着她那张粗糙的脸就感到恶心，他急忙说："那么，就这么定了。"

他很快转身往家里走去，边走边往地上啐着唾沫，想要把对那女人的令人憎恶的记忆啐掉。

就在这一天，他对杜鹃说："就照你说的办吧。你去那个粮商那里，跟他谈这件事。嫁妆不能少，但也不必太多，只要姑娘贤惠，事情就能够安排妥了。"

跟杜鹃交代完这件事情后，他回到屋子里，坐到了正睡觉的儿子身边。他看着躺在床上的儿子，不禁心生感慨，瞧这孩子多帅气，多年轻，他熟睡的面庞，显得多恬静，因年轻而显得多么光滑；随后，他想起那个涂脂抹粉、满脸倦容的女人和她厚厚的嘴唇，他的心里顿时被憎恶和愤慨溢满，他坐在那儿，一个人自言自语着。

在他这么坐着时，阿兰进来了，她站在旁边看着儿子，见有晶莹的汗珠渗出，她端来掺了醋的温水，轻轻地帮他洗掉了那些汗珠，正像当年在黄家她们常常为喝多了的少爷们清洗那样。看着儿子这张尚稚嫩的孩子似的面庞，看着这般擦洗都未能把酒后沉睡的儿子弄醒，王龙一气之下起身，向他叔叔的房间走去。他这时已经忘了那是他父亲的弟弟，只记得此人是那好逸恶劳、厚颜无耻的年轻人的老子，正是这个年轻人带坏了他漂亮英俊的儿子。王龙进了他叔叔的屋子后便大声喊："我家里养了一窝忘恩负义的蛇，它们在反过来咬我！"

王龙的叔叔正坐在桌子前吃早饭，因为他整日无事可做每天都是睡到中午时才起床，听到王龙的这句话，他抬起头来懒懒地问："发生什么事了？"

激愤的王龙告诉了他事情的经过，可他听了反而大笑起来，说："嘻，你能拦着不让一个孩子长大成人吗？你怎么拦得住一条公狗去追逐街头流浪的母狗？"

王龙听到这一阵笑声时，他一下子记起了因为他的叔叔他所遭受的一连串苦难：他叔叔曾试着逼迫他卖掉他的土地；他们一家三口住在这儿,又吃又喝,什么也不做;他的婶子每天吃着杜鹃买给荷花的昂贵食物;现在他叔叔的儿子又教坏了他自己的好儿子。他咬着牙齿说:"从现在起,你和你的家人就离开我的家,再没有大米饭供给你们任何一个人吃,我宁愿烧掉这房子,也不愿意再让你们住。我供养着你们,什么都不叫你们做,你们却没有一点儿感恩之心!"

可他叔叔坐在那儿,继续吃着饭,一会儿从这个碗里夹点菜,一会儿又从那个碗里夹点菜。王龙站在那里,全身的血液都在沸腾,他见叔叔对他丝毫不予理会,抡起胳膊就走上前来。这时,他叔叔转过身来说:"如果你敢,那你就把我赶出去吧!"

听到这话,气势汹汹的王龙变得支支吾吾起来,他对这句话一时还吃不准,他叔叔这时解开了外衣,让王龙看了看贴在衣服衬里上的东西。

蓦然间王龙怔怔地僵直地立在了那里,因为他在他叔叔上衣里看见了一撮用红毛做成的假胡子和一个红布条。王龙直愣愣地瞧着这些东西,他的怒气一下子消了,身子开始发抖,因为浑身没有了一点儿力气。

这些红胡子和红布条是一帮土匪的标志和象征。这群土匪主要生活在西北一带,他们大肆抢劫,烧掉了许多民房,掳走不少的妇女,他们把一些老实的农民绑在他们自家的门前,第二天人们看到这些被绑的人不是被逼疯了,就是被土匪烧焦了。王龙愣愣地看着,眼珠子都要瞪出来了。临了,他一句话没说,掉转头走了。出去时他听到他叔叔再度伏在桌子上吃米饭时发出的压低了的笑声。

王龙从未想到自己会处在这样的一个窘境当中。他的叔叔仍像

217

从前一样进出于他的家,在一小撮稀稀落落的灰白胡子下面,他叔叔的那张嘴总咧齿笑着,他的衣服仍是那般松松垮垮、毫不在意地披在身上。王龙看到他时,总会惊出一身冷汗,除了几句客气话以外,他不敢再跟他叔叔谈任何话题,生怕他叔叔做出什么对他不利的事。他不得不承认,在他兴旺发达的这些年里,尤其是在没有收成或很少有收成、其他人和他们的孩子都在挨饿的那些年月里,从未有土匪到他家和他的地里去祸害过,尽管有许多次他都心里害怕,夜间总是把院门闩得牢牢的。在夏天他的这段风流事还没有发生之前,他还是穿得很不起眼的样子,从表面上根本看不出他有钱,当土匪抢劫的事在村民中传播开来时,他回到家里晚上睡觉时总睡不踏实,总在倾听着深夜外面传来的响声。

然而,盗匪从未进过他的家门,他变得胆大,不太在乎起来,他相信他是受着上天护佑的。他生来就是一个有好运的人,他变得对什么都不在乎起来,甚至懒得再给土地爷去上香,因为就是不烧香土地爷对他也足够好的了,他一心只想着自己的事情和自己的土地。现在,王龙突然明白了他为什么一直是安全的,为什么只要他供养着他叔叔一家三口,他就会是安全的。当他想到这一点时,他就会浑身冒冷汗,他不敢告诉任何人他叔叔的胸前藏了什么。

跟他叔叔,他再也没有讲过让对方离开的话,跟他婶子,也是尽可能地拣好听的说:"在内院,你觉得什么好吃就吃什么,婶子,给你几块银圆去花吧。"

见了他叔叔的儿子,虽然心里觉得堵得慌,可还是说:"拿上这些银圆吧,你们年轻人花钱的地方多。"

但是,对他自己的儿子,王龙却是盯得紧紧的,只要太阳一落，就不允许他的儿子再离开院子，尽管这个年轻人会生气，在院子里四处走动，无缘无故地发脾气，扇他弟弟妹妹们的耳光。就这样，王龙被这一大堆的麻烦事困扰着。

起初，想着发生在身上的这么多倒霉事，王龙无心去干任何活儿。他左思右想，想着摆脱的方法："我可以把我叔叔赶出我家，搬进有城墙围着的城里去，为了防备盗匪那儿的各个城门到了晚上都会关闭。"可他转而一想，他每天必须到他城外的地里做活呀，当他毫无防护地在田里耕作时，谁知道会有什么事情发生在他的身上呢，哪怕是在他自己的土地上？更何况，一个人怎么能被封闭在城里面，被封闭在城里的一座房子里，如果非要把他与他的土地硬生生地隔离开，那他会死去的。而且，灾荒年一定还有，到时候甚至连城墙也阻挡不了强盗的进入，正如城中的黄家大院那次遭到了抢劫一样。

他可以进城找到法院，跟住在那里面的法官说："我叔叔是红胡子绑匪中的成员。"

可如果他这么做了，谁会相信他呢，有谁会相信一个告发他父亲的弟弟的人呢？他很可能因为他的不孝言行而遭受鞭笞，而不是他叔叔受到责罚，他最终还是因为怕丢掉性命而没有去告发，因为就是盗匪听说了这件事，他们也会出于报复而杀了他的。

事情好像还不够糟似的，杜鹃从粮商那边回来了，尽管对方同意了这门亲事，可这位刘先生目前只答应双方之间交换一个婚帖，因为人家的姑娘年龄尚小，只有十四岁，得等到三年以后才能出嫁。想到他的大儿子还得经常这么使性子，心不在焉地闲晃上三年，王龙心里就犯愁，因为这小子十天里就有八天逃学。那晚吃饭时，王龙冲着阿兰嚷:"我们要尽早给其他几个孩子订了婚,越早越好,只要他们开始有这方面的想法了,就给他们办了,像大儿子这样的事再有上三次,我可就活不了了!"

这一夜王龙没怎么睡着,第二天一早,他脱掉了长衫和鞋子,现在这已成了他的习惯,只要家事太令他心烦,他便会拿上锄头,下到田里去;走过外院时,他看见大女儿正坐在那里痴笑着,在手指间摆弄着她的那块布头,他不由得说:"唉,我的这个可怜的傻瓜女儿带给我的慰藉,比我其他所有孩子加起来的还多。"

就这样,连着许多天,他天天往地里去,大地再一次起到了它治愈的功能。太阳照耀着他,抚慰着他,夏日暖和的风徐徐拂过他的身体。仿佛是要彻底治好他烦乱思绪的病根似的,一天从南方那边飘来一片轻云。起初,它挂在远处的地平线上,轻盈得像一团雾气,只是它不像云彩那样被风吹得四处飘荡,而是稳稳地悬在那里,直到它像扇面那般展开,升入空中。

村民们望着这片云,谈论着它,开始担心起来,因为他们担心这是蝗虫从南方飞来要吞掉他们地里的果实了。王龙也站在他们中间注视着,大家都在久久凝视着天上的这团东西。临了,风儿把什么东西吹落在了他们脚下,有人急忙弯腰把它捡起,原来是一只死蝗虫,比它后面活着的那些分量要轻些。

王龙这时忘掉了困扰着他的一切。女人、儿子、叔叔,都被他抛在了脑后,他奔跑在惊慌失措的村民中间,向他们喊道:"现在,为了我们的土地和庄稼,我们要跟这些来自天上的敌人战斗!"

可他们中间有些人摇着头,他们绝望地说:"没用,做什么都没有用。上天注定要让我们这一年挨饿,我们何必要做这种无谓的抗争呢，既然到头来我们还得挨饿！"

女人们哭着进城去买香火，要把它们插在小庙的土地爷神像前，有的去了城里的大庙，给那里的天神烧香叩头，这样一来，天神地神都算是被他们拜求过了。

然而，蝗虫仍在天空中扩散，一直蔓延到了他们这片土地的上空。

王龙召集来他的雇工，老秦默默地站在他身边，早已做好准备，另外还有一些青年农民；大家动手点燃了一些田里的庄稼——几近于成熟待收割的小麦，他们挖下宽宽的壕沟，把井水引入壕沟里，他们不睡觉，不休息。阿兰给王龙和老秦他们送来食物，女人们也给她们的男人们送来了食物，人们站在地里，狼吞虎咽地吃下送来的饭菜，大家没明没黑地干着。

接着天空变得暗淡下来，空气中充斥着许多翅膀摩擦在一起发出的低沉浑厚的声响，蝗虫从天空中降下来，在飞过一片土地时它们没有触碰它，而落在另一片土地上时，很快就把那里的庄稼吃了个精光。人们叹息道："这就是上天的旨意。"可王龙并不认命，他愤怒地拍打着蝗虫，用脚踩踏着它们，他的人也用树枝拍打着，蝗虫不断地跌落到点起的火焰里，有的淹死在挖下的水沟里。成千上万的蝗虫死于水火之中，可对那些还活着的蝗虫来说，这又算得了什么呢？

然而，不管怎么说，王龙所做的这一切抗争至少给了他这样的报偿：他最好的田里的庄稼保住了，当这片云向前飘去，他们得以喘口气时，王龙的地里仍有麦子可以收割，他的稻秧苗也保住了，他满足了。接下来，很多人吃着那些身体烧焦了的蝗虫，可王龙自己不愿意吃它们，因为在他看来它们毁坏了他的庄稼，是些肮脏可

221

恶的东西。不过，当阿兰用油锅煎了，雇工们咔嚓咔嚓地嚼着它们时，王龙并没有说什么。孩子们将它们的身体小心地掰开，尝着它们的味儿，害怕它们头上的那两只大眼睛。但王龙自己怎么也不肯吃它们。但蝗虫却帮了王龙一个大忙：几天来，除了他的土地，别的他什么都没有想，他的烦心事和他的担心都一扫而光，他平静地跟自己说："噢，每个人都有他自己的麻烦，我权且忍受了我的吧，我的叔叔比我年长，他会死在我的前面，对我儿子来说，这三年的时间也一定会过去，我不会气馁到去寻死。"

他适时收割了他的麦子，雨降了下来，稻秧苗插进淹过水的田里，转眼间又到了夏天。

第二十四章

Chapter 24

在王龙刚对自己说了他的家中总算平静下来的话一天之后,他的大儿子见他中午从地里回来,便走到他跟前说:"爹,如果你还想让我做个有学问的人,城里的那个老头子是教不了我了。"

王龙刚从厨房的锅里舀了一盆开水,正把毛巾在盆里浸湿了拧干,热腾腾地敷到自己的脸上,他说:"哦,那你想要?"

男孩在迟疑了一下后继续说道:"如果要想成为一个有学问的人,我就得到南方城市,去上那种很正规的大学校,那样我才能学到我应该掌握的知识。"

王龙一边用热毛巾擦着他的眼睛、耳朵和脸颊,一边没好气地说(因为刚在地里干活干得腰酸背疼的):"你瞎扯什么?我说你不能去,你就不能去,以后再不要在我面前提这件事。你在咱们这儿学下的东西,就足够你用了。"

王龙又把毛巾在热水里浸了浸，拿出来拧干了它。

这个年轻人站在那儿，用眼睛恨恨地瞪着他的父亲，嘴里嘟囔着什么，王龙因为听不清他说的话，心里很气，冲他的儿子嚷道："把你要说的，大声地讲出来！"

年轻人被他父亲的这声吼叫也气火了，他说："我要去，我要去南方，我不愿意留在这个愚昧的家庭里，像个孩子似的被看管着，我不愿意留在这个比村子也大不了多少的小城里！我要走出去，学习新东西，见见外面的世界。"

王龙看看他的儿子，又看看自己，他的儿子身着一件薄薄的银灰色亚麻布长衫，于夏日的炎热里凉爽地站在那里。他的唇上开始长出黑乎乎的胡茬，他的皮肤又光滑又亮眼，从他长袖筒下面露出的手，像女人的手那般柔软、细嫩。随后，王龙望着自己，粗壮的身体上沾满泥土，只穿着一条下面到膝盖那里的蓝棉布裤子，腰和上身都裸着，外人见了肯定会说他是儿子的仆人，而不是父亲。这一想法让他有点儿看不起这个年轻人修长的身材和好看的长相，于是，他气呼呼地喊道："到地里去，往你的身上抹上点儿泥土，免得让人们错把你当成女人，为你自己吃的大米饭干点活儿吧！"

此时的王龙忘记了他曾为儿子的书写和识文断字感到过自豪，儿子美好的相貌在这一刻激怒了他。他在光着脚踏着地板走出屋子时，不断地往地下狠狠地啐着唾沫。年轻人仍然站在那儿恨恨地望着他，而王龙则头也不回地走了。

王龙那天晚上进了内院，见到荷花时，她正躺在席子上，杜鹃在身边帮她扇着扇子。荷花像是不经意地，随便想到了什么似的说："你的那个大儿子非常想到外面的世界去。"

这句话让王龙记起了他跟儿子生气的事,他冷冷地说:"嗯,可那跟你有什么关系呢?等他到了年龄时,我是不会把他关在家里的。"

荷花赶忙回答说:"不,不,这都是杜鹃说的。"杜鹃也连忙说:"任何一个明眼人都看得出来,孩子是个好孩子,只是已经到了不能再这样闲着和瞎想的年龄了。"

她们提到的这个话题又勾起了王龙对儿子的气,他说:"不,他不能去。我不能白白地为他花这个钱。"他再不愿意提这件事,荷花看到他生气了,便支走了杜鹃,让他自个儿待在那里。

接下来的许多天里,这件事再没有被提起,这孩子似乎突然间又安下心来,只是不愿意再去那所学校了。王龙对此表示了同意,因为这孩子就快十八岁了,身子骨像他母亲长得又高又大。在他父亲回到家时,他总是在自己的屋子里读书,王龙满意了,他心里想:"那只是年轻人一时的心血来潮,他也不知道自己想要什么,只要再过上三年——多花点银钱,这三年兴许就变成了两年,甚至是一年——只要有足够的银钱,等到秋季庄稼收割完了,冬小麦也种下去了,豆田也锄过了,我就去办办这件联姻的事。"

随后,王龙便忘记了他儿子的事情,因为除去蝗虫吃掉的庄稼,他依然获得了好收成,到现在他已经又挣回他在荷花身上花掉的钱了。他的金子和银子再次对他珍贵起来,有的时候他甚至暗自诧异:他竟然毫不吝啬地把钱挥霍在这个女人身上。

荷花有时仍能激起他的情欲,尽管不如一开始的时候那么强烈了,他依然为拥有她而感到骄傲。尽管他也清楚地看出他婶子说她的话都是对的,即便她身材娇小,可也不会太年轻了,而且,她也未曾给他生个孩子。不过,对这一点,他并不计较,既然他已有了这么多子女，他愿意为她能给予他的快乐而养着她。

至于荷花本人，由于这几年来身体日渐变得丰满，她显得越发可爱了。如果说她以前有什么缺陷的话，那就是她长得太苗条、太瘦了，以至于她小脸上的脸骨显得有点儿突出，太阳穴那儿有些凹了。但现在每天吃着杜鹃给她做的好饭好菜，终年只服侍一个男人，生活过得那么闲适，她的身体开始变得柔软、圆润，她的面容变得丰腴、光亮，再加之她大大的眼睛和樱桃似的小嘴，她现在更像一只肉嘟嘟的小猫咪了。她每日养尊处优，身上的肌肤变得滑腻、柔软。如果说她不再像是初绽放的花蕾，那么，可以说她更像是一朵盛开的花朵了；如果说她已不再年轻，但她也不显得老，年轻和衰老似乎都离她一样的遥远。

王龙的生活复归平静，大儿子也看似安分了，照理说，他可以满意了，谁知一天夜里在他独自坐着扳着手指计算他可以卖掉多少玉米和稻米时，阿兰悄悄地走了进来。这个女人，随着岁月的流逝，已经变得消瘦和憔悴，她的脸骨像石头一样凸了出来，眼窝深陷。如果有人问她觉得哪里不舒服，她只是说："我肚里有团火。"

最近三年，她的肚子大得像怀上了似的，可她早已不再生育了。她每天黎明时就起来开始做着家务活，王龙只是把她看成他的桌椅或是院里的一棵树，对她的关心远远不如他看到自己的一头牛垂下了头，或是一头猪不进食了。她独自干着她的活，跟王龙的婶子她是尽可能地少说话，至于杜鹃她就从未搭理过她。阿兰从没有进过一次内院，如果哪一天荷花罕见地多走了一点路，走出她自己的院子了，阿兰便会躲进自己的屋子里，在那里一直待到有人告诉她："她已经回内院了。"她跟谁也不说话，只是默默地烧饭、洗衣，干其他活，甚至冬天水池里结了冰时，她也会凿开池边的冰，去洗衣服。可作为一家之主的王龙从未想到过对阿兰说："你为什么不用我家里的钱，去雇上个仆人，或是买上个丫鬟呢？"

他压根儿没想到过有这种必要，尽管他雇了人种地，雇了人养牛养驴养猪，当夏天河水漫过堤岸形成水洼后，他还雇了人喂养鹅和鸭子。

这天晚上，正当他于燃在锡架上的一根红蜡烛下独自盘算着的时候，阿兰站在了他面前，环顾了一下左右后，她说："我有件事跟你说。"

王龙先是惊讶地看了看她，然后应道："哦，是吗？那就讲吧。"

他注视着她，注视着她深陷的脸颊，他再次感慨在她身上真是一点儿美的地方都没有，已经有多少年了他再也没有想要过她。

她用沙哑的声音低低地说："你不在家的时候，大儿子常常到后院去。"

王龙最初并没有听明白她这像是耳语般的话，他张着嘴，身体向前倾着说："什么，女人？"

她默默地用手指了指她儿子的屋子，又朝着后院的门那边努了努她又干又厚的嘴唇，但王龙拿眼睛瞪着她，根本就不相信。

"你在做梦！"他最后说。

听到这话，她摇了摇头，能看出言语艰难地嗫嚅在她的唇上，过了一会儿后，她继续道："呃，老爷，你在他们意想不到的时候回家来看看。"沉默了一阵子后，她又说："最好还是送他走吧，哪怕是去南方。"随后，她来到桌前，拿起他的茶碗，试了试冷热，把凉了的茶水倒在砖地上，又从茶壶里给碗中倒进了热茶，像来时那样，她又悄然地去了，留下他呆呆地坐在那里。

王龙跟自己说，这个女人是吃醋了。噢，他才不会为此而自寻烦恼，他的儿子每天在他自己的屋子里安安心心地读书呢。于是，他笑着站起来，把这件事丢在了脑后，心里还暗自嘲笑着女人们的小心眼儿。

不过，那天晚上，当他躺在荷花身旁，贴近她这边时，她有些嗔怪和生气地一把推开了他，说："天气热，你身上臭，我希望你在睡到我身边之前，先洗一下。"

说着她坐了起来，没好气地把脸前的头发撩到了脑后。在他想要把她搂到怀里时，她便耸着她的肩膀，执意不听他的诱哄。后来，王龙躺着不动了，他记起这许多个晚上以来她都不是那么情愿，他原以为这只是她一时的娇嗔，是夏末的溽热令她有些沮丧；但阿兰的话现在清晰地响在他的耳旁，他突然气呼呼地坐起来说："好了，你一个人睡吧，要是我介意，就割了我的脖子！"

他奔出荷花的屋子，来到他前院房子的堂屋里，把两个椅子并在一起，躺在了上面。可他怎么也睡不着，他起身出了院门，来到屋墙边上的竹林里，在那里他任夜晚凉爽的风吹拂着他发烫的身体，风中已有了秋天的清凉之意。

随后，他记起荷花已经知道了他儿子想到外面去上学的念头，她是怎么知道的呢？他又记起他儿子最近再没有提过到外面上学的事，而是很安心地待在家里了，为什么他会变得这么安心了呢？王龙在自己的心里恨恨地说："我要亲自把这件事情弄个清楚！"

王龙望着黎明的第一抹红光出现在笼罩着他土地的雾气上方。随着黎明的到来，太阳给远处田野的边缘镶上了一道金边。王龙这时进到家里吃了饭,随后便去地里监督他的雇工们了。这是他早已养成的习惯,每到收获和耕种的季节他总是这么做的。他在他的土地上,这里走走,那里看看,临了,为了让他家里的人听到,他亮着嗓门说:"现在我要到护城河边上的那块地看看了,我可能早回不了。"说完便转身往城里方向走去。

可待他行到去城里的一半路程,到达他家的小土地庙那儿时,他在路边的一个长满草的土堆上坐了下来。这土堆是座老坟,现在早已被人们遗忘了,他拔起一根小草,一边在手指间捻着它,一边思索着。在他的前面,就是土地爷和土地婆那两尊小小的神像,于无意中他留意到它们正盯着他看,从前他对它们是多么敬畏啊,但现在他再也不在乎它们了。既然他已变得富甲一方,不再需要它们,因此,他几乎就没怎么看它们。他只是在内心深处一遍又一遍地问自己:"我要返回去吗?"

跟着,他突然记起前一天晚上荷花将他从床上一把推开的事,想到他为她付出了那么多竟遭到如此对待,他很生气,他跟自己说:"我当然知道,她就是想在那家茶馆继续待,也再待不了多少年了,而来到我的家里,她则可以吃美味、穿锦衣。"

在气头上的王龙站了起来,从另一条路大步往家里走去,他悄悄地进了家门,站到通往内院那道门的帘子前。他倾听着,听到男子的低语声,那是他自己儿子的声音。

此时王龙心头涌起的怒火,是他平生都不曾有过的。尽管随着他的兴旺发达,随着人们都将他称为富豪,他已经不再是从前那个缩手缩脚的乡巴佬,他已经有了一些他自己的小脾气,甚至在城里他也是一个可以以此自豪的人物了。但这一回的怒气是一个男人冲着另一个偷走了他所爱女人的男人而发,当王龙想到这另一个男人竟是自己的儿子时,他感到一阵恶心,几乎要吐了出来。

他咬着牙走了出来,从竹林中挑了根又细又柔软的竹条,把它上面的小枝和叶子剥掉,只留下顶端一小撮细枝,坚韧得像绳子一样。然后,他轻轻地走进去,蓦然掀掉了帘子,他的儿子正站在院子里,俯身看着坐在池边低凳上的荷花。荷花身着桃红色的丝绸上衣,他还从来没有见她在早晨穿过这件衣服。

这两人正说着话,女子一副笑颜,从眼角望着小伙子,她的头扭向一边,他们俩都没有听到王龙进来。王龙站在那里,用眼睛瞪着他俩,脸色变得煞白,嘴唇翕动着,牙齿咬得咯咯作响,拿着竹条的手攥得紧紧的。可这两个人依然没听到任何动静,要不是杜鹃从屋里出来看到王龙不由得叫了一声,他俩还浑然不知呢。

这时,王龙跃上前来,奔向他的大儿子,狠狠地抽打起来。尽管儿子比他高,可他身体比儿子壮得多,又加之常年在地里干活力气也大得多,他不停地抽着,直到把儿子打得淌出血来。当荷花尖叫着要拽住他的手臂时,他一把推开了她,在她又上来要阻拦他时,他连她也一块儿抽打了起来,一直打得她逃掉了。大儿子则被他打得蜷缩在地上,双手捂住了流血的脸。

而后,王龙停了下来,他张着口喘着粗气,浑身淌出的汗水浸透了他的衣服,他觉得身体一下子虚弱得像是生了场病似的。他扔掉竹条,喘着气对儿子说:"现在,滚回你的屋子里,在我打发走你之前,你要是再敢出来,我就揍死你!"

那孩子一声也没敢吭,站起来走了出去。

王龙坐在了荷花刚才坐的那条凳子上,他双手捧着头,闭着眼睛,急促地呼吸着。没有人走近他,他就一个人这样坐着,直到他的情绪稳定下来。他的怒气基本消了。

临了,他站起来乏累地走向屋里,荷花躺在床上,正大声地哭着。他到床前转过她的身子,她躺在那儿眼睛瞅着他,还在哭,脸上肿起几道他抽下的紫色伤痕。

他十分悲伤地对她说:"你就一定要一直做婊子,连我的儿子也要去调情吗?!"

听到这话,她哭得更厉害了,她反驳道:"不,我没有,这孩子孤闷,就到这院子里来了,你可以问杜鹃,他是否挨近过我的床边,就像你看到的,孩子就是在院子里待会儿!"

受到惊吓的荷花可怜巴巴地望着他,她起身抓住他的手,让它拂过她脸上红肿的伤痕,呜咽着说:"看看你对你的荷花做了什么。在这个世上,我现在只有你一个男人,如果他是你的儿子,他就只是你的儿子而已,他跟我有什么相干呢!"

她抬眼看着他,漂亮的眸子里溢满晶莹的泪水,他不禁发出几声哀叹,因为这个女人的美超出他所希望的,是他无法抵御的。他似乎突然觉得,要是他真知道了这两人之间有什么往来,他会受不了的,他希望自己从不知道这件事,如果他不知道,这会对他更好。于是,他呻吟着走了出来。经过儿子的房间时,他站在外面喊道:"现在就把你的东西收拾进箱子里,明天便动身到南方去,你愿意上那儿的什么学校,就上什么学校,在我派人去叫你之前,不要回到家里来。"

在他经过阿兰的房间时,阿兰正坐着缝补着他的一件衣服,她跟他什么也没说,要是说她曾听到鞭笞声和尖叫声,她也没有做出任何表示。他一直向前,直到走进他的田里,来到正午直射的阳光下,他感觉自己疲累得像是已做了一整天的活。

第二十五章

Chapter 25

大儿子走了以后,王龙觉得家里去掉了一个不安定的因素,这对他不啻是个安慰。他跟自己说,大儿子走了是件好事,这样他便可以关注到其他几个孩子,看看他该为他们做些什么安排。由于他自己的一堆麻烦事和每年都得忙于土地上的耕种和收获,所以,除了他的大儿子外,他几乎对其他的几个孩子还没有操过什么心。现在,王龙决定让二儿子早点儿离开学校,到一个行当里做学徒,不能等到年轻人的野性攫住了他,叫他像大儿子那样也成为家里的一个祸害。

王龙的二儿子和大儿子无论是在性格还是长相上都截然不同,根本看不出两人是兄弟。大儿子像多数的北方人,长得像他的母亲,又高又壮,一副红脸膛,而二儿子则身材瘦小,皮肤发黄。二儿子身上的某些特征令王龙想到自己的父亲:因为他有一双狡黠、敏锐和炯炯有神的眼睛,情况紧急时他能下得了狠手。王龙暗自思忖道:"这个孩子将来能成为一个精明的商人,我这就让他离开学校,给他到粮行里谋个学徒的差事。有个儿子在我卖粮食的地方工作,我办起事来会方便得多。他在过秤我的粮食时,可以把秤砣稍稍挪一挪,我便能占到一些便宜。"

于是,有一天王龙跟杜鹃说:"你现在就去我大儿子的亲家那里,告诉他我有事和他商量。不管怎么说,既然我们将来要结亲成为一家人,我俩总该一块儿喝上一杯。"

杜鹃去了回来后说:"他说你多会儿去看他都行,如果你能今天中午就过去喝酒,那都是好的,如果你想,他过你这里来也行。"

可王龙不想让刘先生到他家,因为他怕又得准备这准备那的,于是,他便洗了洗,换上他的丝绸衣服,穿过田野进城去。他照杜鹃说的,先到了石桥街,然后在一个挂着刘字招牌的大门前停了下来。不是他认识那个字,而是他猜想石桥街右手的第二个门是刘家。他问了一个路人,确认了招牌上写的就是刘字。这是一扇挺体面的纯木头质地的大门,王龙上前用他的手掌叩门。

门马上打开了,一个女仆站在门前,一边用围裙擦干着手,一边问来人是谁。他通报了自己的姓名后,她打量着他,把他领进了有人居住的第一个院子,又把他带到一个房间里,让他坐下,然后再次打量起他来,因为她知道他是这家小姐未来的公公。随后,她出去叫她的主人。

王龙仔细观察着这间屋子,他起身摸了摸门帘布料的质地,查看了一下八仙桌的木质,他感到满意了,因为这些东西说明这家人生活充裕,却又不是那种太奢华阔绰的人家。他不希望要一个来自富商家的儿媳妇,免得她嫁过来后目空一切,不服管教,要吃这吃那，要穿绫罗绸缎，逐渐令他儿子的心跟父母疏远。临了，王龙又坐下来等着主家的到来。

突然外面传来一阵重重的脚步声，紧跟着一个壮实的中年男子走了进来。王龙站起来，两人躬身行礼，同时拿眼睛偷觑着对方，他们各自都喜欢对方，都尊重对方是一位生活富足的实干家。随后，两人坐下来，喝起女仆给他们斟上的热酒，他们闲聊着各种各样的话题，聊着庄稼和粮食的价格，以及如果今年收成不错的话，大米的价格会涨到多少。最后，王龙说："噢，我这次来是有件事的，如果你觉得为难，就当我没说。但如果你的粮市需要一个帮手的话，可以叫我的二儿子来，他是个很精明的小伙，可要是你不需要，就当我没说。"

粮商很是热心地回应道："我正需要这样一个精明的年轻人呢，要是他也能读会写的话。"

王龙很骄傲地说："我的两个儿子都能写会算，他们都能识别出写错了的字，都知道一个字的偏旁应该是木字旁还是水字旁。"

"那就行。"老刘说，"他想啥时候来，就让他啥时候来吧，在最初的学徒期间他的酬劳就是管他的食住，如果他做得好，一年之后他可以到每个月月底时挣得一块银圆，三年后每月三块银圆。在这之后，他就不再是学徒了，如果有能力，他还可以得到升迁。除了这份工资以外，他还可以从卖方或买方那里挣到一些中间费用，只要他有能力挣到这钱，我是不会说什么的。因为我们两家是亲家关系，我就不为他来这里上班向你收保证金了。"

听了老刘的这番话，王龙很是高兴，他站起来哈哈地笑着说："现在我们是朋友了，你有儿子可以做我二女儿的女婿吗？"

粮商听了脸上露出很灿烂的笑容（因为他长得胖，吃得又好），他说："我二儿子今年十岁，还没有定亲。你的女儿多大啦？"

王龙再次笑着答道："过了她下一次的生日就十岁了，她漂亮得像朵花儿一样。"

随后两人都一起大笑了起来，粮商说："看来我们之间这是要二度联姻了？"

当时的王龙并没有再说什么，因为这不是一个可以面对面深入讨论下去的话题。然而，在王龙就此躬身告辞，高高兴兴地离开后，他对自己说："这事能成。"回到家里，他美滋滋地看着自己的小女儿，他的小女儿的确是个很漂亮的女孩，她妈妈已把她的脚缠得小小的，因此她在移动时走着看似很优美的碎步。

王龙在这样仔细观察着他的小女儿时，发现孩子的脸上有泪痕，她苍白的面色和略显一本正经的表情都似乎与她的年龄不太相符。他拉住她的小手，把她搂到身边，问她："喂，你为什么哭呀？"

她低下了头，一边用手摆弄着她衣服上的一个纽扣，一边羞怯、吞吞吐吐地说："因为我娘给我脚上缠的布子，一天比一天裹得紧，疼得我晚上不能睡觉。"

"可我没有听见过你哭呀。"他说，不免感到有些纳闷。

"是的。"孩子率直地说，"我娘说，我不能大声哭，因为你的心肠太软，看不得人痛苦，你要是知道了会说不要再给我裹脚了，那么，到了将来我的丈夫就会不爱我，就像你不爱我娘一样。"

她说这番话时，就像小孩子背诵着一个故事那么单纯，可听到这话，王龙心头却像被捅了一刀似的：阿兰已经告诉了这个孩子他不爱她，而她则是这个孩子的母亲。为了掩饰痛苦，他赶忙说：

"噢,我今天为你打听到一个不错的丈夫,我们将派杜鹃进城去,看看她能不能把这件事办妥。"

这时,小女孩笑了,羞得低下了头,突然间她成了大姑娘,而不再是个小女孩了。当天晚上,王龙在内院跟杜鹃说:"去看看你能不能办成这件事。"

不过,那一晚王龙在荷花身边睡得很不踏实。他想着他这多半辈子的生活,想着阿兰是怎样成为他所结识的第一个女人,她如何像个仆人似的一直是他身边最忠实的女人。想起小女儿说的话,他心里很难过,因为尽管阿兰脑子笨但她还是看透了他的心。

不久,王龙便打发他的二儿子去了城里,并跟刘家签好了他二女儿的婚约。结婚那天要陪送的衣服、珠宝等嫁妆礼品的数目,也定了下来。办了这几件事后,王龙安心了,他对自己说:"噢,现在我孩子们的事都安排得差不多了,无奈的是我可怜的傻女儿,只能坐在阳光里摆弄她的那块小布头,至于最小的儿子,我将把他留在家里让他种地,不叫他去上学了,有两个儿子识文断字足够了。"

王龙感到很骄傲,因为他有三个儿子,一个是有学问的,一个是商人,还有一个是农民。他满意了,于是便不再想他孩子们的事。然而,不管他愿意还是不愿意,这个为他生了三个儿子的女人,还是进到他的思绪中来。

在与她生活了这么多年后,王龙第一次开始认真地想到阿兰。甚至在她刚来到他家的那些天,他都没有为阿兰本人着想过。他想到她,只是因为她是个女人,是他所认识的第一个女人。在他看来,似乎总是有这样或那样的事让他整日奔忙,没有空闲的时间留给他。只有到了现在,他的孩子们都安顿好了,他地里的活儿都做完了，土地该冬闲了，还有，他与荷花也过上了正常的夫妻生活，自从他打了她以后她也变得乖顺了。在他看来，他似乎现在有时间了，想想什么就可以想什么了，于是，他想到了阿兰。

王龙这一次瞧着阿兰，不是因为她是个女人，也不是因为她丑，皮肤发黄，面容憔悴。他怀着一种异样的愧疚感瞧着她，他看到她在渐渐地消瘦，她的皮肤变得干枯、蜡黄。她从前是个皮肤黝黑的女人，在地里干活时，她的皮肤呈那种健康的紫铜色。然而，这么多年来，除了收割的季节，她已经不到田里去了，就是收获的季节，她也有两三年没去收割过庄稼了，因为王龙不愿意让她去，免得人们会说："你都成富人了，还要你老婆下地干活？"

不过，他并没有想过她为什么最终愿意留在家里，为什么她腿脚移动得越来越迟缓。既然他现在在想这件事，他记起她在早晨起床时或是俯身给灶膛添柴火时，发出过呻吟声，只是在他问"你怎么啦"时，她突然停止了呻吟。现在，他望着她，望着她肿胀起来的肚子，他感到深深的愧疚，尽管他也不知道为什么会这样。他跟自己争辩道："如果说我没有像爱小妾那样爱她，那也不是我的错，因为男人们大都是更爱小妾的。"接着，他又自我安慰道："我从来没有打过她，她跟我要钱时，我都给她了。"

可他仍然忘不掉小女儿说过的话，这话令他烦恼，尽管他也不知道这是为什么；他在内心做着斗争时，总觉得自己是她的一个好丈夫，比大多数男人都做得好。

因为他无法摆脱对她的这一愧疚感，所以当她给他端进饭来或是当她在房里四处走动或是弯着身子扫地时，他总在观察她。有一天，他们吃过饭之后，他看见她因为肚子痛脸色变得灰白。她张开嘴,轻轻地喘息着,用手摁着肚子,尽管仍然俯着身子像是在扫地。他厉声问她:"你怎么啦?"

她转过脸去避开他的目光,温顺地回答道:"老毛病了,肚子里痛。"

他怔怔地望着她,跟小女儿说:"你帮着扫地吧,你妈妈病了。"对阿兰,他用这么多年来很少有过的温和口气说:"进去躺着吧,我会吩咐女儿给你端进去热水。你不要起来了。"

她默默地听从了他的话,慢慢地回到她自己的屋子里去了。随后,他听到她拖着脚在屋子里移动的声音,临了,她终于躺下了,轻轻地呻吟着。他静静地听着这呻吟声,直到他再也不忍心继续听下去了,他起身进城去问询哪儿有医生的诊所。

他先是到了他二儿子所在的粮行,那里的一个店员给他推荐了一家诊所,他便去了。诊所里的大夫正闲坐在那儿,喝着一壶热茶。这是位上了年纪的医生,留着长长的灰白胡子,鼻子上方挂着一副像猫头鹰眼睛那么大镜片的铜质眼镜,穿着一件不太干净的灰色长衫,长衫的袖子一直拖到整个儿遮住了他的手。王龙告诉了他阿兰的症状后,他噘起嘴唇思考着,打开他跟前桌子的抽屉,取出一个黑布包,然后说:"现在,我跟你走一趟。"

等他们来到阿兰的床前时,她已经迷迷糊糊地睡着了,她的前额和唇上都沁出了汗珠。看到这种情况,老大夫摇了摇头。他伸出一双像是猴子的又黄又干瘪的手给阿兰号脉,号了很长一阵子后,他再次很严肃地摇了摇头说:"她的脾肿大,肝脏也出了问题。在她的子宫里,有一块像人头那么大、石头那么硬的东西。她的肠胃系统也紊乱了。心脏跳动得很缓慢。毫无疑问,她肚子里有虫子。"

听到这番诊断,王龙自己的心脏都要停止跳动了,他感到害怕了。他生气地喊道:"难道你不能给她开点药吗?"

阿兰听到他的喊声睁开了眼睛,望着他们俩,不知道这是怎么了,她仍然因为痛苦而感到乏累。那个老大夫接着说道:"这是个疑难病症。我会收你十块银圆,给你开一服药,里面包括草药、一个干了的虎心和狗的牙齿,把这些放在一起熬成汤药。要是你想要保证她痊愈的话,你需要花上五百银圆。"

阿兰听到了大夫的这些话。"五百块,"她一下子从她的乏困中清醒了过来,她有气无力地说,"不,我的命不值那么多钱。这么多的银圆可以买块好地了。"

王龙听到她这么说,以前所有的悔恨顿时都涌向他的心头,他情绪激烈地说:"我的家里不允许死人,这个钱我出。"

听见王龙说"这个钱我出",老大夫的眼睛里流露出贪婪的光,可他知道如果他不能兑现他的承诺,如果这个女人死了,他会受到法律的惩罚。因此,尽管他觉得有些遗憾,他还是这么说道:"不,我又观察了一下她眼白的颜色,我发现我刚才的判断错了。如果要保证痊愈的话,得花五千块大洋。"

王龙这时心里明白了,他无言而又悲痛地望着老大夫。如果他不卖掉土地,他根本没有那么多钱,但他知道即便他把土地都卖了,也没有用,因为这位医生的话等于是说:"这个女人就要死了。"

于是,他陪着大夫一起出来,付给他十块银圆。他走了后,王龙进了黑洞洞的厨房,这儿是阿兰度过她生命大部分时光的地方。现在,她不在这里,没有人会看到他,王龙转身对着熏得黑乎乎的墙壁,哭了起来。

第二十六章

Chapter 26

然而，阿兰身体中的生命力并没有这么快就逝去。她几乎还没有过完她的中年，她的生命还不愿意从她身体里就这样轻易地离去，因此，于弥留之际的她在病榻上躺了好几个月。在整个冬天那些个漫长的月份里，她都奄奄一息地躺在床上，王龙和他的孩子们第一次体味到了，她在这个家庭里是多么的不可或缺，她给予他们所有的人多么大的舒适感，可以说在这之前，他们对此是毫不知晓的。

现在，他们当中几乎没有一个人知道该怎么点着干草，怎么保持它在炉膛内持续燃烧；没有人知道在锅里煎鱼时怎么翻它，才不至于把它弄碎，不至于鱼的一面还没有煎，另一面已经煳了；没有人知道炒这样和那样的菜时该用芝麻油还是豆油；没有人会去扫掉饭桌下面的碎屑和食物，除非是王龙闻不下去它们散发出的霉味，叫院子里的狗进来把这些脏物舔去，或是喊小女儿把它们弄到簸箕里倒掉。

最小的儿子顶替起母亲的角色，和他年迈的爷爷（爷爷现在也跟个孩子似的需要人照顾了）一起干着这样那样的家务活。王龙无法让老人理解现已发生的一切，阿兰不能再来为老人端茶送水，不能扶他躺下，或是扶着他站起来。他的脾气变得坏了起来，因为他喊她，她也不来，像个孩子似的他会生气地把茶碗摔到地上。最后，王龙领他到阿兰的房间，让他亲眼看了看躺在床上的阿兰，老人用他模糊、半瞎的眼睛呆呆地望着她，口中嘟囔着哭了起来，因为他隐约看出家里出了事儿。

唯有可怜的傻瓜什么也不知道，只是一天傻笑着，摆弄着她的那块小布头。但是，得有人想着她，晚上睡觉时把她领回屋子里来，要给她喂饭，到了白天时把她安顿在太阳地里，要是下雨了要把她领到屋子里来。家中得有个人记着来做这一切。然而，甚至连王龙自己有时候也会忘记，有一次他们将她留在屋外待了整整一个晚上，第二天早晨时，可怜的傻姑娘在刚亮起来的天色中冷得瑟瑟发抖，默默地哭着。王龙为此很是生气，骂他的小女儿和小儿子竟然能完全忘记他们的傻瓜姐姐，把她留在了屋外。事后，他又觉得他们还是小孩子，是在勉为其难地试着担当起他们母亲的角色，他原谅了他们。从此，他自己担负起了晚上和早晨看管傻女儿的责任。如果下雨或下雪了，或者刮起寒风了，他就把她领进屋子，让她坐在从厨房炉子里落下的温暖的灰烬旁边。

在阿兰躺在病榻上的那个漫长阴郁的冬季里，王龙没有再关心过他的土地，他把冬天的活和雇工们都交给了老秦去管理。老秦勤勤恳恳地做活，早晨和晚上他都要来到阿兰躺着的那间屋子门口，每天两次用他那像是患着哮喘病的低嗓音探问她的病情。最后，王龙终于受不了这样的询问了，因为他每天早上和晚上能告诉老秦的只有"今天她喝了一点汤"，或是"今天她喝了一点大米熬的稀粥"。

因此，他吩咐老秦不必再来问阿兰的病情，只要干好活就行了。

在整个寒冷、阴郁的冬季，王龙经常坐在阿兰的床边。如果她冷了，他就点起一盆木炭火，置在她的床前，每一次她都会用微弱的声音说："噢，这太浪费了。"

终于有一天在她这么说时，王龙忍不住了，他大声嚷道："你这么说，我受不了！如果能治好你的病，我愿意卖了我所有的地。"

听到这话，她笑了。她喘着气低低地说："不，我不会——让你这么做。因为我就要死了——说不定哪一天。可土地在我死后还会继续存在。"

但是，他不愿意谈到她的死，在她提到这个话题时，他起身去了屋外。

不过，因为他知道她活不了多久了，他有责任为她准备后事，于是有一天，他进城去了一家棺材铺，看了摆在那里待出售的所有棺材，挑了一口用很重的硬木做成的上好棺木。铺子老板在旁边看着他挑选，很精明地说："要是你买两个，价格可以给你便宜三成。你为什么不给自己也预备上一口呢？"

"不，我的儿子们会为我买的。"王龙说。而后，他想起了自己的父亲，他还没有给老人家备上一口，当这一念头在脑中闪过时，他又说道："不过，我的老父亲，他在不久的将来就会死去。

他的两条腿都快支撑不住他了,耳朵聋,眼睛也半瞎了。好吧,我买两个。"

铺子老板答应再用上好的黑漆把两口棺材重新刷上一遍,然后派人把它们送到王龙家里。回来后王龙告诉了阿兰他去城里做了什么,她很高兴他为她所办的这件事,很高兴他为她的死做了很好的安排。

就这样,他坐在她床边度过了许多个白日的时光。他俩并不多讲话,因为她的身体非常虚弱,此外,他俩之间本来平日里就没话。当他一动不动地静静地坐在她的床边时,阿兰常常忘记了她是在哪里,她有时会念叨起她的童年,这让王龙第一次有机会看到了她的内心,尽管只是一些简单的句子。"我只能把肉菜端到门口——我心里明白我很丑,不能出现在老爷面前。"喘了一口气后她又说,"不要打我——我再也不敢吃盘子里的菜了——"她一遍又一遍地默念着,"爸爸呀——妈妈呀——爸爸呀——妈妈呀——"完了又一遍遍地重复着,"我知道我很丑,没有人会爱我——"

每当她这样自言自语的时候,王龙就会觉得非常难受。他抓住她的手,抚摸着它,一只又大又硬的手,僵直得仿佛已经失去了生命。最使他感到惊讶和悲伤的还是他自己,因为她所说的都是真实的。甚至在他握着她的手,真诚地希望她能感受到他对她的柔情时,他却深感羞愧,因为他心里并没有感觉到这份柔情,没有感觉到他的心在融化(荷花的一噘嘴、一颦一笑都能融化他的心)。他在握着这只僵硬的冰冷的手时,并不爱这只手,甚至他的怜悯都因对这只手的反感而被减弱了。

为此,王龙对她更加关心体贴,他为她买来特别精致的食物,买来用白鱼和嫩卷心菜熬成的鲜汤。而且,他无法从荷花那里得到快乐,因为当他到荷花这边想暂时摆脱一下因那一死亡的痛苦而产生的绝望情绪时,他怎么也忘不掉阿兰,甚至当他把荷花搂在了怀里时,因为阿兰他又会松开他的臂膀。

有的时候,阿兰会清醒过来,对她自己,对她周围的情况,心里又都清楚了。有一次,她让把杜鹃给她叫来,当王龙非常惊讶地把这个女人唤到她面前时,阿兰用胳膊颤巍巍地支撑起自己的身子,十分清楚地说:"呃,你可是一直住在老爷的那个院子里的,你被认为是长得漂亮的,但是我做了一个男人的老婆,给他生了儿子,而你还是个丫鬟。"

听了这话,杜鹃很生气要回嘴,王龙阻止了她。带着她出来后他说:"她现在已经不知道她在说什么了。"

王龙回到屋里时,阿兰仍然把头支在胳膊上,她对他说:"在我死后,不管是那个人,还是她的主子①,都不能进到我的屋子里来,也不准她们动我的东西,如果她们违背了,我的魂魄也不会放过她们。"随后,她的头落到枕头上,又陷入了间歇性的昏睡。

然而,待新年快要来临时,有一天阿兰突然好了起来,就像蜡烛快要燃尽时会蓦然间闪出亮光一样,她看上去又跟以前没有病的时候一样了。她从床上坐起来,自己把头发编成一个发髻,然后说要喝茶。待王龙进来时她说:"就要过年了,我们的年饼和烧肉还没有准备。我心里在想件事情,我不愿意让那个丫头在我的厨房里干活,我想让你派人把我的儿媳妇唤来,她不是早已跟咱们的大儿子定亲了吗?我至今还没有见过她。等她来了,我会告诉她怎么做

---

① 指杜鹃和荷花。

年饼,怎么做烧肉。"

王龙看她有了力气很是高兴,尽管这一年来他就再没有把过节放到心上过。他打发杜鹃去求求粮商老刘,因为他现在遇到的事情确实挺令人悲伤的。当听说阿兰很可能活不过今年冬天时,老刘很快便同意了,毕竟他女儿已经十六岁了,比起一些已嫁到丈夫家中的姑娘们,她的年龄还大一些呢。

因为阿兰的病情,没有大办宴席。刘家的姑娘是乘着花轿悄悄地抵达的,陪她一起来的只有她母亲和一个跟了她多年的女仆。她母亲把女儿交代给阿兰后就回去了,那个女仆留了下来侍候姑娘。

现在孩子们腾出了他们睡觉的房间,给了新媳妇,很快一切便安排停当了。王龙没有跟刚到的姑娘说话,因为不合适,但他在躬身回礼时神情很庄重地把头向前倾着。王龙对这个儿媳很是满意,因为她很懂得本分,在房间里走动时发出的声音很小,总是低垂着眼睛。而且,她文静,长得也漂亮,但又不至于因此而虚荣。她的举止言行都非常周到、得体。她到阿兰的屋子里去照料,这减轻了王龙因阿兰所感到的痛苦,因为现在终于有个女人陪在阿兰的床前了,阿兰也很是满意。

这样心满意足地过了三四天后,阿兰想到了另一件事,在王龙早晨进来看她,探问她昨夜的情况时,她对他说:"临死之前,我还有件事情。"

王龙听了很生气地回答:"你不能总是提到死,你也让我高兴一下嘛!"

这时,她缓缓地笑了笑,那笑意在抵达眼睛之前便消失不见了。她说:"我肯定是要死了,因为我已感觉到死亡等在我的肚子里。不过，在我大儿子回到家之前，在他娶了这位好姑娘我的儿媳妇之前，我不会死。她照顾得很周到，我洗脸时用的热水盆她端得稳稳的，我疼出汗时她懂得适时地给我洗洗脸。现在我想要我的儿子回来，因为我就要死了。我要他先娶了这个姑娘，那样我就能安心地离开了，因为知道你就会有孙子，老人就会有重孙了。"

她很少一下子说过这么多话，甚至在她身体好的时候也没有。她说这些话时很有气力，许多个月以来她都没有这么精神过了。王龙见她在说着她的这些希望时，身体有了力气，非常高兴。他不愿再违背她的意愿，尽管他更想给他的大儿子办个盛大的婚礼。因此，他只是完全赞同地对她说："好的，就按照你说的办，我今天就派个人到南方去，他会找到我们的儿子，并且把他带回家来成亲。只是你必须答应我，你要再次振作起你的精神，放弃死的念头，变得好起来，因为没有你家里已变得跟个猪圈差不多了。"

他说这话为的是叫她高兴，她果然高兴了起来，尽管她没有再说话，而是躺下来，闭上了眼睛，微微地笑着。

而后，王龙派了个人，并对他说："去了告诉少爷，他母亲快不行了，如果见不到他，见不到他成亲，她的灵魂是不可能得到安息的；要是他眼里还有我，有他的母亲和这个家，他就马上赶回来，因为我已把婚宴定在了大后天，给客人们也都发出了邀请，大后天就是他婚娶的日子。"

王龙是这么说的，也是这么做的。他叮嘱杜鹃要尽她最大的能力把婚宴办好，她将从城里请来饭店的厨师帮忙，他将大把的银钱给到她的手里说："以前黄家遇到这种场合是怎么办的，你就怎么去办，需要钱时就再来拿。"

之后，他去到村子里，挨家挨户地去发出邀请，村里的男人、女人，他认识的每一个人；他进到城里，对那些他在茶馆和粮市上认识的人也发出了邀请。他还跟他叔叔说："把你想要请的人都请来参加我儿子的婚宴吧，你所有的朋友，还有你儿子的朋友。"

王龙之所以这么说，是因为他时刻都记着他的叔叔是个什么人，王龙对他叔叔总是十分客气，在家里当上宾对待，自从他知道他叔叔是什么人之后，他一直都是这么做的。

在婚宴的前一天晚上，王龙的大儿子回来了，他大步流星地进到屋子里，此时的王龙忘记了这个年轻人在家时制造的一切麻烦。他和他的这个儿子已有两年多没有见面了，现在他的儿子回来了，不再是个男孩，而是一个高大帅气的成年男子了，宽宽的肩膀和胸脯，红红的脸膛，一头黑亮的短发。看着大儿子身着一件在南方商铺里常见的那种紫红色锦缎长衫，外面套着一件黑丝绒质地的短马褂，看着他的这个儿子，王龙心里甭提多自豪了。除了眼前这个英俊的儿子，他忘记了其他的一切。他带儿子来到阿兰这里。

这位年轻人坐在了他母亲的床边，看到她那副形容枯槁的样子，泪水从他的眼睛里淌下来。不过，他只说了些安慰的话，譬如："你看上去比他们说的好多了，你还会活上好多年呢。"但阿兰听了只是说："我要看着你成亲，完了我就走了。"

要被迎娶的姑娘此时当然不能让新郎官看到，于是，荷花把她接进内院，帮着她做婚前的准备。给新娘梳洗打扮，在这方面没有比荷花、杜鹃和王龙他婶子更合适的了。这三个女人服侍着姑娘，在婚娶的当天早晨，她们给姑娘从头到脚洗浴了一遍，帮她用新白布裹了脚，外面穿上了一双新袜子，接着，荷花给姑娘身上擦了自己的香喷喷的杏仁油。然后，她们帮她穿上了她从娘家带来的嫁衣，贴着她芬芳的处女肉身的是一件带花的白丝绸内衣，外面是一件精致的、质地很轻的、毛茸茸的羊毛衫，穿在最外面的是一身红缎面的嫁衣。她们在她的前额上搽了滑石粉，用一根打结的线，巧妙地去除了她额头上的汗毛，使她的前额显得又高又宽又光滑，符合她新娘子的身份。她们给她脸上敷了香粉和胭脂，用眉笔在她的眉毛上描了两道细眉，之后，为她戴上凤冠，披上头红，给她的小脚穿上了绣花鞋，指甲上涂了颜色，掌心里搽了点儿香水，就这样，她们为她做好了婚前的所有准备。对这一切，新娘都是默默地听从着，虽说显得有些腼腆，不太情愿，但唯有这样对她来说才是合适、得体的。

那天上午，王龙，他叔叔，他的父亲和客人们都在堂屋里等着，新娘由她的丫鬟和王龙的婶子搀扶着走进来。新娘谦恭地低着头，步态间表示出她仿佛还不太愿意嫁人，必须得有人搀扶着才行。这表现出姑娘的谦卑，王龙在心里高兴地对自己说，这是一位举止端庄的姑娘。

在这之后，王龙的大儿子进来了。他穿着他的那件红色长衫和黑丝绒马褂，头发梳理得光光的，脸也是刚刮过的。他的后面是他的两个弟弟，王龙看着这一前一后进来的三个儿子，心里喜得乐开了花，在他死后，他们将继续将他的生命延续下去。在这之前，一直都不太明白发生了什么事情，仅仅能听清人们喊给他的只言片语的老人，此时突然明白了过来。他咯咯地笑着，用他走风露气的声音反复地念叨着：“结婚了，结婚就是又要有孩子，我要有重孙子了！”

老人开心地笑着，客人们看到他这么高兴也都哈哈地笑了起来。王龙心想要是阿兰能从床上起来就好了,那便会是非常完美快乐的一天了。

在这期间,王龙一直暗暗地窥着他的大儿子,看看他是否会瞧那姑娘。儿子确实用他眼角的余光瞥那姑娘了,从儿子喜悦的表情上看得出儿子对她很是满意。于是,王龙在心里得意地对自己说:"噢,我为儿子选了个他喜欢的媳妇。"

新郎新娘一起给老人和王龙鞠躬行礼后,便进了阿兰躺着的房间。这时阿兰已经给自己穿上了一件八成新的黑上衣,坐了起来,她的脸颊上燃烧着两片红晕,王龙误以为这是她好转的征兆,于是他大声地说:"她的病就会好起来了!"

两个年轻人走上前来,给她鞠躬行礼。阿兰拍着床边说:"坐下吧,在这里喝你们的合欢酒,吃你们的合欢饭,我要看着你们把这一切都做了。这个床将是你们两人的床,因为我不久便会从这儿被抬出去了。"

在她这样说着时,没有人愿意接她的话茬。新郎新娘并排坐了下来,彼此都有些羞怯,没有吭声。王龙的婶子走了进来——她肥胖的身躯在这种场合倒是为她增加了她的重要性——手里端着两碗热酒。他俩先是各自喝着自己碗里的,然后,把两个碗里的酒掺在一起再一块儿喝,这象征着从现在起两人结为一体了;他俩吃米饭,然后再把米饭掺在一起,这象征着两人的生命融在一起了。这样一来,他俩便正式结为夫妻了。再次向阿兰和王龙鞠躬行礼后,他俩走了出来,给在座的宾客们鞠躬。

接着,婚宴开始了。屋子和院子里都摆满了桌子,到处飘溢着菜肴的香味和人们的欢笑声。宾客来自四面八方,其中有接到王龙邀请的，也有许多王龙从未见过面的，因为大家知道王龙是个富人，在这样的场合，对任何人他都不会吝啬这顿饭菜的。杜鹃从城里请来大师傅操办这一盛宴，因为有许多种美味珍馐在一个农民的厨房里是做不出来的，城里的大师傅们在来时便带上了大筐大筐的已做好了的饭菜，届时只要热一下便可食用了；厨房里到处是大师傅们繁忙的身影和他们油腻围裙的飘摆。每个人都在放开肚子大吃大喝，屋子里、院子里欢声一片。

阿兰让把她屋子里所有的窗户都打开，门帘都撩起，这样她便能听到客人们的喧闹声和笑声，闻到食物的香味儿了。她对常进来看她的王龙一遍又一遍地说："每个客人都有酒吗？在宴席中间上的那道八宝饭够热吧，它里面放的猪油和白糖够吗？八种水果都上了吧？"

王龙肯定地告诉她，一切都是按照她的心愿来安排的，阿兰听了满意了，躺下来倾听着。

宴席终于结束，客人们散尽，夜幕降临。当欢乐散去，寂静再度笼罩了整幢房子时，阿兰身上的力量也逝去了。她变得疲惫、虚弱，她叫来了在白天已结为夫妻的儿子和儿媳妇，对他们说："现在，我满意了，我肚子里的这个东西随时都可以把我带走了。我的儿子，照顾好你的父亲，你的爷爷；我的儿媳，照顾好你的丈夫，你丈夫的父亲和爷爷，还有现在仍待在院子里的那个可怜的傻子。对于其他任何人，你们都再没有照料的责任。"

阿兰说这话时，指的是她从未与其说过话的荷花。随后，她便陷入间歇性的昏睡当中，尽管他俩还等着她继续说下去，尽管有一次她曾强打起精神想说什么。然而，待她要张口时，她又像不知道他俩就在自己的眼前,不知道她自己在哪里了,因为她在喃喃细语的时候,她的头来回摇摆着,眼睛也闭了起来。

"即便我丑,我还是生了儿子;尽管我只是个丫鬟,可我给我的家里生了儿子。"她突然又说道,"那个人怎么可能像我这样为他做饭,像我这样伺候他呢?光是漂亮给男人生不下儿子!"

她忘记了他们所有的人,躺在那儿叨叨着。王龙随后给他俩做了个手势,让他们离开,在她时睡时醒的中间,就王龙一个人坐在她身边望着她。他真的很恨自己,因为甚至就在她弥留之际,他看见她发紫的嘴唇向后缩起,露出了她的牙齿,他感觉怵惕。就在他这样注视着的当儿,她突然睁大了眼睛,她的眼膜上似乎出现了一层异样的迷雾,因为尽管她那样盯着他一遍又一遍地看,目光始终没有离开过他,但她却一直在纳闷,仿佛她并不知道他是谁似的。突然间,她的头从圆枕上滑落下来,身子随后抖动了几下死了。

阿兰一咽了气躺在那儿,王龙就再不愿意去靠近她了,他叫来他婶子给阿兰净身,做葬礼前的准备。在这之后,他再也无法让自己再进到阿兰躺着的屋子里。于是,他吩咐他婶子、大儿子和儿媳把她的尸体从床上抬到他为她买好的棺材里。为了让自己得到些安慰,他忙着进城去请人来按照习俗给封棺,还去找了个风水先生,请他给挑选了一个黄道吉日举行葬礼。风水先生给定的日子是三个月之后的今天,这是他能找到的最近的一个日子。王龙给他付了钱后,去了城里的庙中,在跟庙里住持几轮讨价还价后,在那儿租下了一块存放棺材的地方,租期三个月。阿兰的棺材将被运过去,在那里存放到下葬的那一天。因为对王龙来说,他似乎实在无法容忍让它放在家里,放在他的眼皮底下。

251

接下来，王龙为阿兰的死做好了他理应做的一切，他给自己和孩子们都做了丧服，他们的鞋子上都缝上了悼念死者的白粗布，绑腿的带子也用了白布，家里女人们的头发上也系上了白布条。

在这之后，王龙再也不想睡在阿兰去世时在的那个屋子里了，他拿着他的铺盖、用具，彻底搬进了荷花住的内院。他跟大儿子说："你和你媳妇到你母亲的那个屋子去住吧，你母亲在那里怀上和生下了你，你们也在那儿生你们的儿子吧。"

于是，两位新人高高兴兴地搬了进去。

仿佛已造访过这儿一次的死神仍然不情愿离开这所房子似的，王龙的父亲自从看见他们把阿兰僵硬了的尸体抬进棺材以后，神志就开始有些不清楚起来。一天晚上他睡到床上后就再没有起来，待第二天早晨二孙女进去给他送茶水，发现他静静地躺在床上，稀疏的白胡子都翘了起来，头向后仰着死去了。

看到这情景，她哭着跑出来去喊父亲，王龙进来发现老人确实已经死了；他那弱小、僵直、衰老的身体看上去就像一棵粗糙多节的松树一样，那么的干枯、冰冷、瘦削，他在几个小时前就死了，或许刚躺到床上后便死了。王龙自己给老人洗了身子，将他轻轻地放进为他买好的棺材里，把棺材封好后他说："我们将在同一天葬了我们的这两位亲人，我会在咱们的山丘上选块好地，把他们一起埋在咱们的那片山地里，等我死了，把我也埋葬在那儿。"

他这么说的，也是这么做的。在封好老人的棺材后，他把它置在堂屋里的两条长凳上，在那儿一直放到埋葬日的来临。在王龙看来，把老人——即便他已经死了——置在堂屋里，对老人会是一种慰藉。这样一来，他离棺材中的老人似乎也近了，虽然王龙因父亲感到伤心，可并不为他的死悲痛，因为他的父亲已经活了个大岁数，是高寿了，在后来的许多年里已经活成个老糊涂了。

等风水先生定下的黄道吉日到来时，已经是春暖花开的春天。王龙从道观里请来了道士，他们身穿黄袍，他们的长发都弄成发髻束在了头顶上；他也请了庙里的和尚，他们都穿灰色的长袍，头剃得光光的，脑门上有九个圣点，这些道士跟和尚们为这两位死者彻夜敲鼓念经。诵经只要一停下来，王龙就会把银圆给到他们手中，他们缓口气，马上又念起经来，这样一直持续到黎明的到来。

王龙已经在他的地里选好一块风水宝地做墓地，它就在一座小山岗上的一棵枣树下面。老秦已经让人挖好了墓穴，在墓地周围垒起了一堵土墙。墓地不算小，将来可以放得下王龙，他的儿子们和媳妇们以及他们子孙们的墓。虽说这是块高地，很适合种植小麦，王龙却一点儿都没觉得可惜，因为这表明他们在自己的土地上建立起了他王家的基业。无论是死是活，他们都生息在自己的土地上。

在道士和尚们诵了一整夜的经后，迎来了出殡的日子。王龙在这天穿了一件用白麻布做的孝袍，他给他叔叔、他叔叔的儿子以及他自己的儿子们，还有他的儿媳妇和他的女儿们，也都做了一件这样的孝袍。他从城里给他们叫来了轿子，因为让家人走着去墓地似乎不太合适，显得他好像是个穷人和普通人似的。于是，他第一次坐上了让别人抬着的轿子，紧跟在阿兰的棺材后面。跟在他父亲棺材后面的那台轿子里，坐的是他的叔叔。甚至连在阿兰活着时从未在她面前出现过的荷花，现在既然阿兰死了，也坐了一台轿子来了，这样于人们面前荷花也能表现得像是很尊重丈夫的第一任妻子似的。至于他婶子和他叔叔的儿子，王龙也给请了轿子，他为他们所有的人都做了白麻布孝袍，甚至他可怜的傻女儿也穿着孝袍坐在了轿子里，尽管她完全不知道这是在干什么，于别人都在哭的时候咯咯地傻笑着。

他们一路上大哭着去往墓地，雇工和老秦都跟在他们后面走着，穿着缝上了白布的鞋子。王龙这时已站在了两个墓的旁边。阿兰的棺木已经运了过来，放在地上等着老人先行入土。王龙站在那里谛视着，他的悲伤已近于干枯、坚硬，他不像别人那样在放声恸哭，他的眼睛里已没有了泪水，在他看来该发生的都已经发生了，他已经尽了人事，做了他该做的一切。

在土将墓穴填满，坟头被平整了以后，王龙默默地转过身来，他打发走了轿子，一个人往家中走去。在他沉重的心里，有个格外清晰的想法很是奇怪地纠缠着他，令他感到痛苦。这个想法是：他真希望要是在阿兰于池边洗他衣服的那一天，他没有从阿兰手中要过来那两颗珍珠就好了。他再也不忍心看到荷花把它们缀在耳垂上。

他就这样独自向前走着，沉痛地想着心事。他自言自语地说："我大半青壮年的生命已埋葬在了我的那块土地上。我的半个身子好像也葬在了那里，我的家中，现在要开始一种不同的生活了。"

突然间，他啜泣了一小会儿。他用手背擦干了眼泪，就像他小时候做的那样。

第二十七章

Chapter 27

这段时间，王龙一直忙于婚宴和葬礼的事，几乎再没想过他地里庄稼的收成会怎么样。可有一天老秦来找他，对他说："现在红白喜事都办完了，我该把地里的情况跟你汇报一下了。"

"那你就讲吧。"王龙说，"这些天来，我几乎没再想过我是不是还拥有土地，当然，得除了那块埋葬了我亲人的坟地。"

在王龙这么讲着时，老秦停下来静静地等了一会儿，表示对王龙的尊敬，之后，他轻声地说："但愿老天保佑，今年看来要发百年不遇的洪水了，因为河水水位一直在上涨，尽管还没有到夏天；现在就有了这么高的水位，这确实是来得太早了点儿。"

可王龙却很坚决地说："我这辈子都未从老天爷那里得到过什么好处。不管你烧香，还是不烧香，他都是一样的邪恶。走，我们到地里看看。"说着王龙站了起来。

老秦是个胆小怕事的人,无论年景如何糟糕,他也不敢像王龙那样对老天说出不敬的话。他只是说:"听天由命吧。"对洪水和旱灾,他向来都是逆来顺受。王龙可不是这样。他来到田里,各处查看着,情况正如老秦所讲的。他从黄家老爷那里买来的沿护城河和沿水渠的大片土地,由于从河底和渠底渗过来大量的水,已经变得湿乎乎脏兮兮的了,在这些地上种植的长高的小麦如今也变蔫儿变黄了。

护城河看上去成了湖泊,水沟成了条条湍急的河流,里面翻滚着浪花,打着漩涡,甚至连傻瓜都看得出来,等夏天的雨季一到,今年一定会有大洪水,男人、女人和孩子们又要挨饿了。王龙焦急地在他的田里奔来奔去,老秦像个影子似的跟在他后面,他们俩一起估摸着哪块地里还可以种植上水稻,哪块地在插进秧苗之前就会被水淹没。看着渠里的水已快要涨到渠堰上来,王龙诅咒似的说:"这老天爷如今又该高兴了,因为他在往下界瞧时,又能看到人们被饿死、淹死,这正是天上这个该死的老东西喜欢看到的。"

王龙把这话气愤地喊了出来,让老秦不由得脊背一阵发凉,他赶忙说:"即便是这样,那他也比我们任何一个人都更强大,不要这么讲话,我的东家。"

可既然王龙富有,他就没有什么可顾忌的,他想怎么发火就怎么发火。他骂骂咧咧地往家里走,一边想着这水很快将淹过他的土地,淹过他已快要成熟的庄稼。

事情正如王龙所预料的那样发生了。北边的大河冲垮了它的堤堰,先是它最北面的堤堰。人们看到这一切的发生,各处奔走,筹措修补堤岸的资金。每个人都在倾其所有,因为把河水控制在它的堤岸里,这关乎每个人的切身利益。他们把筹集来的钱交给了刚到该地上任的最高长官。这位长官是个穷人,以前从未见过这么多钱,他这官位也是经他父亲多方贿赂刚刚得到的。他父亲为了给这个儿子买到这一职位已花掉了自己所有的积蓄和借来的钱,为的就是将来能从这一官职中捞取到财富。当河水再次冲垮堤岸时,愤怒的人群呐喊着奔向他的官邸,因为他没有实现他的承诺把河堤修好,而是把这筹集来的三千块大洋私自花掉了。他跑出去藏了起来。人们怒吼着冲进他的家里,为他的渎职向他索命。他眼看着自己活不了了,慌不择路地逃窜,跳进河里把自己淹死了。这样,才平息了大家的愤怒。

然而,修堤堰的钱是没有了,河水漫过了一个又一个的堤坝,无限地扩充着它自己的空间。它冲走了这些土筑的堤堰,直到整个乡间再也看不到一座堤坝的影子;河水澎涌着,翻滚着,淹没了所有的良田、小麦和稻秧,到处成了一片汪洋。

村庄都变成了一个个孤岛,人们望着仍在上涨的洪水,当它涨到离家门口只有两英尺时,他们把桌子和床绑在一起,将门板放置在它们上面当作木筏,再把他们的铺盖、衣服、女人和孩子置在这些木筏上。洪水漫进土坯房,浸软了土坯墙,房屋被冲得坍塌下来,渐渐地融入水中,仿佛它们从未存在过似的。之后,地面上的洪波好像又引来天上的水,老天下起了连绵的雨。一天接着一天,没完没了。

王龙的房子建在一个较高的山坡上,现在他坐在屋门口,俯瞰着下面离他还有一段距离的水面。他看见洪水已经完全淹没了他的田地，他眺望了一下新坟那边，担心洪水会漫过它们，但是还没有，只有泛着泥浆的水波贪婪地舔食着漂在水面上的死者。

这一年没有任何收成，到处都是饥饿的人群，人们为这样的命运再次降临在他们的头上感到气愤。有人去了南方，一些胆大、愤怒和鲁莽的人加入了横行乡里的匪帮。这些劫匪甚至想要围攻城市，这让城里的人长时间关闭着所有的城门，只留下一个称作"西水门"的小门。这扇门由士兵们把守着，到了晚上也会锁起来。除了这些盗匪和去往南方打工或乞讨的人——就像王龙曾经与他的老父亲、妻子和孩子们所做的那样——还有一些年老、羸弱、胆小和没有儿子（就像老秦那样的）的人们，这些人留了下来，忍受着极度的饥饿，只能吃在地势较高的地方找到的野草和树叶，在高地上和水里到处可见饿死或淹死的人。

王龙此时已经看了出来，这次到来的饥荒是他以前从未见过的，因为洪水并未能及时退去以补种上过冬的小麦，所以到了下一年还将没有收成。他精打细算地操持着自己的家，在开销和吃饭上尽可能地节省，为此他跟杜鹃曾多次发生激烈的争吵，因为很长一段时间以来她天天要到城里去买肉。现在他满意了，既然发洪水后他家和县城之间成了一片汪洋，她便不能想去就去城里了，因为没有他的点头船只是不能随便使用的，老秦当然是听他的，而不会听杜鹃的，尽管她嘴巴厉害，不饶人。

冬天到来后，王龙规定家里要买进或卖出的东西都必须经过他的同意，他精心地管理着家中的一切。他每天都会把当天要吃的粮食交到儿媳的手中，把雇工们每天所需的食物交由老秦去分发，尽管得养着闲人让他心里挺痛的；等到隆冬时节水面封冻了以后，他终于痛下决心辞掉了雇工,让他们去南方打工或乞讨,待明年开春后再回到他这里来。唯有荷花,他知道她不习惯于这样艰苦的生活,私下里悄悄地给她点儿糖和油。甚至过新年那天,他们家也只是吃了一条从河里捕的鱼,宰了一头自己家里养的猪。

王龙并不像他装出来的这么穷,因为他有不少的银圆藏在儿子和儿媳那间屋子的墙壁里,尽管他的儿子和儿媳并不知道;他还有银圆和金子装在罐子里,埋在挨近他家那块地的池底,还有一些埋在竹林里,此外,他有那一年他没有卖掉的粮食,在他的家里绝对不会有挨饿的事情发生。

然而,王龙周围的人们都在挨饿,他记得有次经过城里黄家大院门口时饥饿人群的呼喊,他知道有许多人都很恨他,因为他还有吃的,还能养活他的孩子们,因此他每晚都要把院门房门闩好,不让他不认识的人进到家中。不过,他心里也十分清楚,如果不是他叔叔,他的这些防范措施在这一盗匪横行、无法无天的年代不可能救得了他。王龙明白要不是凭借他叔叔的力量,他的家早就因为拥有的金钱、粮食和女人,被匪徒们洗劫了。所以,他对他的叔叔、他叔叔的儿子和老婆一直都是客客气气的,他们就像是这个家里的三位贵客一样,喝茶喝头遍的,吃饭时最先动筷子。

这三个人看得很清楚,王龙害怕他们,他们慢慢地变得有恃无恐起来,要这要那,对他们的吃喝也是嫌这嫌那。尤其是王龙的婶子抱怨得更厉害,因为这个女人还惦记着她在内院吃过的那些美食,她跟她的丈夫发牢骚,他们三人一起跟王龙发牢骚。

王龙现在是看明白了,他叔叔年纪越来越大,也越来越懒得操心,如果只有他一个人的话,他才不愿劳神去抱怨呢。然而,现在有他年轻的儿子和他的老婆挑唆他,有一天王龙站在院门口听到两个人在怂恿这位老人说:"他有钱有粮,我们跟他要些钱吧。"那女人说:"现在是我们向他要钱的最好时机,因为他知道如果不是他的叔叔——他父亲的弟弟,他早就被抢劫,被绑架了,他的家里早就什么也没有,成为一片废墟了。他之所以还活得好好的,不就是因为你是红胡子中的二当家嘛。"

王龙悄悄地站在那里,听到这话他的肺都要气炸了,不过,他还是尽力忍住了,没有作声,他暗暗盘算着该怎么来对付这三个人,但想了半天什么也没有想出来。因此,当第二天他叔叔来找他说:"噢,我的好侄儿,给我些银圆吧,我要买个烟袋和一些烟丝,我老婆衣服破了,需要买件新的。"他什么也没说,从腰带里拿出五块银圆给了这老家伙,尽管他心疼得都咬牙了,在以前银钱那么短缺时,他都没有像现在这样觉得舍不得。

接着,还没过两天,他叔叔又来找他要钱了。王龙忍不住对他喊起来:"噢,难道你想让我们大家在不久以后都饿死吗?"

他叔叔大笑了起来,满不在乎地说:"呃,不管怎么说,你是安全的。好多没有你富的人,他们在房子被烧毁后,都被悬在房梁上吊死了。"

听到这话,王龙惊出一身冷汗,他二话没说把银圆给了出去。于是,尽管王龙家里的人省着不吃肉,可这三个人得有肉吃,尽管王龙自己再很少抽烟,可他叔叔的烟袋锅里总是青烟袅袅。

王龙的大儿子眼下沉湎于他的新婚宴尔之中,几乎很少再关注家中发生的其他事情,除了得小心地看护着他的妻子,不让他堂叔的色眼盯上她。为此,这两人已不再是朋友,而是敌人了。王龙的儿子几乎不让他的妻子在白天走出他们的屋子，除非是傍晚那个人跟自己父亲离开家里之后，白天时他就叫妻子闭门待在屋里。可当他看到他们三人对他父亲的所作所为时，他生气了。因为王龙的大儿子是个火暴脾气，他对父亲说："如果你更关心的是那三个老虎，而不是你的儿子和儿媳——你孙子的母亲——的话，就有点儿匪夷所思了，那我们最好还是搬到外面去另立个家吧。"

无奈之下，王龙把这一难言之隐和盘告诉了儿子："我比谁都更恨这三个人。可你叔爷爷是一帮盗匪的头目，如果我们供养他，满足他，我们就安全，没有人敢跟他们去硬碰硬。"

大儿子听到这话后愣在了那儿，干瞪着眼，可在他把这件事想了一会儿后，他更生气了，他说："那该怎么办呢？让我们哪天晚上把他们一块儿推到水里去吧。老秦对付那个女人，她又胖又软，没有力气；我去推我的那个堂叔，我恨他因为他的眼睛总是色眯眯地盯着我媳妇看；你对付你叔叔。"

王龙下不了手。尽管和他的牛比起来，他更想杀的是他的这个叔叔；可即便恨，他也下不去手。他说："不，即便我能做到，能把我父亲的这个弟弟推入水中，我也不会这么做。因为如果别的匪徒听说了这件事，那我们又该怎么办呢，只要他活着，我们就安全，要是他不在了，那我们就跟那些稍有盈余的人们一样，在这样的年代里会引来杀身之祸了。"

父子二人不再吭声，各自苦苦地想着该如何去应对。年轻人看明白了，他的父亲是对的，让他们死容易，可后面会有麻烦，一定还有别的办法。临了，王龙若有所思地大声说："如果有一个法子，让我们既能把他们留在这儿，又能叫他们变得无害，没有那么多的欲望，就好了，但世上哪有这样的魔法呢！"

年轻人此时猛击了一下手掌，喊道："有了，你的话提醒了我！我们给他们买鸦片抽，让他们像富人那样去多多地吸食鸦片。我表面上再跟堂叔做朋友，诱哄他到城里的茶馆去抽，至于我叔爷爷和叔奶奶，我们可以给他们买回来让他们抽。"

王龙一开始压根儿就没往这方面想过，因此他有些迟疑。

"那得花不少的钱。"他慢慢地说，"鸦片像玉一样值钱呢。"

"任他们在咱家这样子折腾，这比给他们玉还要费钱呢，"年轻人争辩道，"何况，还得忍受他们的傲慢无礼，忍受我堂叔对我媳妇的窥视。"

王龙并没有马上就同意这个办法，因为这并非一件容易的事，这么做会花掉一大袋子的银钱。

要不是在这中间发生了一件事，也许就不会有后面给他们买鸦片抽的事，他们也许就会一直这样过下去，直到大水完全退去。

事情是这样的，王龙叔叔的儿子又盯上了王龙的二女儿，照理说，她是他的亲侄女，他们属于同一血脉。王龙的二女儿现在长得楚楚动人，十分漂亮。她像她那个做商人的二哥，身材娇小轻盈；皮肤滑嫩、白皙，如同盛开的杏仁花花瓣，不像她二哥的黄皮肤；她鼻子小巧，嘴唇红润，还裹了小脚。

一天晚上，当她独自从厨房出来穿过院子时，她的堂叔一把抓住了她。他抓她的动作很鲁莽，直接就把手伸进了人家女孩的胸前，二女儿尖声叫了起来。王龙跑出来，向她堂叔的头部击了一拳，可对方就像条叼了块肉的狗一样怎么也不松开，因此，王龙不得不硬生生地把女儿给拽开。这时，那男的大笑起来，他说："我只是在开玩笑,她不是我的侄女吗?一个人怎么可能跟他的侄女胡来呢?"但他在说这话的时候,眼睛里闪烁着欲火。王龙一边咕哝着,一边把二女儿拉回了她自己的屋子。

那晚王龙告诉了大儿子发生在院子里的事,年轻人听完后很是严肃地说:"一定要尽快把妹妹送到她公婆家去;即便粮商老刘说现在结婚还太早,我们也得把她送过去。否则的话,有这个大色鬼待在家里,很难保证妹妹的贞洁。"

第二天,王龙进城去了刘家,他说:"我女儿已经十三岁了,不再是个孩子,以她的年龄可以结婚了。"

可老刘在犹豫,他说:"我今年在生意上没挣到多少钱,不够我在家里再建个新家。"

王龙这时只好把难以启齿的话也讲了出来:"我家里住着我叔叔的儿子,他是个色鬼。我不愿再把照顾这孩子的责任担在我肩上,因为她母亲已去世,她又长得漂亮,到了能怀上孩子的年龄,我家摊子大,住的人杂,我不能时时刻刻都看着她。既然她将来就是你家的人了,那么,还是在你这儿让她的贞洁得以保全吧,至于结婚是早点儿,还是晚点儿,由你定。"

粮商老刘是个心地宽厚善良的人,见王龙这么说,他连忙答道:"噢,若是这样的话,那就让姑娘早点儿住过来吧,我会跟我儿子的娘说,姑娘过来后就先跟我儿子他娘住在一个院子里吧。她会很安全的,等到明年秋收后,我就给他们成亲。"

事情就这样定了下来,王龙很是满意,乘兴而归。

王龙回来走到城门口时——老秦划着个小船在这儿等他——经过了一家烟店,他进去为自己买了点儿晚上抽水烟袋的烟丝,在店铺伙计称着烟丝时,他像是漫不经心地问:"你这里有鸦片吗?要是有,怎么卖?"

伙计回答:"现如今,在柜台上卖是违法的,我们是不在柜台上卖的。如果你想买,又有钱,可以到店铺后面的那个屋子去买,一两六块大洋。"

这时,王龙不愿意再深想他所干的事,只是很快地说:"给我称六两。"

第二十八章

Chapter 28

就这样王龙送走了他的二女儿,去掉了他的一个心病。这之后,有一天他跟他的叔叔说:"我这里有点儿好烟丝,给你抽吧,毕竟你是我父亲的弟弟嘛。"

王龙打开装着鸦片的小罐子,里面的东西看着有些黏,散发着一股甜丝丝的味道。王龙的叔叔捏出了一点儿,放到鼻子上闻了闻,之后,他哈哈地笑了起来,高兴地说:"这东西我以前只是偶尔抽过一点,因为它太贵了,不过,我喜欢这玩意儿。"

王龙装着一副满不在乎的样子跟他说:"这点儿是我早些时候给我父亲买的,他老了,晚上有时候睡不着觉。今天我偶尔翻到了这个罐子,心里就想,'这家里不是有我父亲的弟弟在吗,为什么我不把它给我的叔叔享用呢?我现在还不算老,用不着这东西'。你拿去吧,叔叔,在你想吸或是哪儿觉得疼痛的时候,就抽上几口。"

王龙的叔叔急切地把它接了过来,因为它闻着很香,而且又是一种富人享用的奢侈品。为此,他叔叔又买了烟袋锅,每日躺在床上抽着鸦片。王龙还让给屋子里买了些烟袋锅,四处放着,好像他自己也在抽似的,可置在他房里的烟袋锅只是做样子的,他从没有用过。他借口说那东西太贵了,不允许他的两个儿子和荷花碰鸦片,然而,他却敦促着他叔叔、他婶子和他们的儿子去抽,院子里到处飘溢着这一香香的味儿,王龙并没有心疼花在这上面的钱,因为这给他带来了安宁。

冬季终于过去,积水开始退去,于是,王龙现在又能到他的地里四处走动了。一天,他的大儿子也跟他一块儿出去了,儿子很自豪地对王龙说:"爹,咱家很快就会再添上一张嘴了,是你孙子的一张嘴。"

王龙听到这话,向儿子转过身来,哈哈地笑着搓着手掌说:"今天真是个好日子!"

他说着又笑了起来,随后,他找到老秦让老秦进城去买些鱼和好吃的东西,临了,他把买好的东西送进去给了儿媳,对她说:"你好好吃,让我孙子的身体长得棒棒的。"

整个春天,王龙都有这一份孙子就要出生的喜悦在心里。在忙于其他事务时,他想着它,在遇到麻烦时,他也想着它,对他来说,这就是他现在最大的安慰。

随着夏天的临近,出去躲避洪灾的人们都陆陆续续回来了,经过一冬天在外面的奔波,他们个个身心疲惫,所以很高兴返回了家乡,尽管他们宅地上的房屋被水淹过后只剩下了一堆黄泥浆。不过,在这片泥地上,新房很快会被建起来,屋顶很快会铺上买来的席子。许多人来找王龙借钱,看到大家都急需钱用,他跟他们索要了很高的利息,正如他常说的,唯有拥有土地才是最安全的。人们用借来的钱买了种子,播种在洪水过后变得更肥沃了的土地上,等人们需要牛和犁干活,而他们已经用完了借来的钱时,一些人只好卖掉他们部分的土地,以便能耕种还剩下的。王龙借机买下了大量这样的土地,而且,买得还很便宜,因为人们都急需用钱。

不过,还有一些人他们不愿意卖地,在没有钱买种子、买犁和牛时,他们就卖掉自己的女儿,就有这样一些人家找到王龙来卖他们的女儿,因为大家都知道他有钱有地,心肠又好。

王龙盘算着他很快就要有个孙子了,而且,他的其他几个儿子结婚后也会给他生下孙子,所以他买了五个丫头。其中有两个十二岁左右的,大脚板,身体结实;还有两个年龄小点儿的主要是做家务活儿,伺候他们全家的人;另外一个年龄更小点儿的,是专门服侍荷花的,因为杜鹃年纪大了,二女儿又送走了,家里再没有了干活的人。他是在同一天买下这五个丫头的,因为他很富有,一旦决定了的事可以很快就办到。

过了许多日子后,有一天,一个男人带着一个七岁左右的小女孩来到王龙家,想把这个小女孩卖给他。王龙一开始有些不愿意要,因为她长得又小,身体又弱。可荷花看到后挺喜欢的,于是,荷花执拗地说:"这个女孩我要了,你看她多漂亮,眼下我身边的这个笨手笨脚的,身上有股膻味儿,我不喜欢。"

王龙这时打量了一下这个女孩,见她漂亮秀气的眸子里充满了惊恐,她的身体瘦弱单薄得叫人可怜。一则想令荷花高兴,二则又真的想让这个孩子能吃上饱饭,慢慢地胖起来,因此,王龙这么说道:"好,既然你想要她,那就留在你身边吧。"

于是,他用二十块银圆买下了这个女孩,她跟着荷花住在内院,睡在荷花那张大床的一个角上。

在王龙看来,现在他的家似乎应该平静了。积水退了,夏天来了,土地等着将良种播种下去。王龙走东走西,查看着他的每一片田地,跟老秦讨论着每块地的土质,商量着今年换种什么庄稼会有利于增加土壤的肥力。不管看的是哪一块田,他都要带上他的小儿子(将来好继承王龙的事业去管理土地),好让小儿子学到农活上的知识。只是王龙从未想到要去留意一下小儿子,看看他听得怎么样,是不是在专心地听自己与农人之间的谈话,因为这个小儿子走路时总是低着头,阴沉着脸,没人知道他在想什么。

王龙只知道小儿子总是默不作声地跟在后面,至于小儿子在做什么,脑子里想什么,他一点儿也不知晓。待一切都安排停当后,王龙一边心满意足地往家里走,一边想:"我已不再年轻,没有必要亲自下地了,在田里有雇工为我干活,在家里有我的儿子们,还有平和与安宁。"

然而,待他回到家时,那儿并没有平和与安宁。尽管他给大儿子娶了媳妇,尽管他买了那么多的丫鬟伺候着家里的每一个人,尽管他叔叔和婶子每天有足够的鸦片饶有兴味地抽着,可家中仍没有安宁。这麻烦还是因为他叔叔的儿子和他自己的大儿子引起的。

王龙的大儿子对他堂叔的记恨或是对其心存不良的看法,根本就没有消除。他小时亲眼见过他堂叔这个人的各种卑劣行为,现在,他对他堂叔的不信任已经发展到这样的程度:只要他堂叔不跟他一块出去，他自己绝不会离开家到茶馆去，他时刻盯着他堂叔，唯有在他堂叔离开家的时候，他才离开。他怀疑他堂叔对家中的丫鬟们图谋不轨，甚至对内院的荷花也心存觊觎，尽管这只是他的臆断。因为荷花在一天天变胖、变老，早就只对她的食物和美酒感兴趣，对走到她近前来的男人，她都懒得抬眼去看了。在王龙随着年事的增高找她的次数变得越来越少时，她心里甚至还为此感到高兴呢。

现在，看到父亲和小儿子从地里回来了，大儿子走上前来把父亲拉到一边，跟他说："我再也忍受不了我堂叔这个家伙待在家里了，他四下走动，偷窥，敞开着怀，眼睛老是瞥着丫鬟们。"他没敢把心里正在想的也说出来："他甚至敢窥视内院里你自己的女人。"因为他仍然不无懊悔地记着他自己也曾经依恋于他父亲的这个女人，现在看到她又胖又老的样子，他简直不敢想象自己曾经做过那样的事，他为此而深深地感到羞愧，绝对不愿意再勾起父亲对这件事的记忆。因此，他没有把那句话说出来，只是提到了丫鬟们。

王龙从田里回来时显得精神抖擞、兴致很高，因为水退了，空气干燥温暖，再加上有最小的儿子一路陪着他。可这时听到他家里又有了新的麻烦，不禁气呼呼地说："你这傻孩子怎么总是想着这件事。你变得越来越喜欢你自己的老婆了。一个男人不应该过度喜爱他父母给他找的女人，这么做不合适。痴爱和溺爱自己的老婆，把她当成妓女那么去爱，不合适的。"

年轻人遭到他父亲这样的驳斥，心里非常难受，平时他最怕别人斥责他不明事理，好像他是个无知和普通的人似的。于是，他很快回嘴道："我提这件事,不是因为我的老婆。而是因为这种事发生在我父亲的家里,有失体面。"

"难道在我的家里就永远都摆脱不了这种男女之事了吗?我在变老,我体内的血气在慢慢地变衰,我终于不再受色欲的困扰,我想得到点儿平静,难道我必须得再忍受我儿子们的欲念和妒忌吗?"沉默了一会儿后,他又喊道:"噢,你想要我怎么做?"

这位年轻人一直在耐心地等着他父亲怒气消退,因为他有话要说,王龙清楚地看出了这一点,所以他再次喊道:"你想要我怎么做?"年轻人这时才沉稳地答道:"我希望我们离开这个家,住进城里。继续像个农民一样住在乡下,对我们来说已经不合适,我们走,把我叔爷爷、叔奶奶和我堂叔留在这边。我们住在城里,有城墙城门围着,安全。"

听着儿子这么讲,王龙冷冷地笑了几声,他认为这个年轻人的想法很荒唐,不值得加以考虑。

"这是我的家。"他很坚决地说,一边在桌旁坐了下来,一边伸手去探搁在桌子那边的烟袋锅,"你可以住,也可以不住。这是我的家,我的土地,如果不是因为拥有土地,我们全家就会像别人一样挨饿了。你也不会悠闲得像个学者似的,穿着好衣服到处游逛了。正是这些好地良田使你能比一个农家的孩子强出许多。"

王龙站起来,在堂屋里咚咚地踱着步。他的举止像个粗野的农夫,边走边往地上吐着唾沫。这是因为尽管他一方面为儿子的英俊潇洒感到骄傲,另一方面对儿子本人和儿子优雅的外表又很是看不起,尽管他知道他私下里也为自己的儿子感到自豪。之所以感到自豪,是因为凡见过他儿子的人都无法想象,他的儿子是头一代离开了土地的人。

可大儿子并没有这样轻易就罢休。他跟在父亲后面说:"城里有黄家的大宅。它的前院已住满了平民,可它的后院还锁着,没有住人。我们可以把那些后院租下来,安安静静地在那里生活,你和我最小的弟弟白天可以去城外的地里,我在家里也再用不着生我堂叔那条狗的气了。"在劝说父亲时,他让泪水充溢在他的眼眶里,顺着脸颊流下来,而不去擦掉它们,临了,他又说:"我一直在努力做个好儿子,我不赌博,不吸鸦片,本本分分地和你给我娶的媳妇过日子,很少跟你提出过什么要求。"

王龙不知道单凭儿子的眼泪是否能打动他,不过,儿子说的"黄家的大宅"这几个字倒是的确令他心动了。

王龙永远不会忘记,他那次畏畏缩缩地走进黄家大院,自惭形秽地站在住在那儿的人们面前时的情形,甚至连黄家的看门人都会使他感到惊恐,这一幕成为他这一生一个非常耻辱的记忆,想起来就让他难过。他平生一直觉得,在人们的眼中,他要比那些住在城里的人低一等,当他站在黄家老夫人面前时,这一感觉尤为强烈。所以,当他儿子说出可以住进黄家大院时,这一情景马上跃入他的脑海中,那幅画面好像又清晰地展现在他眼前。"我能坐在老夫人坐的那把椅子上,那时的她颐指气使,叫我像个长工一样站着,现在我可以坐上去,把别人唤到我面前听我训话。"他这么想着,随后又在心里说道,"只要我想,我就能做到这一点。"

他翻来覆去地思量着,默默地坐着没有吭声,他把烟袋锅里装上烟丝,用手边的一个纸捻儿点燃了它。他抽着烟袋锅,憧憬着只要他想做便可以做成的事。因此,并不是因为他的儿子,或是他叔

271

叔的儿子，他才想着要住进黄家大院，那个大宅对他来说永远是富户人家的象征。

因此，尽管王龙一开始不愿意说他会搬进城里或者他会做出任何改变，可从那以后他越来越看不惯他叔叔儿子的好吃懒做。王龙密切地注视着他，发现他的目光的确是常常落在那些丫鬟们的身上，王龙心里叨叨着："我不能跟这样一条发情的狗住在一个家里。"

王龙也观察过他叔叔，发现叔叔由于吸食鸦片变得消瘦了，皮肤也变得蜡黄，老了，背也驼了，咳嗽的时候常常咳出血来；他也观察过他婶子，她现在就像是一根黄芽菜，她对她的鸦片枪简直爱不释手，非常满意，只是常常一副犯困的样子。这两个人现在很少再制造出麻烦，鸦片烟起到了王龙希望它起的作用。

但是，这里还有他叔叔的儿子。这个人不成家，天天想着要满足自己的兽欲，他不会像那两个老人一样，那么轻易地屈服于鸦片的威力，那么轻易地放弃他的色情梦。王龙不愿意在自己家里给他成亲，因为担心他会再生出一个孽种，家里有一个像他这样的人已经足够麻烦的了。因为既没有必要，也没人逼他干活，这个人一天什么也不干，除非把他晚上花在外面的时间称作是干活。可即便是这样晚上的活动他现在也减少了，因为随着人们从外地都返了回来，城里和村子里开始恢复了秩序，盗匪们又撤回北方的山里去了，这个人不愿意跟他们去山里，宁愿留在家里让王龙养着。这样，他便成了王龙家人眼中的一根刺。他到处游荡，聊天，无所事事，打着哈欠，在中午时甚至裸着上身。

一天，王龙进城去看在粮行上班的二儿子，他问老二说："二儿啊，你哥哥希望咱们搬进城里的黄家大院，在那里租上它的几个院子住，你怎么看这件事？"

二儿子现在已长成一个小伙子了，跟粮行里其他伙计一样，变得干练、整洁，虽说个头小点儿，皮肤有些发黄，可眼睛里却透着狡黠。此时，他很赞同地回答说："这是件极好的事情，对我也合适，这样我就可以在那边成亲，和老婆也住在那里，这样一来，我们全家就像个大家族一样都住在一个屋檐下了。"

对这个儿子，王龙还没有给他做过任何成家方面的准备，因为他是个性格沉稳、冷静的青年，在他身上看不出有任何青春期的冲动，再说，王龙还有许多别的棘手的事要处理。可现在他觉得他有些亏欠二儿子，因此他有些愧疚地说："噢，我早就在跟自己说，你该成家了，可总有这样那样的事，让我没能腾出手来，加上去年饥荒，不便大办酒席——不过，现在好了，人们又可以摆宴席了，婚事可以办了。"

王龙在脑子里暗暗寻摸着，到哪里给二儿子找个姑娘呢。这时，二儿子说话了："好的，爹，我愿意。因为找个媳妇回来，总比把钱花在一个荡妇身上强得多，一个男人应该有子孙。不过，不要像我哥哥那样，不要给我找城里人家的姑娘，那样的媳妇永远会拿她父亲家里的情况作比较，让我多花钱，搞得两人之间生气。"

听到这话，王龙感到很吃惊，因为他不知道他的大儿媳妇会是这样，只是看到她是个言谈举止都挺端庄的女人，她的相貌也不错。在他看来，二儿子的话很有道理，他很高兴他的这个二儿子头脑敏锐，精明，懂得节俭。他对这个孩子真的可以说了解甚少。因为在他哥哥身边他总相形见绌，除了爱哭的毛病，再没有什么特征

273

能特别引起别人对他的注意。因此,自他进入粮店后,便渐渐淡出了王龙的视野和脑海,只是当有人问起王龙有几个孩子时,王龙会回答:"噢,我有三个儿子。"

此时,他打量着这个年轻人,他的二儿子:剪得平平整整的头发上抹了油,身上穿着一件干净的小号灰色丝绸长衫,动作利落,眼神沉稳、深邃。他颇为惊讶地在心里说:"噢,这个也是我的儿子!"而说出来的话却是:"那么,你想找个什么样的女孩呢?"

好像事先已盘算过似的,年轻人很是流利、沉稳地回答:"我希望找个村里的姑娘,家里有不少的地,没有穷亲戚,嫁过来时能带来丰厚的嫁妆,长得不要太普通,也不要太漂亮,会做饭,这样的话即便我们有做饭的仆人,她也能监督他们。她应该是这样的一个女孩,买米时分量能称足了,买布做衣服时,裁剪剩下的布头应该跟她的巴掌那么大。我想要这样的一个媳妇。"

听了儿子的这番话,王龙更感到惊诧了,因为这个年轻人还有他完全没有看到的一面,尽管他是自己的儿子。王龙年轻时,他充满欲念的体内流淌的可不是这样的血液,他大儿子的体内也不是;可他欣赏这位年轻人的智慧,他大笑着说:"好的,我将找到这样的一个姑娘,老秦会在各个村子里帮着给找。"

王龙离开粮行后,仍在高兴地笑着。他沿着那条大街走到了黄家的门口,在那对石狮子前他迟疑了一会儿,随后,见没人阻拦,便走了进去。前院还像他那次由于担心他的大儿子来找那个妓女时的样子,树上挂满了洗过的衣服。在院子里坐着的女人们一边聊天,一边用长针纳着鞋底;孩子们光着屁股在院里的地砖上打着滚儿,脏兮兮地玩耍着。整个院落充满平民的气息,这些人都是在房主人离开后一窝蜂地住进来的。他朝那个妓女曾住过的屋子望去，屋门半开着，现在住在里面的是一位上了年纪的男人，为此王龙感到很庆幸，他继续往里面走。

从前，这家的主人还在时，王龙跟这些普通的人一样，对这些富人是既恨又怕。但现在他既然有了土地，有了藏在安全地方的金子和银圆，他便看不起这些到处拥挤在一起的人们了。他心里说，这些人太脏了，从他们中间走过的时候，他不由得扬起鼻子，屏住呼吸，生怕闻到他们身上散发出的臭味儿。他蔑视他们，讨厌他们，好像他自己是属于大户人家似的。

他一直往里面的院子走，尽管这纯粹是出于好奇，而不是因为他已经做出了什么决定。走到了后面时，他发现通向里院的大门锁着，门旁边坐着一个正打着盹儿的老媪，再一看，发现这是以前那个看门人的麻脸老婆。这令他很是吃惊，他仔细打量着她，他记得她是个很胖的中年妇女，现在则形容枯槁、满脸皱纹、头发花白，她嘴里的牙齿也变得七倒八歪的，上面满是黄色的牙垢。看见以前的她变成了这样一副面孔，他蓦然间意识到自从年轻的他抱着他的第一个儿子来到此处以后，已经有多少岁月从他身边飞驰而过，平生第一次王龙感觉到他的老年悄悄地来了。

他不知怎么有些伤感地对那个老媪说："醒醒，让我从这个门进去看看。"

老媪醒了，眨巴着眼睛，用舌头舔着发干的嘴唇，她说："如果你不打算租下整个后院，我是不会给你开门的。"

王龙突然说："如果这地方令我满意，我也许会租下的。"

不过，王龙没有告诉她他是谁，只是随在她后面走了进去。他清楚地记得这条道，默默地跟着她走。院子里一片寂静，对面是那间曾放过他的篮子的小屋，这边是立柱漆成红色的长长的走廊。他跟着她进了那座大厅，他的思绪一下子回到了几十年前，那时，他站在这儿，等着娶黄家的一个丫鬟。他的前面就是那把雕工精致的大椅子，老夫人那天就是坐在这把椅子上，她瘦小、娇贵的身体裹在银色的锦缎衣服里。

受到一种奇怪冲动的驱使，他走上前去，坐到了老夫人曾经坐过的那把椅子上，把一只手置在他面前的桌子上。在这把高高的椅子上，他俯视着老媪苍老的面孔，她正眨巴着眼睛，静静地等候着他。这时，他一直在追求的一种满足感，于不知不觉中溢满了他的心田，他突然用手使劲地拍了一下桌子，说道："我将租下这房子。"

第二十九章

Chapter 29

这些天里,一旦决定了什么事情,王龙就恨不得快快地去做。随着年事的增高,他总是急切地想做完手头的事情,然后便到自己的田里去转悠,有时会恬静、悠闲地在地里坐上很长一阵子,望着渐渐西沉的太阳,打个盹儿。王龙告诉了大儿子他的决定,责成大儿子安排好这件事情,他派人叫回了二儿子帮忙。在把家具什物都收拾打包好的那一天,他们开始搬家:先是荷花,杜鹃,她们的丫鬟以及她们的东西细软;随后是王龙的大儿子,儿媳,他们的仆人和丫鬟。

可王龙自己则不愿意马上搬过去,他跟他最小的儿子留在了乡下。当离开他出生的土地的那一刻真的到来时,他并不能像他所想象的那般很轻易或是很迅速地就能做到,他和催促他的儿子们说:

"给我单独准备好一个院子,哪一天要是我想了,我就住过去了,这一天应该是在我的孙子出生之前。在我想时,我还可以回到我的土地上来。"

当儿子们再次敦促他的时候,他说:"噢,这里还有我可怜的傻女儿,我还不知道是否让她也跟我一起过去,但我必须得带着她,因为除了我没有人操心她能不能吃得上饭。"

王龙这话里有对大儿媳的责备,因为她不能容忍他的傻女儿靠近她,她有点儿过于挑剔,神经质,她说:"这样的人根本就不该活在世上,看她一眼都会妨碍到我肚子里的孩子。"王龙的大儿子知道他媳妇对他大妹妹的厌恶,因此他缄默不语。这时,王龙开始后悔他说的话,他口气温和地说:"等二儿子要娶的媳妇找到了,我就搬过去,在这件事没有办好之前,我还是跟老秦住在这边,这样有利于办成这件事。"

于是,二儿子也不再催促他了。

除了王龙和他的小儿子、傻女儿,村里这边的房子里就只剩下了王龙的叔叔和婶子以及他们的儿子,还有老秦和雇工们。他叔叔和婶子以及他们的儿子,住进了荷花以前住的内院,他们把这儿当成自己的家一样住着。不过,这并没有让王龙感到太难受,因为他看出来他叔叔已经没有多少时日了,待这个游手好闲的老人一死,他该尽的孝道也就尽完了。如果王龙的这个堂弟仍不听话,那么,王龙把他赶出门去,谁也不能责怪王龙什么。老秦和雇工们都搬进前院。王龙和他的小儿子、傻女儿住在堂屋里,王龙还雇了个壮实的女人伺候他们。

王龙睡觉,歇息,不再去关注任何事情,因为他突然觉得非常疲惫，再说，家里也相安无事了。再没有人打扰他，他的小儿子是个沉默寡言的青年，没事时总是避开父亲，独自待着。王龙很少了解这个儿子，这真是个性情太安静的年轻人。

歇了一些天后，王龙终于打起了精神，吩咐老秦去给他的二儿子找个合适的媳妇。

老秦现在已衰老，瘦削得像根苇子，可他体内仍有一条老狗那般的忠诚和气力，尽管王龙已不再让他拿锄头，不再让他牵着牛犁地了。不过，他依然有用，他可以监督雇工们干活，称粮食时可以站在旁边看着秤。因此，听了王龙想让他办的这件事情后，他梳洗了一下，穿上他那件不错的蓝棉布外衣，到附近的各个村子去打问了。他看了许多女孩，临了，他回来跟王龙说："如果我还年轻，我真想给自己挑一个这样的姑娘，而不是给你儿子。在三个村庄以外的那个村子里，有一个做活细致、身体丰腴的好女孩，除了爱笑以外，再没有任何缺点，她父亲很乐意把女儿嫁给你儿子，跟你结成亲家。家中有地，嫁妆按照现时的标准看也不少。不过，我跟他说，在你点头之前，我不能给他任何承诺。"

王龙觉得，这是门很好的亲事，他期盼着尽快把婚事办了，因此他即刻就同意了，当婚帖送过来时，他在上面画了押。随后，他颇感慰藉地说："现在，只剩下三儿子的婚事了，我这就快要尽完儿子们婚娶的责任了，我很高兴自己已经如此接近想要过的平静生活。"

在签好婚约并定下迎娶的日子以后，王龙又坐到了太阳底下歇息，甚至睡觉，就像他父亲之前那样。

在王龙看来，老秦老了，身子骨越来越弱了；他自己呢，也因为整日的饱食和年龄的增高,变得嗜睡,身子也重了。而他的三儿子还太年轻,担不起管理土地的责任,因此他想他最好还是把他较远的田地租给别的村民去种。王龙这么办了,邻近的村民们纷纷来找王龙,租他的土地,做他的佃户,因为土地是王龙的,租赁的条件很快谈妥,一半的收成交给王龙,另一半给佃户,因为他们付出了劳动。此外,还有一些双方必须履行的其他事项:王龙需提供肥料、豆饼和芝麻经压榨后剩下的油渣,佃户要储存一些农作物以备王龙一家使用。

这样一来,王龙就不需要像以前那样操劳了,于是,他有时便去到城里,住在他让大儿子给他准备的那座院子里。不过,早晨天一亮,城门一打开,他还是要穿过城门,回到地里去。他一路吸着田野散发的气息,等来到自己的土地上时,他更是觉得开心。

跟着,好像诸神终于开恩,要给他的老年带来平静似的,他叔叔的儿子由于家中变得安静,又没有了女人——除了那个壮实的女仆,一个雇工的老婆——开始变得焦躁不安。他听说北边有战事,便对王龙说:"听说我们的北边在打仗,为了有点事做,见见世面,我想去当兵。如果你给我点钱,让我买几身衣服、一床被子和一个外国手电筒挂在肩上,我就走了。"

王龙的心一下子高兴得跳到了嗓子眼里,可他巧妙地掩饰住了他的心思,他假装反对道:"你是我叔叔唯一一个儿子,除了你之外,再没有人能延续他的血脉,你去参战,万一有个意外怎么办?"

王龙的堂弟大笑着回答:"我又不是傻子,我不会往有生命危险的地方跑。如果有仗打,我会躲开,等它打完了我再回来。我想改变一下我的生活,出去旅行,在我变得太老之前看看外面的世界。"

王龙很痛快地把钱给了他，这一次将大把的银圆给到他手中时，王龙也没有觉得心疼。他在想："好事，只要他离开了，我的家中就再没有祸害了，因为总会有什么地方在打仗的。再说，如果我运气好的话，他也许会被打死，因为打仗时总会死人的。"

王龙的心里甭提有多高兴了，尽管他没有表现出来。见他婶子听说儿子要走落了泪，他还安慰她，给了她更多的鸦片，替她点上烟枪，对她说："毫无疑问，他会成为一名军官的，他会给我们全家带来荣誉。"

之后，家中终于平静了。因为除了他自己，乡下的房子里只剩下两个整日昏昏欲睡的老人。在城里的家中，王龙孙子出生的日子越来越近了。

随着这一时刻的临近，王龙待在城里家中的时间也越来越多。他在各个院子里来回地走动，过去发生的一切总萦绕在他的脑际。他对这一点充满了惊异：在黄家曾经住过的这些院子里，现如今是他和他的老婆以及他的儿子和儿媳妇们住在这里了，而且，还有即将要来到这个世界上的第三代人。

他的内心澎湃着感慨与情感，以至于世界上没有什么东西是他舍不得买的。他买来成匹的绸缎，来替换掉那些罩在雕花桌椅（全由南方的黑木制成）上面的寒碜的棉布套子。他给丫鬟们买来上好的深蓝色棉布，让她们再不必穿破破烂烂的衣服。当大儿子在城里结识的朋友来到这些院子里，看到这一切都免不了夸口称赞时，王龙颇是高兴和自豪。

从前的王龙只要有白面烙饼卷大葱吃，便心满意足了，可现在的他一心想着吃鲜美的食物。每天睡到日头很高了才起床，而且也不再亲自下地干活。普普通通的饭菜已轻易满足不了他的胃口，他品尝着各种美食，比如冬笋、虾仁、南方的鱼、北方海里的蛤蜊和鸽子蛋，以及一切富人们用来增加食欲的珍馐美味。他的儿子们和荷花也跟着他一起吃。看到了所有这些变化的杜鹃笑着说："这就像我以前在这院子里时的情形了，不同的只是我的身体现在干瘪了，甚至连上了年纪的老爷都不会喜欢了。"

她这么说着时，拿眼睛暗暗地瞥着王龙，之后，她又笑了起来。王龙假装没有听见她这调情的话，不过，心里还是美滋滋的，因为她将他比作了黄家老爷。

就是在这样一种奢华、闲散的生活——睡到自然醒，想睡时便又睡了——当中，王龙等待着他孙子的降临。一天早晨，他听到了一个女人的呻吟声，他来到大儿子住的院子，他儿子迎上前来说："分娩的时候到了，可杜鹃说时间会长点儿，她说我媳妇的骨盆窄，孩子不好生下来。"

王龙于是又返回自己的院子，坐下来听着那喊叫声。这是他许多年来第一次感到害怕，觉得需要找某个神明的护佑了。他站起来，去了香烛店，买了香火，到了城里的寺庙，那镶着金边的神龛里供奉着一尊菩萨。他唤过来一个闲站着的和尚，给了和尚一些钱，吩咐和尚帮他把香插在菩萨前的香炉里，并说："我一个男人家上香不合适，可我的孙子马上要出生了，而生他的母亲是难产；她是个城里人，骨盆小。我儿子的母亲已经死了，家里再没有别的女人来烧香。"

就在他看着和尚把香插进香炉的灰烬里时，王龙突然惊恐地想道："如果不是孙子而是孙女，怎么办？"于是，他连忙喊道：

"如果是孙子,我给这尊菩萨买件新红袍,如果是个女孩,我什么也不送!"

他心情烦乱地走了出来,因为他事先没有想到这一点:生下来的也许不是个孙子,而是个女孩。他去香烛店买了更多的香,尽管天很热,道路上积着一拃厚的尘土,他还是一路跋涉到了他乡下的那座小土地庙,那里有土地爷和土地婆照看着田野和大地。他把香插进香炉里点着,然后对着这两尊神像口中念念有词地说:"我们都服侍、供奉你们,我父亲,我和我的儿子,现在我儿子的后代就要出生,如果生的不是儿子,以后就再也不管你们两个了。"

等做完这一切回到城里的家中时,他已经筋疲力尽。他在他屋里的桌前坐下。他希望有个丫鬟给他端来茶,再有个丫鬟拿来一条在热水里浸过并拧干了的毛巾,他好擦擦脸,可即便他拍疼了手掌,也没有人前来。没有人理会他,虽然有来回奔忙着的女仆,但他却不敢叫住哪一个,问问她生的是男是女,甚至不敢问一下是否已经生了。他满面灰尘,非常疲惫地坐在那里,没有人过来和他说句话。

他待在那儿等了很长时间,直到天色渐渐暗下来,荷花才迈着小脚,倚着杜鹃,摇摇晃晃地(因为她现在变得肥胖了)来到他屋里。她先是咯咯地笑着,然后大声地说:"噢,你儿子给这家里添了一个儿子,母亲和儿子都平安。我见着孩子了,不错,挺好。"

王龙也哈哈地笑了,他起身,把两手拍合在一起,笑着说:"我一直坐在这儿,就像是自己的第一个儿子出生时一样,心里慌乱担心得不知怎么才好。"

临了,荷花回自己的屋里去了,王龙再次坐下来,思忖道:"噢,在我那口子生她的头生子——我的儿子——时,我并没有像

283

现在这么担心呀。"他默默地坐在那儿想着。他当然记得那一天，记得她如何独自一人进到那间小黑屋，如何自己一个人为他生下了儿子，第二个又是儿子，完了是女儿，她几乎是一声不吭地就生下了他们；记得她如何在生完后便又返回到田里，跟他一块儿干活。现如今，这座房子里的这个女人，他儿子的媳妇，分娩时疼痛得像个孩子似的哭天喊地，她有这么多的丫鬟在院子里为她奔忙，又有丈夫候在她的门口。

他回忆着那些往事，就像一个人想起了好久以前所做的一个梦一样。他记着阿兰如何在她做农活的间隙，给孩子喂奶，丰沛的白色乳汁从她丰满的乳房中流溢出来，滴落到泥土中。这似乎是很久很久以前的事了。

这时，他大儿子笑着走了进来，一副志得意满的神情对他大声地说："生了个男孩，爹，我们现在得赶快找一个有奶水的女人给孩子喂奶，我不愿意让我老婆为了给孩子喂奶而损害了她的美貌，减损了她的元气。城里凡是有身份的女人没有自己给孩子喂奶的。"

王龙有些伤心地说——尽管他也不知道他为什么伤心："好吧，既然必须得这么办，那就这么办吧，如果她实在不愿意奶自己的孩子的话。"

孩子到了一个月时，孩子的父亲，王龙的儿子，办了宴席庆祝孩子的满月。他邀请了许多城里的人，包括他妻子的父母亲和城里所有的权贵。他还准备了几百颗染成红色的鸡蛋，把它们送给每一个前来的客人。整座庭院里充满了酒菜的香味和欢乐的气氛，因为这个小男孩已经度过了他的第三个十天，活了下来，长得又胖又好看。

酒宴结束以后，王龙的儿子来到他父亲这边说："我们这个家里现在有三代人了,应该像别的大户人家一样弄个家谱才好。我们应该立起牌位,在过年过节时就能祭拜一下,因为我们现在毕竟也是个大家族了。"

大儿子的这番话令王龙非常高兴,于是,他吩咐了下去,牌位很快就做好,摆放在了大厅里。第一个上面写的是王龙他爷爷的名字,然后是他父亲的,现在空着的地方是为王龙和他的儿子们留着的。王龙的大儿子还买来个香炉置在了牌位前。

这件事做完后,王龙记起了他答应给菩萨买的红袍,于是,他到那个寺庙去还了愿。

仿佛神不愿意慷慨地赐予,在给予时总会在礼物里藏上毒针似的,王龙在返回途中,有个人从正收割的地里跑来告诉他,老秦突然倒下快要不行了,问王龙在老秦临死前是否能去看看。王龙听了这跑来的人气喘吁吁的话,生气地喊道:"我想,一定是小土地庙里那该死的一对嫉妒了,嫌我给了城里庙中菩萨一件红袍,我想它们也许并不知道它们只掌管土地,管不了生孩子的事。"

尽管午饭已经做好在等着他,王龙却没有心思动一下筷子;尽管荷花大声地喊他,让他等到太阳快落时再走,他没听她的话便走了。荷花见他不理她,赶忙派了一个丫鬟追上去,给他撑起一把油纸伞,可王龙走得太快,那么壮实的一个丫鬟也很难把伞打到他的头上。

王龙立即进到老秦躺着的那间屋子,进去时大声地问:"这一切到底是怎么发生的?"

屋子里挤满了雇工,他们纷纷抢着答道:"他自己非要到打谷场……""场上有个新雇来的帮工……""他不会用连枷,老秦要教他怎么用……""一个老人怎么能吃得住干这种活儿……"

王龙用吓人的声音喊道:"把那个人给我带过来!"

众人将那人推到王龙的面前,他哆哆嗦嗦地站着,两个裸着的发抖的膝盖相互磕碰着。他是个身材魁梧、举止粗野、红脸膛的乡下小伙,牙齿露在下嘴唇的外面,一双神情迟钝的圆眼睛颇似牛的眼睛。此时的王龙对他根本没有怜悯之情。他先是左右扇了这个小伙子的耳光,随后从丫鬟的手中拿过雨伞,敲打着他的脑袋。没人敢上前阻拦,生怕上了年纪的王龙急火攻心,再出个什么事情。这个乡下汉子顺从地站立着,咬着牙齿,小声地啜泣。

躺在床上的老秦这时发出了一声呻吟声,王龙扔下雨伞,喊道:"老秦就要死了,而我还在揍这个蠢货!"

他坐到老秦身边,握起了老秦的一只手,这只手又干又轻,小得像一片干枯了的橡树叶子,简直令人难以相信还有血液在它里面流动,它是那么的干瘪,那么的轻,那么的烫;他平日里苍白枯黄的脸此时变成了暗灰色,皮下还出现了一些血斑,他半睁的眼睛变得模糊,看不见东西了,他的呼吸变得急促。王龙向他俯下身子,对着他的耳朵大声说:"我来了,我要给你买一口仅次于我父亲的棺材!"

可老秦的耳朵里已经充了血,即便他听得见也没有了任何表示。他躺在那里已只有出的气,没有进的气了,他死了。

老秦死后,王龙伏在他身上失声恸哭,王龙在父亲死时都没有这么哭过。他给老秦定了一口上好的棺材,请了和尚为老秦超度送葬,他自己则身穿孝服走在灵柩后面。他甚至让他的大儿子在腿上扎了孝带,像是自己家的亲戚死了那样,他的大儿子为此还抱怨说:"他只不过是个上等仆人,这么祭奠一个仆人不合适。"

但王龙硬要他这样戴了三天孝。要是完全按照王龙的意愿,他会把老秦也像他父亲和阿兰一样葬在墓墙之内。可他的儿子们不同意,他们反对说:"难道我们的父母亲要跟一个仆人躺在一起吗?难道我们将来也得这样?"

一则王龙争论不过他的儿子们,二则他老了希望家里平平静静的,于是,他把老秦埋在了墓地的入口处。这么做了以后,他感觉自己心里得到了些慰藉,他想:"噢,这样挺好的,因为老秦一直都是这么守护着我,让我免遭邪恶的侵害的。"他叮嘱他的儿子们,等他自己死后,要把他埋在离老秦最近的地方。

之后,王龙去地里的次数更少了,因为现在老秦走了,他单独前往会刺痛他的心。再说,他对干农活也感到厌倦了,当他一个人走在高低不平的田里时,他浑身的骨头像是散了架似的。因此,他把能出租的土地都租了出去,大家都抢着租他的地,因为众人都知道它们都是好地。但是,王龙从未提过要卖掉他的任何一片田,他土地的租赁期都是一年,一年完了再商定价格签租下一年。这样,他便觉得这土地还是他自己的,仍然在他的手中。

王龙指定了一名雇工,让雇工一家都住在他乡下的房子里,帮他照顾那两个抽鸦片的老人。看到小儿子那渴望离开乡下的眼神,他说:"好了,你可以跟我一起回到城里了,我也将把我的傻女儿带回去,她可以住在我住的那个院子里。既然老秦走了,你一个人在这儿就太孤独了;他走了,我担心再没有人会对我的傻姑娘好,没有人会告诉我,她是不是挨打,是不是没有吃饱。现在既然老秦走了,也就没有人教授你农活了。"

就这样,王龙带着他的小儿子和傻女儿都住进了城里,自那以后,他在很长一段时间内都再没有回到过他乡下的房子。

第三十章

Chapter 30

以其现今的条件，王龙觉得他似乎再没有什么想望和希冀的了。他现在可以搬个椅子到太阳底下，坐在他傻姑娘的旁边，他可以抽着他的水烟袋，恬静悠闲地度日，因为他的土地有人为他照料，无须他再操任何的心，银钱便会进到他的手中来。

要不是他的永远不知道满足的大儿子总是找出一些消费金钱的新方式来，日子蛮可以这样平静地过下去。一天，他的大儿子来到他跟前说："我们这个家里还短着很多东西，千万不要以为我们住进这些后院里，就能算得上大户人家了。如今离我二弟娶亲的日子只剩下六个月了，我们还没有足够的椅子供客人们坐，没有足够的碗盘和桌子，而且，我们的屋里也缺着太多东西。再说，让客人们走前面的大门，穿过那些住着许多平民、充满臭气和喧嚷的院子，也挺丢面子的；我弟弟婚后会有他们的孩子，我将来还会有更多的孩子出生，我们需要把前面的那些院子全都租下来。"

王龙看了看穿着一身漂亮衣服站在那里的儿子，随后，他闭上眼睛，狠狠地吸了一口烟，大声嚷道："你这是又要干什么啦？"

年轻人知道他父亲嫌他烦，不过，他仍执拗地说下去，并且抬高了他的声音："我说，我们应该把前面的院子也租下来，我们的家应该配得上我们所拥有的钱财和土地才对。"

王龙抽着烟嘟囔了一句："地都是我挣下的，对这些地你从没出过一指头的力气。"

"好了，爹，"年轻人嚷道，"是你非要我读书的，在我努力要做一个有土地的父亲的称职儿子时，你却嘲笑我，要我和我的妻子去做个粗鄙的农民。"年轻人猛地转过身，恨不得马上冲出去把脑袋撞到立在院子里的那棵弯曲的松树上。

这一下吓坏了王龙，担心儿子会做出伤害自己的事，因为他的性情一直比较暴烈，因此王龙喊道："由你吧——由你吧——只是不要再来麻烦我！"

听到这话，儿子转怒为喜，生怕他父亲再改变主意，迅速地离开了。他雷厉风行，很快从苏州买回雕花的桌椅，买了红丝绸门帘，大小不一的花瓶，带轴的画幅，其中有许多漂亮女人的画像；他买回许多奇异的岩石，借鉴他在南方看到过的样式，在院子里造了假山，他就这样忙乎了许多天。

他每天这样进进出出的时候，不得不多次经过前面的院子。在经过前院的平民时，他每每都是一副趾高气扬看不起别人的样子，因此，住在那里的人们总是在他背后嘲笑他说："他忘记他爹乡下房子门前堆着的粪肥的臭味了！"

当然，没有人敢在他经过时这么说，因为他毕竟是富人家的儿子。当节假日来临，房子的租金会重新敲定时，这些平民发现他们所住的屋子和院子的租金都一下子涨了好多，因为有个人愿意支付那么高的房租，这样一来，他们只得搬走了。后来，他们得知了这是王龙的大儿子搞的鬼，尽管他很聪明，事先什么也没说；这件事他都是通过书信跟住在外地的黄家老爷的儿子商定的，而黄家的这个儿子贪婪得很，一心想的就是怎么从他家的老宅中赚到更多的钱。

那些普通人只好搬走，在搬的过程中他们又是发牢骚，又是诅咒，因为富人们太可恶了，简直是为所欲为。他们卷起他们破烂的行李等什物，愤怒地离开了，还嘟嘟囔囔地说，终有一天，在富人们太富的时候，他们穷人就会回来了。

不过，所有这些，王龙并没有听见，因为他在后院很少到前面去。他年纪大了，许多的时候都在睡觉、吃饭，养尊处优，他把这件事全权交给了他的大儿子去办。他的大儿子叫来了木匠和熟练的泥瓦匠们修缮房屋以及庭院之间的月洞门。那些平民粗野的生活方式使得房屋的门窗等都受到了不小的损害。他重修了水池，买来带斑点的金鱼放入池中。他把这一切都按照自己的审美标准收拾停当后，在池塘里种植了荷花、百合和印度红竹，还有他在南方见过的其他植物。他妻子出来看他设计的这些东西，两人走过一座又一座庭院，一间又一间屋子。她指出这里或那里还缺点儿什么，他很认真地听着她所讲的每一句话，尽可能去做好她让他做的每一件事情。

后来，住在城里街道两旁的人都听说了王龙大儿子干的事情，他们谈到现在大院内正发生的一切，知道再度有个富人住在它里面了。以前称呼王龙为王农汉的人，现在都称他为王大人或王财主了。

所有修缮房屋和购置东西的钱都是从王龙手中一点一点地流出去的，因此他几乎都想不到等最后一算账竟然会花出去那么多钱。王龙的大儿子常常来找他，不是说"这里需要花一百块大洋"，就是说"那里需要点钱，把院门翻修一下，修成跟新的一样"，要不就是说"那个地方需要添置一张新长桌"。

常常坐在自己院子里休息、抽烟的王龙，就是这样一点一点地把银圆给了他的大儿子。因为一到收获季或是他需要用钱的时候，地租的钱便轻易地交到了他的手中，所以他在给出它们时也挺痛快。

要不是一天早晨（太阳还没有爬上墙头），他的二儿子进到他的院子里跟他谈起这件事，他也不会知道他已给出去了多少钱；二儿子对他说："爹，难道这没完没了的挥霍就没有终止的时候了？难道我们是要住在宫殿吗？如果把这些花掉的钱按收取两成的利息贷出去，那会挣回来多少钱啊。所有的这些水池，这些只开花不结果的树木，还有这些只会开花的百合，它们有什么用呢？"

王龙看出来了，这兄弟二人会一直为此争执下去，那样他将永无宁日。于是，他赶忙说："好了，好了，这么做都是为了你的婚事。"

二儿子这时似笑非笑地应道："这也太奇怪了，办个婚事花掉的钱，比花在新娘身上的竟会多出十倍。你死后，留给我们的遗产是要在我们兄弟之间来分的，像现在这个样子胡乱花钱，只是满足了我哥哥的虚荣心。"

王龙知道他这个二儿子的倔强劲儿，他知道这件事一旦说起来了不见个分晓，他儿子是不会罢休的，于是，他连忙说道："好吧——好吧——我这就去阻止——我会跟你哥说清楚，我这里不再给钱了。花了不少了。你是对的！"

年轻人掏出一个单子，上面记着他哥哥支付出去的所有开销。王龙一看那长长的明细，急忙说："我还没吃饭，我老了，没吃早饭前，我的脑袋总是晕晕乎乎的。这单子我等会再看。"他转身回了自己的屋子，就这样支走了他的二儿子。

不过，那天傍晚，王龙还是跟大儿子谈了这件事，他说："停下所有这些装修的活儿吧。已经弄得足够好了。我们毕竟是个庄户人家。"

可大儿子却骄傲地回答说："我们不是。城里人已经开始称呼我们'王家大户'了。我们居住的环境和条件应该多少跟这个称号相称才好，如果我二弟只是考虑钱而看不出这一点，那么，我和我的妻子将共同维护我们家的这一声誉。"

这之前，王龙还不知道人们这么称呼他们家。因为随着年事的增高，他很少去茶馆了，也很少再去粮市，有二儿子在那里帮着料理他的事务。所以，他心里还是感到挺高兴的，于是他这么说了一句："噢，好多名门望族都是来自土地，植根于土地的。"

大儿子此时巧妙地答道："是呀，只是他们不停留在那里。他们会在各处繁衍生长，开花结果。"

王龙不愿意他的儿子这么轻易、这么快地回答他的话，所以他说："我已经把我要说的都告诉你了。停止这样大手大脚地花钱。如果他们还想要开花结果，他们的根就必须深深地扎在土壤里。"

见天色渐渐地黑下来了，王龙希望他的儿子离开这个院子，回到他自己的院子里去。他希望这个年轻人离去,好留下他一个人安静地待在这暮色之中。有这个儿子在眼前,他就平静不下来。这个儿子现在愿意顺从他父亲的意愿了,因为所有的屋子和院子都已收拾停当,至少目前来说,他感到满意了,他已经做完了他想要做的事情。然而,他却又开始了一个话题:"呃,不说这个了,可是还有件事。"

王龙一下子把烟袋锅摔在了地上,喊道:"难道我就永远都不能有安静的时候了吗?"

年轻人仍然执着地继续道:"这件事不是跟我有关,也不是跟我的儿子有关。它是和我最小的弟弟——你自己的儿子——有关。他不能长大后连字也不识。他应该接受一些教育。"

听到这话,王龙睁大了眼睛,因为这是个新情况。王龙在很久以前就为这个最小的儿子定下了他将来要做的事情,于是王龙说:"这个家里不再需要能识文断字的。有两个足够了,我死后他要照管土地的。"

"是的。可正因为如此,他常常在晚上哭。这就是他为什么总是这么瘦削、脸色这么苍白的原因。"他的大儿子说。

到目前为止,王龙从未问过小儿子这一生想要做什么,因为他已经决定必须要有一个儿子留在土地上,他大儿子提到的这个问题像是给了他一记猛掌,他沉默了。他从地上缓缓地捡起烟袋锅,开始想他三儿子的事。这个三儿子和他的两个哥哥都不一样,他不爱说话,就像他的母亲那样,因为他沉默寡言,谁也没去关注他。

"是你听到他这么说了?"王龙有些不太肯定地问他的大儿子。

"你自己去问他吧,爹。"年轻人回答。

"可是，必须有一个留在土地上的。"王龙突然争辩似的说，嗓门抬得很高。

"但是，为什么呢，爹？"年轻人据理力争地说，"你是一个富人，没有必要让你的儿子像个长工一样。这么做不合适。人们会说你这个人气度太小。'这里有个人，他让他的儿子做农汉，而自己活得像个王子。'人们会这么说的。"

这个年轻人此时很会说话，因为他晓得他父亲非常在乎别人的评价。年轻人继续说道："我们可以请个先生来教他，我们也可以送他到南方的学校去读书；家里面有我帮着你，粮行里有我二弟照应着，可以让我三弟选择他自己想要做的事。"

这时，王龙终于说道："叫他到我这儿来吧。"

少顷，三儿子进来站在了父亲面前。王龙打量着他，端详着他的模样。立在王龙眼前的是一个又高又苗条的小伙子，既不像他的父亲，也不像他的母亲，除了禀有母亲的严肃和沉默。不过，他比母亲要好看得多，单论相貌来说，他长得比其他几个孩子都强，除了那个已去了丈夫家不再属于王家的二女儿。他的前额下方横着两道黑黑的浓眉，与他年轻、苍白的面庞形成扎眼的反差，在他蹙眉时——他常常蹙眉——这两道黑眉毛便拧成了又浓又直的一道。

这样瞧了一番他的儿子后，王龙说："你大哥说，你希望去读书。"

孩子嘴唇微微翕动了一下，答道："是。"

王龙磕掉烟袋锅里的烟灰，用大拇指把新添上的烟丝慢慢地压实。

"我想，这也就是说你不想照看土地，我将没有一个儿子来管理我自己的土地了。我有三个儿子，可还是不济事。"

王龙说这话时显得很痛苦,可那孩子却什么也没说。他静静地直挺挺地站着,身上穿着他那件夏季亚麻布白色长衫。对于这孩子的缄默,王龙终于生气了,他冲孩子喊道:"你为什么不说话?你不想留在土地上,是不是?"

这一次,孩子仍只回答了一个字:"是。"

看着儿子的王龙心里在想,他老了,他的这些儿子们他一个都管不了了,他们都是他的负担,让他操心,真不知道该拿他们怎么办了。他觉得这几个儿子没有一个待他好的,于是,他禁不住又大声喝道:"你要做什么,与我何干?赶快走开!"

小儿子迅速离开了,留下王龙独自坐着。他对自己说,比起他的这几个儿子来,还是他的两个姑娘好,一个是他可怜的傻女儿,她要的只是一点儿吃的和她手里玩的那块小布头,另一个嫁人了,离开了他的家。暮色渐渐地降临,把他完全笼罩在了它的中间。

不过,就像他惯常所做的一样,等气一消,王龙就会让他的儿子们各行其是了。他叫来他的大儿子,说:"如果他愿意,就给老三请个老师来吧,他想干什么就干什么吧,只是不要再来烦我。"

他叫来了他的二儿子说:"既然没有一个儿子能留在土地上了,那么,收租金的事,收了粮食后出售的事,你就捎带着管起来吧。你能称会算的,以后就做我的管家吧。"

二儿子听了很是高兴,因为这至少意味着每年挣下的钱都要经过他的手了,他会知道进来了多少钱,当家里的开销过大时,他可以及时告知他的父亲。

在王龙看来,他的这个二儿子比其他两个儿子更令他感到诧异。因为甚至到了他婚娶的那一天,二儿子还在仔细地抠花在酒席上的钱。他给宴席分了几个档次：他把最好的肉和酒留给了他城里的同事和朋友，因为他们都知道这些菜肴的成本和造价；对乡下来的人，他把桌子都摆在了院子里，端到桌上的肉和酒也是次一等的，因为他们平时吃的都是粗茶淡饭，饭菜稍好一点儿，对他们来说便是美味了。

二儿子留心着收下的礼金和礼物，他给丫鬟和仆人的是少得不能再少的份子，以至于杜鹃在拿到区区两块银圆的礼时，当着许多人的面说："一个真正的大户人家不会这么抠的，看得出来，这家人还算不上这院子的真正主人。"

大儿子听到了这话，觉得挺丢面子，他害怕杜鹃这张嘴，又悄悄地塞给她几块银圆，同时心里也生着他二弟的气。这样，甚至是在办喜事的那一天，当宾客们都坐在院子里，新娘迎进门的那一刻，兄弟之间就有了矛盾。

对他自己这方面的人，大儿子只邀请了几个他最一般的朋友，因为他为他弟弟的小气和找了乡下女人而感到羞愧。他冷眼站在一旁，嘲讽地说："以父亲的身份和财产，我二弟本来能捧回一个玉杯，结果却抱回了一个瓦罐。"

当这对新人来到他和他老婆面前——作为他们的哥哥和哥嫂——给他俩鞠躬行礼时，他摆出一副轻蔑的神态，僵直地点了点头。这位兄嫂也是一副唯我独尊的样子，只是稍稍点了点头，保持了她那样身份的人最起码的礼节。

现在，除了刚出生的王龙的孙子之外，住在这些院子里的人似乎没有一个感到完全顺心的。王龙的屋子紧挨着荷花住的那个院子，就连他自己也常常在雕花床架投下的暗影中醒来，梦见自己又回到了那简陋、昏暗的土屋子。在那里他可以随意把凉了的茶水泼在地上,而不至于溅到雕刻的木器家具上面,从家里出来走上几步,他就到了自己的土地上。

至于王龙的儿子们,他们也都各有心事。大儿子担心不能随心所欲地花钱,担心他们家被人们小看,担心村民从乡下来到他们家时正巧碰上有城里人在他们家做客,这会让他们觉得在这个城里人面前挺丢脸的;最小的儿子则正在努力补上他这些年作为农民的儿子所失去的时间。

然而,有一个人,他整天在这些院子里蹒跚举步,对他的生活非常满足,这个人就是王龙大儿子的儿子。除了这些院子,这个小家伙从来不知道还有任何其他的地方,在他看来,这幢住宅既无所谓大,也无所谓小,只是他的家而已;这里有他的母亲,有他的父亲和爷爷,所有住在这儿的人都是为他服务的。从这个孩子这里,王龙获得了平和,对他,王龙从未有看得够和笑得够的时候,一旦他跌倒了,王龙就会上前把他扶起来。王龙还记得自己的父亲看孩子的方法,也蛮有兴致地拿来一条腰带,围在孙子的腰上,这样拽着他走路,免得他摔倒。爷孙二人就这样走过一个又一个院子,孩子一会儿用手指着池塘里游弋的金鱼,一会儿揪下一朵低枝上的花,嘴里咿咿呀呀地说个不停,他那副在万物中怡然自得的童真,深深触动了王龙。王龙在这中间找到了内心的平和。

给他安慰的不只有这个小孙子,大儿子的老婆也很孝顺。她忠实履行着生儿育女的信条,怀胎,生孩,怀胎,生孩,每个生下来的婴孩都有一个丫鬟照料。就这样,王龙看到庭院里的孩子在逐年增加,丫鬟也随之越来越多。所以,当有人跟他说"你大儿子那边又要添上一张嘴了"时,他只是大笑着说:"嗯——嗯——好事,我们有足够的粮食养活他们,我们有好地。"

王龙的二儿媳妇在婚后一年也生了孩子,她第一胎生了个女孩,这看起来也挺合适,好像是出于对她嫂子的尊敬似的。在短短的五年时间里,王龙有了四个孙子,三个孙女,整个院子到处充满孩子们的笑声和哭声。

五年的时间对于一个人的一生来说并不算长,除非是在他太小或太老的年龄时。如果说这五年的时间给予了王龙这么多的孙子和孙女,它①也夺走了他的叔叔——一个老烟鬼——的生命,王龙几乎已经忘记他了,除了让下人帮助照顾了他和他老婆的吃穿以及提供给他俩足够的鸦片烟之外。

第五个年头上的这个冬季格外寒冷,是三十年来最冷的一个冬天,在王龙的记忆中,环绕着城墙的护城河第一次给封冻了,人们可以在冰面上自如地行走。刺骨的寒风不停歇地从东北面刮来,任何棉衣、羊皮或是其他的皮毛穿在身上,都不能让人觉得暖和。这座大院的每个屋子里都烧起了木炭火炉,可屋子里还是感觉不到暖,能看见人们呼出的哈气。

王龙的叔叔和婶子早已抽鸦片抽得让鸦片吸干了他们的身体,他们日复一日地像两个干柴棍似的躺在自己的床上,他们体内已没有了活力。后来,王龙听说他叔叔甚至坐不起来了,稍稍动一动便会咳血,于是,他出门前去探望,他发现这个老人没有多长时间可以活了。

王龙买了两口木质不错的棺材,他让人把棺材抬进他叔叔躺着

---

① 原文中的这两个 it,都是代指这五年,作者将五年看作一个时间段了。

的屋子里,好让老人看见了能死得安心,知道自己的这把老骨头有了安身之处。他叔叔用战栗的声音对他说:"呃,你就是我的儿子,比我那个在外面漂泊的儿子顶事。"

那个老女人的身子比起她的丈夫来,仍显得结实一些,她跟王龙说:"如果我等不上我的儿子回来,答应我给他找个媳妇,这样他就能为我们生几个儿子了。"王龙答应了她。

王龙不知道他叔叔是在什么时间去世的。一天傍晚,当女仆进去收拾他喝汤的碗筷时,发现他已经死了。王龙把他叔叔埋在了王家坟地,他父亲墓子的旁边,只是略微低于他父亲的坟,不过,比他给自己留着的墓又高出了一点儿。葬他叔叔的那天,凛冽的北风呼号着,风卷着成团的雪花飞舞。

王龙让全家人都给他叔叔戴孝吊唁,他们把祭奠的标志整整戴了一年。这么做并不是因为他们要真正悼念这位老人(他生前只是他们得照顾操心的一个对象)的离世,而是因为这么做符合大户人家吊唁死去亲人的礼仪。

之后,王龙把他婶子接到了城里,免得她一个人留在乡下孤单,他把她安排在后院最末端的一个屋子里,他叫杜鹃找了一个丫鬟去照料她。这个老女人吸着她的鸦片烟,整日心满意足地躺在床上,睡了一天又一天,为了让她安心,她的棺材就搁在她旁边,她的眼睛能看得到的地方。

王龙颇为惊讶地想到,这个红脸膛、大块头、大嗓门、又懒又胖的乡下女人,这个曾经令他生畏的女人,如今却身体干瘪、脸色蜡黄地安静地躺在床上了。她干瘪的身体和蜡黄的脸色正跟黄家败落后的那个老夫人一样。

| 299

第三十一章
Chapter 31

王龙这辈子总是听说这儿或者那儿在打仗,但他从未见过,除了许多年前他逃荒到南方见过的那一次。那一回是战争离他最近的一次,尽管从孩提时代起,他就常常听人们说"今年西边打起来了",或者"在东边和东北边爆发了战争"。

对王龙来说,战争就像是大地、天空和水一样的东西,只知道它存在着,但没有人知道它为什么会发生。他不时地听人们说:"我们要去参战。"人们说这话时是因为他们马上就要断粮挨饿了,他们宁愿去当兵,也不愿意乞讨。有的时候人们这么说,是因为他们心绪烦乱,不安于待在家里了,就像王龙他叔叔的儿子那样。不过,不管怎么说,战争总是在遥远的地方进行着。谁知倏然之间就像天上突如其来的一阵风,战争逼近了。

王龙最先是从二儿子那里听到了这一消息。那天二儿子从粮行回来吃午饭,他跟王龙说:"粮食的价格一下子涨了,听说我们的南面正在打仗,每天都在往咱们这边推进,我们要把粮食先屯着,随着军队的临近,粮价会涨得很高的,到时候我们能卖个好价钱。"

王龙一边吃饭一边听着,临了,他说:"噢,我一直都对战争很好奇,我很乐意看到一场实际的战争,因为我从小到大一直在听人们说,可从未能见到过。"

王龙记起他一度非常害怕战争,因为那时他差点儿就被逆着自己的意愿给抓了壮丁,可现在他太老了不能打仗了,再说,他是富人了,富人用不着惧怕任何事情。因此,他对这件事并没有给予过多的关注,触动他的只是一点儿好奇心而已。他对二儿子说:"关于粮食,你觉得怎么做好,就怎么去做吧。粮食在你的手里。"

接下来的一些天里,他兴致高时就跟孙子们一起玩。他睡觉,吃饭,抽烟,有时也去看看坐在他院子僻静角落里的可怜的傻女儿。

此后不久,初夏的一天,从西北面来了一大队人马,他们像蝗虫般一拥而至。那个初夏的早晨风和日丽,王龙的小孙子正由一个男仆带着,站在大门口望着街面上过往的人和车,当他看到身着灰制服的人的长长队列时,他跑回爷爷这边,冲爷爷喊着:"看有什么来啦,爷爷!"

为了让他高兴,王龙跟着小孙子来到门口,只见街上到处是人;眺望着这看不到头的穿着灰色制服的队列踏着重重的一致的步伐经过城里,王龙仿佛觉得空气和阳光于刹那间消失了。他仔细瞧着队伍里的人,发现他们每个人都扛着一种武器,还有一把大刀,每人脸上都是一副狂野、凶狠和蛮横的表情;尽管有的还是十几岁的孩子，可也是同样的表情。在看到他们那凶神恶煞的面孔时，他赶紧把孩子拉进自己的怀里说："我们赶快进去，关上大门。他们不是好人，别看了，宝贝。"

但是，就在他要转身之际，队伍中有个人看到了他，冲他喊着："噢，瞧，那不是我老爹的侄子吗？"

王龙循声望去，谁知他看见了他叔叔的儿子，跟别人一样也是穿着上面落满了尘土的灰制服，只是脸比别人的更凶悍、更粗野。他高声笑着，和他的同伴们说："弟兄们，我们可以在这儿停留，这位是个富人，我的亲戚！"

惊恐中的王龙还没来得及反应，一群人已经一窝蜂似的进了他家的大门，在他们中间，他显得无能为力。他们像邪恶、污浊的水一样涌进了他各个院子里，涌进了每个犄角旮旯里；他们随意地躺在了地板上，用手舀起池子里的水喝；他们把刀置在雕花的桌子上，他们往地上吐痰，相互间大声嚷嚷。

将这一切都绝望地看在眼里的王龙，领着小孙子跑回来去找他的大儿子。他去到大儿子的院子里，大儿子正坐在那儿读着一本书，见父亲来了立刻站了起来，听了王龙气喘吁吁地讲述后，开始叹气朝前面的院子里走。

见到他堂叔后，王龙的大儿子真不知道是该骂，还是以礼相待。他只是跟身后的父亲痛苦地说："每个人都有一把刀！"

于是，大儿子很是客气地和他的堂叔说："欢迎你再次回到家中，堂叔。"

他堂叔咧着大嘴笑着说："我带来了一些客人。"

"既然都是你的同伴，他们都应受到欢迎。"王龙的大儿子说，

"我这就去给你们准备饭菜,走之前好好在这儿吃上一顿。"

堂叔依然咧嘴笑着:"好啊,不过,来日方长,我们可能要在这里住上一些日子,也许一个月,也许一年或两年,因为我们要在城里驻扎,战事需要时才开拔。"

王龙和他的儿子听说这一消息后,两人几乎都要掩饰不住他们的沮丧了,当然,必须掩饰住,因为院子各处都闪烁着刀光剑影。于是,他们强装出笑颜说:"是我们的荣幸——我们的荣幸——"

大儿子装着要去准备饭食,拉起父亲的手,两人急匆匆地进到内院。插上院门后,父子两个都目瞪口呆地望着对方,不知怎么办才好。

这时,二儿子跑来敲门,由于太着急给他开了院门后他一下子跌倒在院子里。他气喘吁吁地说:"到处都是当兵的,每家每户都有,甚至穷人家中也有。我跑来是告诉你们,务必不要反对,我铺里的一个跟我很熟的伙计——每天上班时总是我俩一块儿站柜台——听说这个消息后跑回家里,发现他妻子生病躺着的屋里也进去了士兵,他让他们出去,结果他们把刺刀捅进了他的身体,就像是戳进一块猪油,一下子就从他身体的另一边捅了出来!他们要什么,咱们就给什么,但愿这仗不久便能打到别的地方去!"

父子三人心情沉重地相互望着对方,想着他们的女人和那些色欲难耐的士兵。想到自己体态端庄、举止得体的妻子,大儿子说道:"我们必须把女人们都集中到最里面的那个院子里,我们要日夜警戒,把院门闩好,后面的太平门不要关死,以防万一。"

他们很快就这么做了。他们把女人和孩子们都送进了荷花和杜鹃以及她们的丫鬟住着的内院里,大家都挤在那里凑合住着。大儿

| 303

子和王龙日夜守着院子的大门，二儿子有时候也来帮忙，他们不分昼夜地小心守护着他们的女人和孩子。

然而，这里有一个人，就是王龙的那个堂弟，因为他是亲戚，不好把他拦在外面，他使劲地敲院门，进来后随意地走动，手里握着亮闪闪的军刀。大儿子心里充满怨恨地跟着他，可看着人家手里亮晃晃的刀子，连大气也不敢出。他堂叔瞧瞧这，瞧瞧那，口里夸赞着这里的每个女人。

打量了一番大儿子的妻子后，他粗野地大笑着说："我的大侄子，你有个姣好、端庄的女人，她的脚小得像是荷花的苞子！"看着二儿子的老婆，他说："这是一个健壮的乡下女人，像个大红萝卜——一块肉质鲜美的红肉肉！"

他之所以这么说，是因为这个二媳妇较胖，块头也大，面色红彤彤的，可看上去仍然挺标致。在他打量大儿媳妇时，大儿媳妇便设法回避，用衣袖掩面，而二儿媳妇则性情开朗得多，她咯咯地笑着，很率直地说："有的男人喜欢辣萝卜的味道，有的则喜欢红肉肉。"

王龙的堂弟立刻回应道："我就喜欢红肉肉！"他说着，仿佛想要上前抓她的手。

大儿子这阵子一直为这对男女间的轻浮言行，感到痛苦和难为情。他瞥了一眼他的妻子，因为他为他堂叔和他弟媳在他妻子面前的表现深感羞愧，他妻子的教养毕竟比他的高。他堂叔看出了他在他妻子面前的怯弱，不怀好意地说："我宁愿天天吃红肉，也不愿意吃像你这样冷冰冰的没有味儿的干鱼片！"

听到这话后大儿媳妇傲然起身进到里屋去了。他们的堂叔这时又发出一阵粗野的笑声,临了,他对坐在那儿抽着水烟袋的荷花说:"这些城里的女人太讲究了,是吧,老夫人?"仔细地打量了一番荷花后,他接着说:"噢,真的是老夫人啦,即便我不知道我堂兄是个富人,只要看看你我也就知道了。你已经变得如此肥胖,如此富态了,你吃得那么好,又那么富足!只有富人的老婆才会有你这样的体态!"

听到他叫她老夫人,荷花十分高兴,因为这是专门给大户人家女人的称呼。于是,她肥胖的身体里发出浑厚的咕噜咕噜的笑声。她吹出烟袋锅里的烟灰,把烟管交给丫鬟去填上烟丝,自己则转向杜鹃说:"这个人看着粗莽,还挺会开玩笑的!"

她说这话时,拿媚眼瞟了那堂弟一下,尽管她目光里已没有了她早先的羞涩,她那肥胖的脸庞上的眼睛也不再显得大、不再是杏仁眼了。看到她送过来的秋波,这位堂弟爆发出轰然的笑声,激动地喊道:"噢,不减当年,依然是条老母狗!"说着又大声地笑了起来。

在这期间,王龙的大儿子一直愤怒、默不作声地站在那里。

看过这一切后,王龙领着他去最后面的那个房间见他的母亲。他母亲正躺在床上睡觉。她睡得很沉,他的儿子不住地用枪托敲击她床头下的地板,好不容易才弄醒了她。她像仍在睡梦中那样愣愣地瞪着他,她的儿子不耐烦地说道:"喂,你的儿子回来了,可你还在睡觉!"

她从床上坐了起来,又怔怔地望着他,然后,她很是惊诧地说:"我的儿子——是我的儿子——"端详了他好长时间,末了,她似乎不知道她该做什么了,于是把自己的大烟枪递给了儿子,仿佛她再也想不出比这更好的东西了,她跟伺候她的丫鬟说:"给他烟锅里添上点儿。"

他瞪了他母亲一眼说："不，我不抽。"

站在床边的王龙，突然担心他的堂弟会怪罪他说："你是怎么对待我母亲的，竟让她变得像现在这样骨瘦如柴、皮肤蜡黄？她身上的肉都哪儿去了？"

因此，王龙赶紧为自己辩解道："我希望她少抽点儿，因为给她的鸦片烟每天都得花去好几块银圆的。可她年纪大了，我们不敢顶撞她，她想抽，就给她抽吧。"他说着叹了一口气，一边偷觑着他叔叔的儿子，不过还好，他这个堂弟什么也没说，只是注视着自己母亲现在的样子。当她躺下又睡着了时，他从床边站起来，拿枪当手杖戳着地，咚咚地走了出去。

在王龙和他的家人看来，前院这群懒散的兵痞里，没有谁比他们的这个堂亲更令他们感到憎厌和害怕的了。事实确实如此，尽管这群士兵恣意地损毁园内的花草树木，尽管他们用他们的大皮靴随意地踩踏上面雕有精美花纹的椅子，尽管他们把个人的垃圾都丢进有金鱼游戏的池塘里，最终鱼儿都死了，翻了白肚皮，漂在水面上变质腐烂。但这位堂亲在内院任意地进出，他的眼睛总是滴溜溜地瞅到丫鬟们身上，王龙和他的儿子们为此提心吊胆，整日不敢睡觉。把这一切都看在眼里的杜鹃说："现在，只有一个解决的办法，那就是在他驻留的日子里给他个丫鬟让他玩，不然的话，他就会去摘不该他享受的花儿了。"

王龙像抓住了救命稻草似的决定采纳杜鹃说的办法，他觉得他似乎再也忍受不了家里这么多麻烦事了，因此他附和说："这是个好主意。"

他吩咐杜鹃去问他堂弟,看看喜欢哪一个丫鬟,既然所有的丫鬟都已经见过了。

杜鹃很快就问了回来了,她对王龙说:"他说他要睡在夫人床角的那个白白净净的小姑娘。"

这个面色白嫩的丫鬟叫梨花,是王龙在那个饥荒年买来的,那时她才七八岁,饿得面黄肌瘦的,当时非常可怜;因为她长得娇小可爱,大家都挺宠她,让她帮着杜鹃在荷花身边做事,给荷花的烟袋锅里装装烟丝、倒个茶水什么的。王龙的堂弟正是在荷花那儿见到过这个梨花。

在场的梨花听到后,顿时就哭了起来。当时她正在给荷花倒茶,杜鹃他们都在荷花这边坐着谈论这件事,慌乱中梨花把茶壶摔碎了,茶水溅了一地,她自己却浑然不知。她只顾一下子跪在荷花跟前,在地板上不断磕着响头,嘴里哀求着:"噢,夫人,我不——我不——我怕死他了——"

她这么做令荷花很不高兴,荷花没好气地说:"他就是一个光棍儿,一个光棍儿跟有一个女人的男人没什么不同,男人们都是一样的,你这样闹腾是怎么啦?"她转身对着杜鹃说:"带走这丫鬟,把她给那个堂亲。"

梨花两只手攥在一起,可怜地哀号着,仿佛就要因为哭泣和恐惧而死去了。她瘦小的身体因为害怕而簌簌地颤抖,她看着她面前的一张张面孔,恸哭着,哀求着。

王龙的儿子们都不好说话去反对他们父亲的妻子,他们不表态,他们的媳妇也不好说什么,那个小儿子也是如此。不过,他却是站在那儿一直注视着她,双手紧紧地攥在胸前,他眼睛上方的两道浓眉也蹙成了又直又黑的一道,但他没有作声。孩子们和丫鬟们都静静地观望着,除了这个吓坏了的、充满惊恐的小姑娘的哭声,整个屋子里再也没有其他的声响。

眼前的这一情景令王龙感到不舒服了,他犹豫地看着这个年轻的姑娘,尽管他也不想惹得荷花气恼,可他的内心还是被触动了,因为他是个菩萨心肠的人。女孩从他脸上看出了他的心理,她跑过来双手抱住他的脚,把头伏在他的脚上,大声地啜泣。他俯身望着她,看到她瘦削的双肩那么剧烈地抽动,这让他记起他堂弟凶悍、野蛮的躯体(现在早已不再年轻),于是,他对这件事一下子产生了一种憎厌感,他对杜鹃说:"作罢吧,这样子强迫一个姑娘不好。"

他说这话时口气非常温和,但荷花还是厉声叫了起来:"她必须去干吩咐她做的事,这么件小事,一件每个女人或早或晚都会经历的事,这样大哭大闹,实在是愚蠢。"

可王龙还是很宽容地对荷花说:"让我们先看看有没有别的办法,如果你愿意的话,我可以再给你买个丫鬟或者什么别的你想要的东西。不过,先让我想想该怎么做。"

荷花早就想要一个外国表和一个新的宝石戒指,因此她马上不再作声了。这时王龙对杜鹃说:"去告诉我堂弟,这个姑娘患有一种恶疾,不过,如果他还是非要她不可,当然也可以,这就让她过去。可是,如果他跟我们一样也对这种病感到害怕,那么,我们还有一个更健康的女孩给他。"

王龙扫视着站在他周围的丫鬟们,她们都咯咯地笑着转过了脸去,仿佛害羞似的。只有一个很健壮的、二十岁左右的丫头没有转过身去,她红着脸笑着说:"这种男女之事我听得多了,如果他要我，我愿意试一下，他这个人并不像有的男人那么讨厌。"

王龙松了一口气答道："好，那就去吧！"

杜鹃说："大家都紧跟在我后面走，因为我知道他会把离他最近的那一个抓在他的手里。"姑娘们跟着她出去了。

可那个身材娇小的女孩仍然伏在王龙的脚前，只是现在已经停止了哭泣，在那里听着事态的发展。荷花还生着这女孩的气，她起身一句话没说，回自己的房间去了。之后，王龙轻轻地扶起女孩，她在他面前站着，脸色苍白，低着头，他发现她长着一张鸭蛋形的柔和的小脸庞，格外娇美和白皙，一张小嘴格外红润。王龙温和地对她说："孩子，暂且避开你的女主人一两天，等她消了气再说。要是那个人进来了，你就藏起来，免得他看到了再想要你。"

她抬起眼睛，很是感激地瞧了他一会儿，然后，像个影子一样悄然从他身前走过消失了。

王龙的堂弟在这里住了一个半月，他想的时候就跟那个丫头亲热。她怀上了他的种。她把这件事大言不惭地告诉了大院里的人。不久，战事突然来了，队伍像秋风扫落叶一样很快离去了，整个大院里除了他们糟蹋后留下的一片狼藉和污物之外，什么也没剩下。王龙的堂弟把他的军刀挎在腰间，把他的枪扛上肩头，又是得意又是嘲讽地说："噢，如果我回不来了，我已经给我母亲留下了孙子。并不是每个人在他停留的一两个月中间，就能留下个儿子的，这就是士兵生活的优越之处——他的种子在他走后生长起来，别人必须代为照料！"

冲着他们所有人哈哈大笑了一通之后，他跟着其他的士兵一起开拔了。

第三十二章

Chapter 32

军队走了以后,王龙跟他的大儿子和二儿子这一次一致同意,必须把士兵们糟蹋的痕迹全部清除干净,他们再次叫来了木匠和泥瓦匠。大院里的男仆清扫院子,木匠们巧妙地修补好了被损坏的雕工和桌椅,水池里的污物全被清理了出去,洁净的水注入池塘里,大儿子又买来了带斑点的金鱼,再次栽种上了开花的树木,修剪了树上被折断的枝条,不到一年的时间,整个庭院便焕然一新,花开满园。每个儿子又都重新住回了自己的院子,一切都再一次变得井然有序。

那个怀了王龙叔叔儿子的孩子的丫鬟,被王龙派去服侍他婶子了,一直服侍到他婶子终老(她的日子已不多了),并在她死后将她放入她的棺材。王龙很高兴,这个丫鬟最终生了个丫头,因为如果是男孩她就会觉得自己了不起,会在这个家中要一定的地位,而生了女孩,那只是一个丫鬟又生了个丫鬟,她在这个家里的地位并不比以前高。

不过,王龙待她还是挺公平公正的。他跟她说,在老太婆死了以后,如果她愿意她可以占有老太婆的那间屋子和那张床,一间屋子,一张床,在这拥有六十个房间的大院里,一点儿也不起眼。王龙给了她一点钱,这个丫头很是满足,只是在给她钱时,她这样和他说:"把这钱留作我的嫁妆吧,老爷,这对你来说并不费事,把我嫁给一个农民或者一个可怜的穷人吧。这将是你的功德,跟一个男人一起生活过了,觉得很难再孤单地一个人睡了。"

王龙痛快地答应了,他答应时脑海中浮现出一个想法:如今,是他在允诺把一个女人嫁给一个可怜的男人,他曾经就是一个可怜的男人,到这个大院来接他的女人。他已经有好些个年头没有再想过阿兰,此时他想起了她,不免有些感伤,不过,这感伤不是悲切,只是在回忆起过往之事时的一种沉重感。现在,他离她已经如此之遥远。他沉重地对这个女孩说:"等这个老烟鬼死了之后,我将给你找个男人,时间不会长了。"

王龙践行了他的诺言。一天早晨那个女孩来跟他说:"现在可以兑现你的话了,老爷,因为老太婆一大早没有醒过来死去了,我已经把她放进了她的棺材里。"

王龙想着他现在还认识的那些给他做过农活的人。他记起了那个愣头愣脑的导致老秦死去的小伙子,牙齿露在下嘴唇外面的那个,王龙心里想:"他并不是有意那么做的,他是个好人,我现在能想起来的唯一的一个人。"

于是，王龙派人找来了那个小伙子，现如今他完全长成了个大人，但他仍然很笨，下面的牙齿仍然露在外面。王龙一时兴起，为了充分体味一下那一奇异时刻会带给自己的感觉，他自己坐在了大厅里的那把高椅上，然后一字一顿地说："小伙子，这就是那个女人，只要你愿意，她就是你的了。除了我叔叔的儿子，再没有别的男人碰过她。"

小伙子很是感激地要下了她，因为她是个身体健壮，脾性很好的姑娘，除了这一个，他穷得也娶不起别的女人。

王龙从那把高椅上下来，他似乎觉得自己的生命已经完成了一个轮回，趋于圆满，他已经做了他这一辈子想要做的一切，而且，他所做的远远超出了他的想象，他不知道自己是如何做到这一切的。唯有现在他才觉得，平和似乎能真正地来到他身边，他可以在太阳底下睡觉了。也是他该享受这份闲情逸致的时候了，因为他已年近六十五岁，他膝下的孙子们像幼竹一样成长起来了。大儿子那里有三个儿子，最大的已经十岁，二儿子有两个儿子。不久的将来，他的三儿子也该婚娶了，等三儿子的婚事办完，他这一生就再没有要他牵挂的事情，他便可以过平静的生活了。

然而，平静并没有到来。那些士兵的驻停就好像一群野蜂飞过后在其停留的地方留下了它们的毒刺。大儿媳妇和二儿媳妇在她们搬进一个院子之前，相互之间还是蛮客气的，而现在却学会彼此仇恨和记仇了。这种记恨来自于女人间上百次的琐屑争吵，这些争吵又来自于双方的孩子在一起住、一起玩以及像狗猫那样的相互打架。每个母亲都跑出来护着自己的娃，而拳打别人的孩子，在争斗中她自己的孩子总是正确的，因此，这两个女人只能是相互敌对的。

王龙的堂弟那天曾夸赞过二儿子的乡下老婆，嘲笑了大儿子的城市老婆，这件事虽说过去了，却是无法原谅的。大儿媳妇在遇见二儿媳妇时总是高傲地抬起她的头颅，有一天她还在二儿媳妇经过时故意大声地跟她的丈夫说："家里出了个少调失教、不知羞耻的女人，也是家门不幸，在一个男人称她为红肉肉后，她竟然还能对他笑脸相迎。"二儿媳妇马上反唇相讥："我大嫂这是嫉妒了吧，因为那个男人称她是干鱼片！"

长此以往，这两个女人便成了一对冤家。尽管大儿媳自我感觉良好，总是摆出一副高傲的姿态，对二儿媳只是默默地鄙视，有意对她视而不见。可一旦她的孩子们跑出他们自己的院子，她就会大声地嚷嚷："不要跟那些像蛇一样的孩子一块儿玩，小心被咬！"

就这样，两个女人之间的怨恨每天都在增长，使事情变得更糟的是兄弟两人之间也有芥蒂。老大总担心他的出身和家庭被他的妻子看不起，因为人家毕竟是在城里长大，比他的出身高贵一等；老二则担心他哥哥老想着花钱，老想着要抬高他家的地位，会导致在家产未分之前就挥霍掉不少。另外，老大觉得自己挺没面子的，因为老二知道他们父亲的钱财到底有多少，钱都是老二经手的，他也知道支出去了多少，所以，尽管收进的钱和花出去的钱都是通过王龙的手，可老二还是了解账目的，而老大对此则是一无所知，只能像个孩子似的买什么东西时，伸手跟父亲去要。因此，当两个媳妇吵得不可开交时，这积怨也传到了两个男人身上，两个院子之间遇到个什么事情马上就能吵起来。王龙不住地叹息着，因为看来他的家是永无安宁之日了。

自从王龙那天保护了荷花的丫鬟，使她免遭他堂弟的欺辱后，他自己跟荷花的关系也悄然出现了裂隙。自那天以后，小姑娘便不再招荷花待见了，尽管她仍是顺从地、一声不吭地一天到晚服侍在荷花左右，添烟丝，取各种东西，在晚上荷花抱怨睡不着觉时捏腿捶背，但荷花依然不满意她。

她开始嫉妒起这个姑娘，王龙来时她便把人支走。她骂王龙，说他老瞅那姑娘。其实，王龙只是把这个丫头看作一个被吓坏了的可怜孩子，他对她的关心可以说跟他对他傻女儿的关心没两样。不过，当荷花这么骂他时，他倒有心多看了那姑娘一眼。他发现她的确非常漂亮，面色白嫩得像刚刚绽开的梨花，看到这样的面容，他渐老的身体内安静地流淌了十多年的血液，似乎又被搅动了起来。

虽说荷花对其他事物一窍不通，可对男人跟女人之间那点事儿她还是谙熟于心的。她知道男人老了以后还可能再度萌发出一个短暂的青春期，因此，荷花看见这姑娘就来气，讲着要给卖到那家茶馆去。但荷花又爱舒适，杜鹃渐渐变老变懒了，而这个姑娘手脚麻利，又十分了解荷花的习惯，在荷花自己还不知道需要什么时，梨花就已经看出她的女主人想要什么了。因此荷花又不愿意卖掉她，但为了自己的利益又必须舍弃她，这一舍与不舍的思想冲突令荷花感到气恼、心绪烦乱，也变得比平时更不好相处。有好多天，王龙没有再进过荷花的院子，因为她的脾气变得越来越坏。他跟自己说，他可以等，等她的火气渐渐消去。可与此同时，他想着那个年轻漂亮、面容白皙的丫头，连他自己都不敢相信他竟会这么念着她。

好像由他家里的女人们寻事搞出的麻烦还不够多似的，王龙最小的儿子也来凑热闹了。他这个最小的儿子一直都是个安静的青年，一心读书想要追回他失去的时间。除了看到像苇子一样细长身材的小儿子常常胳膊下面夹着书本，像条狗似的跟在那位老先生后面之外，大家再也不会想到他了。

那些士兵在这儿的时候，小儿子曾生活在他们中间，听他们讲战争、劫掠和打仗的故事。之后，他便跟老先生要了一些小说看，比如与古代战争有关的《三国演义》和与造反有关的《水浒传》，他的脑海充满了各种各样的梦想。

有一天，他去到父亲那里说："我知道我将来要做什么了。我要当兵，要去打仗。"

王龙听到这话，心里说不出的沮丧，他觉得这可能是发生在他身上的最坏的事情了。他不由得大声地喊道："你这是疯了吗？难道我的儿子们永远都不能让我安生了吗？"他跟这孩子争论着，见儿子的眉头又蹙成了一道，他的口气温和下来，他说："孩子啊，自古以来人们就说，好铁不打钉，好男不当兵。你是我的小儿子，我最疼爱的小儿子，当你在外面四处打仗时，晚上躺在家中的我怎么能睡得着呢？"

但是这孩子主意已定，他望着父亲，垂下了他的两道黑眉毛说："我要去。"

王龙诱哄他说："你可以去你想要去的任何学校，我愿意把你送到南方的名校，或者国外的学校去学新奇的东西，只要你不去当兵，爹愿意送你到你喜欢的任何地方去上学。家里有个当兵的儿子，对我这样一个有地有钱的富人来说，多丢面子呀。"见儿子仍不吭气，他又劝阻道："告诉老爹，你为什么非要去当兵？"

这孩子浓眉下的一双眸子里突然闪出亮光，他急切地说："就

315

要爆发一场我们没有听说过的战争了——就要发生一场从未有过的革命和战争了,我们的国家就要获得自由了!"

王龙无比惊诧地听着这孩子的一番话,在此之前,他的三个儿子还从未这样令他惊讶过。

"我不知道,你这乱七八糟的说的是什么。"他疑惑地说,"我们的土地已经是自由的——我们所有的好地都是自由的。我想把它租给谁就租给谁,它给我带来钱,带来粮食,你吃的、穿的、用的,都是来自咱们的土地。你现在的自由已经足够你享用的了,我不知道你还想要什么样的自由。"

孩子只是很痛苦地咕哝道:"你不懂——你太老了——你什么也不懂。"

王龙思考着,瞧着他的这个儿子,他看到这张年轻的脸上充满了痛苦,他心里对自己说:"我给予了这个儿子他所需要的,包括他的生命。他从我这里得到了一切,我甚至让他离开了土地,以至于在我之后再没有一个儿子照料田地了。我让他去读书,尽管我家里已有两个识文断字的,用不着他再上学。"他仍旧看着这个年轻人,在心里思量着:"这个儿子从我这里得到了一切。"

随后,他细细打量起他的儿子,发现小儿子已经长成了大人的个头,虽说因为年轻身体还显得有些细弱。他看不出这个孩子身上有青春期的那种情欲冲动,不过,他还是有些怀疑。于是,他不由得小声咕哝道:"噢,也许他还需要另外一种东西。"说着他的声音变得大了起来,语调也拖得很长:"噢,孩子,我们这就为你张罗你的婚事。"

可小儿子浓眉下的眸子里却闪现出恼怒的神情,他嘲讽地说:

"那样,我真的要离家出走了,因为我跟我大哥不一样。对我来说,女人并不能解决一切事情!"

王龙立刻发现他错了,因此他赶忙为自己开脱道:"不——不——我不是要让你成亲,我的意思是说,如果你想要个丫鬟……"

小儿子将双臂交叠在胸前,脸上一副高傲和庄严的神情,他说道:"我不是那种普通的年轻人。我有理想。我希望赢得荣誉。女人到处都有。"随后,他好像记起一件他忘记了的事情,他的胳膊放了下来,神情也不再显得庄严,他用平常的语调说:"何况,再也没有比我们家的丫鬟更丑的了。要是说喜欢的话——可我不喜欢——除了内院伺候那个人的白净小女孩,没有一个好看的。"

这时,王龙知道了小儿子说的是梨花,一种别样的嫉妒心理攫住了他。他突然觉得自己很老了——一个腰宽体胖的白发苍苍的老人,他看见自己的儿子苗条、挺拔,在这一刻,不再是父子而是两个男人,一个老了,一个年轻。王龙生气地说:"不准动那些丫鬟,我不允许在我的家里出现那种纨绔少爷的做派。我们是善良、殷实的乡下人,有着体面的生活方式,在我的家里不允许发生跟丫鬟有染的事情!"

小儿子这时睁大了眼睛,扬起了他的黑眉毛,耸着肩膀说:"是你先跟我提起这件事的!"说完他便转身离开了,留下王龙一个人坐在自己的屋子里。他感到了孤独和疲累,喃喃地对自己说:"噢,我这个家到处都不得安宁。"

他的内心很乱,气不打一处来,然而——尽管他也不明白这是为什么——最令他生气的还是这件事:他的小儿子看上了家中那个脸蛋白嫩的小姑娘,觉得她长得好看。

第三十三章

Chapter 33

王龙无法让自己不想他小儿子说梨花的那几句话,他总是瞅着她出出进进,不知不觉他的脑子里装满了她,他喜欢上了她。但是,他没有跟任何人说起过。

那一年初夏的一个晚上,夜晚的空气中充溢着温馨和芬芳,凝重中又不乏柔和,王龙一个人坐在自己院子里一棵开满了花的桂花树下。桂花树散发着馥郁扑鼻的芳香,他坐在那里,觉得自己像个年轻人一样周身的血液都在沸腾奔涌。整个白天他都是这样,他一度想走到自己的地里去,感觉一下脚下的土地,脱下鞋袜,用肌肤去感觉它。

他本可以这么做的,但是他不好意思,怕人们看到了说他。城里的人早已不再把他看作农民,而是一个有钱人,一个地主。因此,他不安地在各个院子里走来走去,只是躲开了荷花坐在树荫下吸水烟袋的那个院子。因为荷花很了解一个男人的躁动,她一眼便能看出是哪儿出了问题,所以,他独自一个人待着。他不想见那两个爱吵架的儿媳妇,也不想见往常给他带来了快乐的孙子们。

这个白昼过得非常漫长和孤寂,他满血复活,体内的血液在澎涌。他无法忘记他的小儿子,无法忘记小儿子挺拔、笔直地站在他面前时的形象,年轻、严肃的面庞上两道浓眉拧在一起。他无法忘记梨花。他对自己说:"我想他俩的年龄正合适——小儿子一定有十八岁了,而她尚不满十八。"

跟着,他记起他自己再过不了几年就七十岁了,他为他有这样不安分的心理感到害臊,他在想,"把这姑娘给了小儿子,也许是件好事"。他跟自己一遍又一遍地说着这句话,每一次重复都像是用一把匕首戳进身上的伤口,可他又不得不去刺它,不得不感受这痛楚。

因此,这一天对他来说显得特别漫长和孤寂。

夜幕降临后,他依然一个人静静地坐在他的院子里,在整个家里,他没有一个可以作为朋友那样说说话的人。夜晚的空气凝重而又柔和,弥漫着浓浓的桂花树的香味儿。

正当他这样在夜色中的桂花树下坐着的时候,一个身影从他待着的靠近院门口的地方经过,他抬眼一看,走过的正是梨花姑娘。

"梨花!"他喊了一声,可声音并不大。

梨花突然停下了脚步,她侧着头在谛听。

接着,王龙又喊了一声,那声音几乎是从他嗓子眼里挤出来的。"过来我这儿!"

听到他的声音后,她蹑手蹑脚、战战兢兢地从院门那里走了进来,站在了他面前。王龙几乎看不见站在黑暗中的梨花,但他能感觉到她的存在。他伸出手抓住了她的衣角,几乎有些窒息地说:"孩子——"

他欲言又止。心里想他已经是个老人了,自己的孙子孙女都快和这个女孩一样大了,他这么做是令人不齿的,他用手指摸着她小小的上衣。

她站在那里等着,她能感觉到他血液的热度。临了,她俯下身子,像一朵花儿从枝条上垂下它的身子那样,伏在了地上,抱住他的脚,在那里静静地趴着。他缓缓地说:"孩子——我老了——很老了——"

姑娘开口了,她的声音从黑暗中穿过来,像是桂花树散发出的气息。

"我喜欢老人——我喜欢老人——老人都是那么善良——"

他向她俯了俯身子,柔和地说:"像你这样的小姑娘应该找一个身板挺直、高挑的小伙子——尤其是像你这样的小姑娘!"他在心里加上了一句"像我儿子那样的小伙子——"然而,他不能大声地将它说出来,因为他很可能把这样一个念头灌输进她的脑子里,那是他受不了的。

可是她说:"年轻人缺少善良——他们都是凶巴巴的。"

听着她从他脚前发出的颤颤的还带着童声的嗓音,王龙的心里一下子掀起了对这个姑娘的爱的波涛。他轻轻地把她扶起来,领着她进了自己的院子。

事情过后,他为自己这一老年时期到来的情爱惊诧不已,因为它不同于他以往任何时候的情欲,他对梨花尽管有着爱的冲动,却没有像对他以前所认识的女人那样直接扑上去,将她压在自己的身下。

不过,他轻轻地搂抱着她,满足于将她年轻、轻盈的身体贴着他衰老、臃肿的肉体;满足于白天能看到她,夜晚能用手触摸她被风吹动的衣角。她的身体静静地依偎着他。他为这老年的爱情感到十分惊讶,这爱情是如此温馨美好,如此容易满足。

至于梨花,她还是个不知情欲的姑娘,她依偎在他身边,像是女儿依偎着父亲那样。对王龙来说,她就是个情窦未开的女孩,还算不上是个女人。

王龙干的这件事并没有马上传开,因为王龙对此事只字未提。既然他是这个家的主人,为什么要跟别人说,跟别人商量呢?

是杜鹃最先发现了这件事的端倪。她看见梨花拂晓时从王龙的院子里溜了出来,她拦住梨花,咯咯地笑着,眼睛里闪耀着像老鹰一样锐利的光。

"噢!"她说,"看来又出了一个黄家老爷!"

屋里的王龙听到了杜鹃的话,披了件长袍很快走了出来,脸上挂着既害臊又骄傲的笑容,嘴里说着:"我说她最好是找个年轻的,但她说她就愿意跟年纪大的!"

"把这件事告诉夫人,就有好戏看了。"杜鹃说,她的眼睛里流露出不怀好意的神情。

"我自己也不知道这件事怎么就发生了,"王龙缓缓地说,"我并没想在我的家里再增加一个女人,可这事自然而然就发生了。"杜鹃说:"此事必须告诉夫人。"王龙最怕的就是惹荷花生气,他恳求

321

杜鹃道:"如果你实在想,你就告诉她吧。要是你能让她知道后没有跟我发火,我会给你一些酬劳的。"

于是,仍在笑着不停地摇着头的杜鹃,把这件事应承了下来。王龙回到了他的院子里,在杜鹃返回来告知他结果之前,他将在那里待上一会儿。不久,杜鹃回来跟他说:"噢,讲给她听了。她开始时非常生气,我提醒她你早就同意给她买一个外国钟,她盼这个钟的日子也不短了。而且,她还想要一个玉石手镯,不,要一对,一只手上戴上一个。还有别的她想要的东西你都可以给。还得要一个丫鬟,换掉这个梨花,梨花是再不能来她这边了。你这段时间也不要过来了,免得看见了你叫她恶心。"

王龙马上答应道:"给她所有她想要的东西,她要什么,我都给她买。"

王龙吊着的心放了下来,他最近都不必见荷花,等满足了她的愿望,她的气消了以后再说不迟。

可他还有三个儿子需要应付呢,对自己所做的事情,他在他的儿子们面前有种说不出来的羞耻感。他一遍又一遍地跟自己说:"难道我不是这个家的主人,难道我不能要一个用我自己的钱买来的丫鬟?"

然而,他还是有些羞愧,与此同时,又有些骄傲,觉得自己仍然有着情欲,在别人以为他只能当一个爷爷的时候。他等着他的儿子们的到来。

儿子们是分别到的,二儿子是第一个。这个儿子进到王龙的屋子里后,跟他谈土地,谈收成,谈今年夏天的旱灾会使秋粮的产量减少三成。而王龙近年来已很少再关心什么涝灾还是旱灾的,因为如果今年没有什么收成,他仍然有上一年收下的租子。他的各个院子里都存有银圆,粮市上还欠着他钱款,而且,他还放了不少的高利贷,由二儿子帮他收着,所以,他用不着再去眺望他土地上空是否有雨云。

可二儿子还是滔滔不绝地谈论着这方面的话题,他一边说,一边暗地里查看着这屋子的周围。王龙知道他是在寻找那个姑娘,看看他所听到的是不是真的。于是,王龙对藏在里屋的梨花大声喊道:"给我端茶来,孩子,还有我儿子的茶!"

她从里屋走了出来,白嫩的面颊上浮现出红晕,宛若熟透了的李子。她低着头,轻轻地挪动着她的两只小脚,二儿子怔怔地望着她,虽然他早就听说了,可好像直到现在他才相信这是事实。

但二儿子对此什么话都没说,除了土地长土地短,说这个或是那个佃户在年底时该替换掉了,还有另外一个也得换掉了,因为他抽大烟,连地里的庄稼都不收割。王龙问二儿子,他的孙子们好吗,二儿子回答说孙子们患上了百日咳,但随着天气转暖现在好多了。

他们边喝茶边聊,二儿子看到了他该看到的一切后离开了,王龙知道二儿子这边是没有什么问题了。

随后到来的,是王龙的大儿子。他是在那一天快晌午的时候进来的,他高大、英俊,有成年人的沉稳和骄傲。王龙怕他的那股高傲劲儿,因此,他起先没有叫梨花出来,他只是等着,抽着他的烟袋锅。大儿子笔直地坐在那里,一副一本正经的模样,他颇为得体地询问父亲的身体状况和生活情况。王龙马上很是平静地说他一切都好,在他细细瞧着他的儿子时,他的那种畏惧感消失了。

因为他明白他的大儿子是个什么样的人：尽管身材魁梧，可却害怕从城里娶的老婆，更是害怕别人看低他的出身。王龙身上那一如大地般的粗狂禀性——甚至在他还没有意识到的时候——已经在他心头涌动。他再次像他早年那样，完全不再在意他大儿子的想法，他朝着待在里屋的梨花喊道："出来吧，孩子，来给我的另一个儿子上茶！"

这一次，梨花出来时显得非常冷淡、镇静，她鸭蛋形的小脸庞白得真的如同她的名字梨花一样。走近时她垂下了眼睛，机械地做完吩咐她做的事情后，很快便退下了。

在她倒茶的当儿，两个男人默不作声地坐着，待她出去后，两人才端起了茶碗。此时，王龙直视着儿子的眼睛，他捕捉到了一抹艳羡的神情，那是一个男人暗中嫉妒另一个男人的眼神。临了，二人喝起了茶，最后，大儿子用一种不太平静的声音说："我最初并不相信这是真的。"

"为什么不相信呢？"王龙不动声色地反问道，"这是我自己的家。"

大儿子叹息了一声，稍后回答道："你是富人，你可以做你想做的任何事情。"又叹息了一声后，他说："呃，我想，对任何一个男人来说，一个女人迟早会有些不够，终究有一天——"

他没有再说下去，可他的目光里流露出了些许难以抑制的男人对男人的那种妒忌神情。把这一切都看在眼里的王龙，心里暗暗地笑着，因为他知道他大儿子好色的本性，知道那个举止得体的城里儿媳妇迟早会掌控不了他的大儿子，不知哪一天男人所具有的那一野性又会冒出头来。

此后，大儿子没再说什么便离开了，可他的脑海里却被灌输一个新念头。王龙坐那抽着他的烟袋锅,心里颇为自己感到骄傲:在他老年的时候,他依然做成了自己想要做的事。

最小的儿子到来时已是晚上了,他也是一个人来的。此时,王龙到了客厅里,桌子上的红蜡烛都点亮了,他坐在那儿抽烟。梨花静静地坐在桌子的另一边,双手交叠放在膝上。她有时会望着王龙,用她孩子般专注、天真的目光望着他。他也看着她,为自己能拥有她而感到骄傲。

就在这个时候,小儿子突然站在了王龙的面前,仿佛从漆黑的院子里一下子就跃了进来,谁也没有看见他的到来。只见他蹲伏在那里,这一情景让王龙不由得蓦然间想起了他曾经见过的村民们从山里捉来的小老虎。那只小老虎虽然被捆着,但它仍然蹲卧着,像随时准备跃起,眼里还闪着凶光。这个小儿子的眸子里此时就闪烁着这样的光,他这目光正落在他父亲的脸上。他眼睛上方蹙在一起的两道浓眉,对年轻的他来说显得太重、太黑。就这样站立了一会儿后,他终于用低沉的蕴含着怒火的声音说:"我要去当兵——我要去当兵——"

他的眼睛并没有看梨花,只是盯着他的父亲。对大儿子和二儿子毫无所惧的王龙,却倏然间害怕起这个小儿子来,尽管自他出生,王龙便几乎未曾把他放到心上过。

王龙支支吾吾、吞吞吐吐地想要说话,可当他把烟袋从嘴里拿出来时,却没有声音从他的嗓子里发出来。他愣愣地望着他的儿子。他的儿子一遍遍地重复着:"我现在就要去当兵——现在就去——"

说着,他突然转身看了一眼梨花。她也看着他,随即她变得畏怯起来，用双手捂住了脸，不再去看他。他强把目光从她身上移开，一个箭步迈出了屋子。王龙望向门外，那一片漆黑的夏夜里早已没有了儿子的影子，唯有寂静笼罩着一切。

临了，王龙向女孩转过身来，此时，他的骄傲感已荡然无存，他温和、谦卑而又悲切地说："对你来说，我太老了，宝贝，这一点我是很清楚的。我老了，已是个老人了。"

女孩把手从脸上挪开，情感激越地喊着（他从来没听到过她这样的喊声）："年轻男人都太冷酷了——我更喜欢老人！"

第二天早晨到来时，王龙的小儿子已经走了，谁也不知道他去了哪里。

第三十四章

Chapter 34

王龙对梨花迅速燃起的情欲,就像秋天进入冬季之前会出现几天像夏季那样的炽热天气一样,热度很快就退去了,他的激情消失了。他依然喜欢她,但没有了情欲。

随着体内欲火的退去,王龙突然间感到了体寒和衰老,他是个名副其实的老人了。不过,他仍然喜爱梨花,有她在他的院子里对他来说是一种安慰。她忠实地服侍他,她对他的耐心和照顾远远超出了她的年龄。他对她也总是疼爱有加,对她的爱变得越来越像父亲对女儿的爱。

因为他,梨花甚至对他的傻女儿也很好,这让他颇感慰藉。于是,他有一天把心中早已盘算好的念头告诉了她。到现在,王龙已经想过了不知多少次,等他死了以后他的可怜的傻女儿会怎样。家中除了他自己,再没有别人关心她是不是活着,是不是在挨饿。因此,他在药店买了一包白色的毒药,他对自己说等他快要不行的时候,就把这包毒药让傻女儿吃下去。但一想到这,他觉得比想到自己的死还要可怕,现在看到梨花是这样忠诚的一个女孩,他心里得到了安慰。

一天,他把她叫到自己跟前说:"我死后,除了你,再没有别人会疼我的这个可怜的傻瓜女儿。你看她无忧无虑的样子,在我死后她还会活很长很长的时间,她没有任何烦恼和忧愁,她也不会想个办法让自己死掉。我心里很清楚,在我走后再没有人会想到给她吃饭,或是下雨和天冷时把她带回屋子里,或是夏天时领她晒晒太阳,也许,她最终会到街头去流浪——这个可怜的傻女儿一生中唯有她的母亲和父亲在照顾她。这个小包里的东西可以帮助她通往永远安全的地方,等我死了以后,你把它掺在她的米饭里,让她吃下去,这样她就可以跟着我去到我在的地方。我也就可以安心了。"

可梨花却缩回身子,不敢去接他手里拿着的这个东西,她用柔和的语气说:"我连个虫子都不敢弄死,怎么可能敢夺走她的性命呢?不,老爷,我会把这个可怜的傻姑娘当成我自己的亲人,因为你对我一直都是那么好——比任何人都好,你是唯一一个对我好的人。"

王龙差点儿被她的话感动得哭了出来,因为没有一个人像这样给予过他回报,他的心跟她贴得更近了。他说:"不过,我的孩子,你还是收下这东西吧,你是我最信任的人了,可即便是你,也终将有一天会死去——尽管我不该说这样的话——在你之后,再没有一个人会好好照顾她了。我心里很清楚,我的儿媳妇们忙着照顾她们的孩子,忙着吵架,我的儿子们都是些吃粮不管闲事的男人,是不可能会想到要去做这些事情的。"

梨花明白了他的用意后,从他手里接过了那个小包,再没有说什么。王龙完全信任她,他不再为他可怜傻女儿的命运担心。

之后,王龙似乎老得越来越快,越来越喜欢安静了,除了他院子里的这两个人——他可怜的傻女儿和梨花——以外,他常常是独自待着。有的时候,他的精神稍微振作些,便望着梨花,然后,很是难过和不忍地说:"这种生活对你来说太安静了,我的孩子。"

可她总是轻柔地充满感激地回答:"安静的生活安全。"

有时他会再说道:"我太老了,不适合你,我情感的火焰已经烧成灰烬了。"

但她总是感激地回答说:"你待我好,我再不想要任何别的男人。"

有一次,在她又这么说的时候,王龙很是好奇,他问她:"是什么使得年纪轻轻的你这样害怕男人呢?"

他望着她,等着她回答,他发现她的眸子里充满了恐惧。她用手遮挡住双眼,喃喃地说:"除了你,我恨每一个男人——我恨每个男人,甚至包括卖了我的父亲。我听到的全是男人的坏,我恨所有的男人。"

他惊讶地说:"可你在这个家里一直生活得挺安逸,挺平静呀。"

"我心里装满了厌恶,"她说着把眼睛看向了别处,"装满了仇恨,我恨他们。我恨所有年轻的男人。"

她不愿意再往下讲,他思忖着她说的话,他不知道是不是荷花把自己的事情都讲给了她听,并以此来威胁她;或者,是不是杜鹃用一些淫荡的故事来吓唬她了;或者是她身上曾发生过什么难以启齿的事，她不想告诉他；或者是别的什么。

王龙叹了口气，没有再问下去，因为对他来说他现在最需要的是平和，他只希望坐在自己的院子里，陪伴着自己的傻女儿和梨花。

王龙就这样坐在他的院子里，一天天一年年地老去。他在太阳底下打着瞌睡，就像他父亲当年那样。他对自己说，他的这一生就快要结束了，他对他这辈子还是满意的。

有时，尽管次数很少，他也转悠到别的院子里去，去看看荷花，荷花从未提起过他要了的那个姑娘，总是殷勤地待他。她也老了，挺享受她喜欢的食物和美酒，享受只要张口就能得到银钱。经过这么多年，她和杜鹃已经成了朋友，不再是主仆的关系。她们俩聊这聊那，不过，聊得最多的还是她们年轻时与男人的那些事。两人嘀嘀咕咕着那些她们不愿大声讲出来的话，她们吃喝、睡觉，睡醒后，吃饭前，又接着聊。

王龙很少去他儿子们住的院子，可一旦去了，他们对他都很客气，跑去给他端茶。他跟他们说想看看最近刚出生的那个孩子，他记不住事了，所以老是问："我现在有多少个孙子了？"

儿子很快回答他："你的儿子们一共有十一个儿子和八个女儿了。"

王龙呵呵地笑着说："一年两个，我知道总数的，不是吗？"

随后，他会坐上一小会儿，瞧着这些围绕在他身边瞪着眼睛看着他的孩子们。他的孙子现在都长高了。他瞅着他们的模样，自言自语地说："这个看着像他的祖爷爷，那个小点儿的长得像他的姥爷——姓刘的粮商，这个像年轻时的我。"

他问他们："你们上学了吗？"

"是的，爷爷。"他们纷纷回答。他又问："你们学'四书'不？"

孩子们发出一阵童真、揶揄的笑声，他们对这个垂垂老矣的爷爷说："不学，爷爷，自从革命①以后，就再没人读'四书'了。"

他若有所思地答道："呃，我听说发生过一场革命，可我这一生太忙了，没有顾上去关心它。地里的事儿总是没完没了的。"

孩子们听他这么说又笑了起来，临了，王龙起身，他觉得在儿子们的院子里自己毕竟只是个客人。

之后不久，他便不再去看他的儿子们了，只是有的时候会问杜鹃："过去这么多年了，我的两个儿媳妇不吵架了吧？"

杜鹃往地上啐了一口说："你说她们俩？她们不吵架了，但仍像两只相互瞪眼盯着对方的猫。大儿子也烦了他老婆的指指点点。一个女人太讲究规矩了，男人是不会喜欢的。她总是说她父亲家这好那好，是男人都会感到烦的。听说他想再娶一房了，他常常往茶馆跑。"

"是吗？"王龙应了一声。

可待他要去细想这件事的时候，却失去了兴趣。于不知不觉中他已想着要喝他的茶了，他感觉早春的冷风正沁入他的肌肤。

又有一次，他对杜鹃说："有人可听到过我小儿子的消息吗？走了这么长时间了，也不知道他去了哪里？"

这个院子里的事情，没有杜鹃不知道的，她回答说："虽说他没往这边写过信，可时不时有从南方来的人说，他当了军官，做了一个什么革命当中不小的官，但具体的情况我也不清楚——或许是

---

① 指辛亥革命。

一种什么生意吧。"

"是吗?"王龙又这么应了一声。

他本来要把这件事再好好想一想,可夜幕降临了,没有了太阳的空气里夹着瑟瑟寒意,弄疼了他的骨头。现在,他的脑子有时候不由自己控制,他不能让它长时间地集中在任何一件事情上。他年迈的身体如今最需要的是食物和热茶。晚上他冷的时候,有梨花年轻温暖的身体紧贴着他。在床上有梨花给予他温暖,这是他老年生活中的一大慰藉。

春天年年莅临,可随着岁月的流逝,王龙对它到来的感知越来越迟钝了。不过,有一样东西他始终记得,那就是他对他的土地的热爱。他曾离开了它,在城里安了家,成了富人。但他的根仍然扎在他的土地上,尽管一年中他会忘掉它几个月,可一旦春天来临,他就会到城外的田野上去。他现在已不能扶着犁耕地或是做别的什么农活了,只能看着别人用牛犁地,但是,他也一定要去地里看看,他每年都是这么做的。有时,他会带上一个仆人,住回他乡下的老土屋里,睡在曾生下了他的儿女以及阿兰最后躺着死去的那张床上。黎明时分,他醒来后去到户外,伸出颤巍巍的手,摘下几片柳树上冒出的嫩叶,折上一束盛开的桃花,攥在手里一整天。

春末夏初的一天,王龙在田间徜徉。他走过了他的几片地,来到一座用土墙围起的小山丘上,这里埋着他的家人。他拄着手杖站着,身子在战栗;他望着那些坟茔,记起葬在这儿的每一个人。对他来说,他们的形象比现在生活在他自己家里的儿子们更加清晰,比任何人都更清晰,除了他的傻女儿和梨花。他的思绪回到了许多年前,一幕一幕都格外清晰,他甚至看到了他的二女儿,他已有好多年没有听到来自她那边的消息了。他看到的他的这个小女儿还是当时她在家里时的那个漂亮的小姑娘,她的嘴唇又红又薄像一块红丝绸。他觉得,她像躺在这片土地下面的家人一样清晰可见。他在这样思忖着的当儿,蓦然想道:"噢,我将是下一个躺在这儿的人。"

随后他走进了墓园,仔细查看着这片坟地,发现将来要埋他的那块地方比他父亲和叔叔的坟略低些,比老秦的略高些,离阿兰的坟不远。他怔怔地望着他将来要躺进去的那块地方,仿佛看到自己已经躺在了里面,永远回到了自己的土地上。他喃喃道:"我得去看看棺材了。"

这个痛苦的念头萦绕在他的脑际,他返回城里的家中,叫人唤来了他的大儿子,说道:"我有件事要跟你说。"

"那爹就讲吧,"儿子回答,"我听着呢。"

但当王龙要讲时,却突然记不起来是件什么事情了。他的眼睛里噙着泪水,因为他一直将这件痛苦的事留驻在脑子里,结果它现在却不翼而飞了。他叫来梨花,问她说:"孩子,我想要说什么来着?"

梨花轻声地反问他:"你今天去了哪里?"

"我去了地里。"王龙回答,他的眼睛盯着她的脸。

她又轻柔地问:"你去了哪一块地?"

这时,那件事刹那间又回到了他的脑子里,王龙被泪水浸湿的眼睛里流露出笑意,他喊道:"噢,儿子,我记起来了,我已经选好了葬我的地方,它比我爹和他弟弟的坟靠下一点儿,比你母亲和老秦的高一点儿,在临死前,我要看到我的棺材。"

333

王龙的大儿子很孝顺又很得体地大声说:"不要提那个字,爹!不过,我会按照爹吩咐的去办的。"

他的大儿子买了一口上面有雕饰的棺材,那是由一根很粗的沉香木做成的棺材,这种沉香木很适合用来安放死者,因为它的木质跟铁一样经久,比人的骨头更难腐坏,王龙的心里踏实了。

他让人把棺材抬进他的屋子里,他每天都能看到它。

不久,他突然又想起了一件事,他说:"我要把它搬到乡下的老土屋去,我将在那儿度过我最后的日子,我将死在那儿。"

大家见他心意已决,便照他说的做了。他搬到了乡下的那座旧房子里,他、梨花、他的傻女儿,还有几个仆人。王龙把城里的房子留给了他建立起来的家庭,又回到了自己的土地上。

春天过去了,夏天也很快过去进入收获的季节。王龙坐在了他父亲坐过的墙根下,晒着秋天温暖的阳光。除了食物、茶、酒和他的土地,他的脑子里现在再不想其他任何东西。关于他的土地,他想的不再是它会给他带来怎样的收成,或是该种下去什么庄稼的种子或者别的什么,而只是想着土地本身。有的时候,他会弯下身子用手捧起一把泥土,就这样把它攥在手里坐着,仿佛他手指间的泥土富有了生命似的。他就这样攥着它,心中很是满足。他间或会想到他的土地,想到他的那口上好的棺材。温馨的泥土在不慌不忙地等待着他的归来。

王龙的儿子们对他十分关心和孝顺,他们每天——顶多隔上一天——来乡下看望他。他们给他带来营养、可口的食物,不过,他最爱吃的还是在开水锅里搅拌熬成的玉米粥,并像他父亲那样一小口一小口地呷着喝。

有时候，他抱怨他的儿子们没能每天来看他，他跟总在他身边的梨花说："他们怎么会这么忙啊？"

梨花劝他说："现在正是他们一生中最忙碌的时候，他们有许多的事情要做。你的大儿子做了城里富人中的一个行政官，他又新纳了一房妾；你的二儿子正在筹建自己的大粮行。"这个时候，王龙会认真听她讲，但他却理解不了她这些话的意思了。当他看向门外的土地时，他便把这一切都忘记了。

可有一天他的头脑清醒了一阵子。那天，他的两个儿子来了，跟他很客气地打过招呼后，他们俩便出去了，他们绕过房子，到了地里。王龙悄悄地跟在他们后面，在他们停下时，王龙慢慢地赶了上来。他俩没有听到他的脚步声，也没有听到他手杖戳在松软土地上的响声。王龙听到了他二儿子细细的嗓音："我们把这一片和那一片地卖掉，然后把卖地所得的钱平分。我会给你不低的利息，借用你的那份钱，因为现在我们这里也通了火车，我可以把大米运到沿海城市了，我将……"

老人听到了"卖地"两个字，他喊了起来。由于气愤他的声音发颤，变得断断续续的："你们这两个不孝、不务正业的子孙——要卖地！"他再说不出话来，眼看就要摔倒，他们上前扶住了他，他开始哭了起来。

这时两个儿子用好话安慰他说："不——不——我们永远不会卖地的……"

"一旦开始卖地——这个家就完了，"他泣不成声地说，"我们来自土地，必须回到土地上去……只要你守住你的地，你就能活下去，没人能抢走你的地……"

335

老人的眼泪干在了脸颊上,留下道道泪痕。他弯下身子,抓起一把泥土,他握着它呢喃道:"一旦把地卖了,那就完了。"

　　他的两个儿子一边一个搀扶着他,老人手里紧紧地攥着那把松软的泥土。他们安慰着他,一遍又一遍地跟他说:"你就放心吧,老爹,放心吧。地不会被卖掉的。"

　　然而,越过老人的头顶,大儿子和二儿子在相互望着对方微微地笑着。